文史哲研究丛刊

清代新疆流贬文学研究

易国才　著

上海古籍出版社

图书在版编目(CIP)数据

清代新疆流贬文学研究 / 易国才著. —上海：上海古籍出版社，2022.8
(文史哲研究丛刊)
ISBN 978-7-5732-0266-6

Ⅰ.①清… Ⅱ.①易… Ⅲ.①地方文学史—文学史研究—新疆—清代 Ⅳ.①I209.945

中国版本图书馆 CIP 数据核字(2022)第 100054 号

文史哲研究丛刊
清代新疆流贬文学研究
易国才 著
上海古籍出版社出版发行
(上海市闵行区号景路 159 弄 1-5 号 A 座 5F 邮政编码 201101)
(1) 网址：www.guji.com.cn
(2) E-mail：guji1@guji.com.cn
(3) 易文网网址：www.ewen.co
上海惠敦科技印务有限公司印刷
开本 890×1240 1/32 印张 8.625 插页 2 字数 193,000
2022 年 8 月第 1 版 2022 年 8 月第 1 次印刷
ISBN 978-7-5732-0266-6
I·3625 定价：48.00 元
如有质量问题，请与承印公司联系

序

流贬与贬谪文学是中国历史上一个突出的文化现象，近些年已引起学界关注。但相比之下，人们的目光多集中在唐宋两代，而对其他朝代的相关研究还有程度不同的欠缺。以清代而论，虽然已涌现出若干研究论文，但多为个案考察，而少系统性、综合性的论著。进一步说，有清一代的流贬地域主要集中于西北(新疆的乌鲁木齐、伊犁)、东北(盛京、吉林、黑龙江)两大辽远荒寒之区。就流贬人数论，西北多于东北。但研究者更多关注的却是东北流人，而关于西北流人考察则较少寓目。这种情况，既造成了研究的失衡，也不利于对特定地域流贬文学发生、发展及其文化内涵的深入认知。

易国才副教授的这部《清代新疆流贬谪文学研究》，着眼清代近三百年历史，聚焦新疆这一独特地域，对其流贬及文学创作予以全面考察，在一定程度上弥补了上述缺憾。

该著的特点之一，是以大量文献资料和翔实数据为基础，详细描述了有清一代的流贬实况。从中可以看到，清朝统一新疆地区后，实行“移民实边”与“屯垦戍边”并行之策，从全国各地迁徙汉、满、察哈尔蒙古、锡伯、索伦、回等部族之人到新疆地区驻守、屯田、生产、经商，并将大量罪犯、革职官员发遣到新疆为奴、种地或当差，到嘉庆二十二年(1817)，新疆遣犯已成壅积之势。其中仅乾隆三十三年(1768)至三十五年，遣戍乌鲁木齐者已过6 000人；至乾隆四十年以后，清政府每年发遣到新疆的犯人保持在2 500人左右，其中乌鲁木齐一地即达800至1 200人。而作为新疆总会之区的伊犁，自嘉庆十九年至二十一年，三年之内即先后发到遣犯2 600余人。若加上此前收押的3 000余名遣犯和别处转来的5 600余名遣犯，以及大量因罪革职而发往新疆效力、当差的官员，其规模已相当可观。这样一支层级不同、色目繁杂的流人大军，一方面染浓了新疆一地流贬文化的底色，另一方面，也为深化各民族间的文化交融，维护新疆地区社会稳定和经济发展，起到了重要作用。

该著的特点之二，是以时代先后为序，联系广阔的社会、政治背景，对乾隆、嘉庆、道光三朝和咸丰至宣统朝四个时期展开历时性考察，勾勒出了一条清晰的新疆流贬文学的发展线索。就总的趋势看，乾嘉时期，大量有才华的贬官发遣到新疆，创作非常活跃，堪称流贬文学的鼎盛期。而道光以降，迄于同、光年间，相关创作进入低潮，陷入衰退状态。由此形成流贬文学前高后低的演进态势。对这种情形，作者联系当时的政治、军事动态予以辨析，指出道光以前的乾、嘉两朝，清廷将大批人犯、有过官员遣戍新疆，主要目的在于治理、维护边疆的政局稳定，客观上造成文学创作兴盛的条件；而到了嘉庆二十五年，白山派大和卓波罗尼都之孙张格尔发动叛乱，喀什噶尔、和阗、英吉沙尔、叶尔羌四城屡遭攻占，城墙、衙署、民房、商铺等被毁坏殆尽；到了道光初，持续八年之久的张格尔之乱虽被平定，但由此也打破了新疆长达60年的稳定局面。此后，在浩罕汗国等外国势力的支持下，新疆又先后发生了玉素甫之乱、七和卓之乱、倭里汗和卓之乱等多次叛乱，尤其是咸丰二年(1852)之后，铁完库里、迈买的明、克奇克、伊善罕等和卓接踵作乱，致使新疆特别是南疆地区的社会经济遭到严重破坏，按例应发新疆的遣犯一度中断，以致新疆遣犯数量急剧减少。咸丰、同治年间，太平军势力迅速扩展，造成南北道路受阻；中亚浩罕派遣阿古柏趁乱入侵南疆，建立"哲德沙尔国"，沙俄也随之出兵强占伊犁。在此形势下，按例应发往新疆的遣犯不得不再度中止。此后光绪朝虽派左宗棠率军西征，收复了除伊犁地区以外的新疆全部领土，设置新疆行省，并开始向新疆发遣人犯和官犯，但受当时国内外形势变化的影响，遣犯数量不多，时间也不长。到了宣统二年十二月(1911 年 1 月)，清政府颁布《大清新刑律》，彻底废除流刑和遣刑，自此新疆流贬文学也告终结。

该著特点之三，是全面搜检清代流贬官员、文人及其存留作品，对其诗、文、赋、日记等各类创作进行文献考订和个案分析。清代遣戍新疆的官员、文人多，所撰实录、奏议、日记、游记、诗文数量巨大，惜乎散佚甚夥，查找不易。著者以深心大力，广为探寻，不仅注意人所熟知的大家名家，而且留心那些小家和不知名作家。在其持续努力下，诸如纪昀的《乌鲁木齐杂诗》，曹麟开的《塞上竹枝词》《新疆纪事十六首》，蒋业晋的《出塞集》，庄肇奎的《出嘉峪关纪行二十首》《伊犁纪事二十首》，陈庭学的《塞垣吟草》，赵钧彤的《西行日记》，王大枢的《西征录》，洪亮吉的《万里荷戈集》《百日赐环集》《遣戍伊犁日记》《天山客话》，祁韵士的《濛池行稿》《西陲竹枝词》，李銮宣的《荷戈集》，舒其绍的《听雪集》，史善长的《轮台杂记》，徐松的《新疆赋》，袁洁的《出戍诗话》，方士淦的《啖蔗轩诗存》

《伊江杂诗十六首》，黄濬的《倚剑诗谭》《红山碎叶》，林则徐的《回疆竹枝词》，杨炳堃的《吹芦小草》《西征往返纪程》，张荫桓的《荷戈集》，刘鹗的《人寿安和集》《金石考录》，朱锟的《西行纪游草》等，均汇聚拢来，展示了清代新疆流人创作的大致风貌。在此基础上，著者辨其版本，考其行踪，查其心态，析其特色，于朴实无华的行文中，时出新见。

当然，就流贬文学而言，清代新疆流贬者的创作还呈现出若干不同于此前特别是唐宋流贬文学的特点。如所熟知，流贬，是政治强权加予被流贬者的一种超乎寻常的外力打击，在这种打击下，流贬者不仅要承受名誉的损害、地位的骤降，还要遭遇遥远路途和荒恶地域带来的肉体磨难和心理痛苦。正是这种磨难和痛苦，使得流贬文学呈现出一种迥异于其他类型文学的悲苦情调，一种不平则鸣的悲怨风格。然而，这种情调和风格在清代新疆流贬文学中却并不普遍。我们看到的是，除李銮宣《荷戈集》等少量作品具较浓悲怨色彩外，其他多如纪昀之《乌鲁木齐杂诗》、徐步云之《新疆纪胜诗》，是对外在景物、风俗、民情、屯田、教育、矿产、地形等的描摹歌咏，甚至是对帝王丰功伟业的颂赞，而较少直接、显露的个人悲情的抒发。是他们所受苦难不重吗？非也。从内地到新疆，迢迢千万里，在没有现代化交通工具的清代，要走完这段途程，是相当艰难的。纪昀乾隆三十三年（1768）八月离开北京，于是年底始达乌鲁木齐，前后历时五个多月，行程八千六百余里；裴景福光绪三十一年（1905）三月二十七日从广州启程，翻过大庾岭，经江西、河南入陕西、甘肃，于次年四月抵达迪化（今乌鲁木齐）成所，全程一万一千多里，历时三百七十余天；光绪三十四年七月初二日，刘鹗自江宁被押解到湖北，“昼夜兼行，天气炎热，表式表高至一百十五度之多,再五度水则沸矣”,十二月到达迪化。他在写给毛庆蕃的信中说:“及至冬腊之交,行迪化道中,法伦表至负三十余度,水银在玻璃垂珠内已缩十分之二,再缩汞将结冰矣。备尝寒暑极境,虽未至赤道、冰洋之冷热,或几乎近之矣。弟体气素壮,公所知也。此行骤添十岁而有余,除须发未白外,其余衰象悉见。”似此长途跋涉,历极热极寒之境,在清代流人中并非个例。那么,在他们多数人的诗文中,何以不直抒悲怨愤慨呢?洪亮吉《遣戍伊犁日记·出塞纪闻》中一段话说得明白:“自西行以后,遵旨不饮酒不赋诗”,“及出关后,独行千里,不见一人,径天山,涉瀚海,闻见恢奇,为平生所未有。遂偶一举笔,然要皆描摹山水,绝不敢及余事也。”这就是说,多数清代流贬者笔下缺少悲怨之情,非无有也,是忧惧恐畏而不敢表露也。这里有最高统治者的明令,也有清代极度严苛之法令和政治气氛的威胁,由此造成了这些流贬者但凡创作,只能将目光向外,或流连山水,或颂圣表忠,而内心的冤屈则被深深掩埋。明明有冤屈悲恨,却不能也不敢表现,反而出以貌似平和甚至歌颂的笔法,倘若不是已被异化甘于为奴,则其内在心理该是怎样一种扭曲和压抑!

对此,著者在书中也有所揭示。如在分析《乌鲁木齐杂诗》时即指出:纪昀在谪戍期间本有创作的材料和内在动力,可他却再三强调在乌鲁木齐两年多的时间里“鞅掌簿书,未遑吟咏”,并自称一百六十首《乌鲁木齐杂诗》全部写于乾隆皇帝下谕释还的途中;而稍后为之作序的钱大昕也谓该集“无郁轖愁苦之音,而有春容浑脱之趣”。考其原因,既与纪氏通脱、诙谐的性格有关,又与清制规定有关,即废员至戍所,由当地官府严加监督、管束。废员在戍所若能奋勉行走,切实效力,就有可能赦回或起用;若在戍所怨望不满，赋闲吟咏，怠于公事，一经地方官员奏闻，则罪上加罪，不仅回籍无望，且要严加责惩。大概正是缘于此，纪昀才不敢发牢骚，不敢悲怨，并声称自己两年多“未遑吟咏”。这段分析，有理有据，切中肯綮，但在全书中分量似少了些。倘若从此一角度再作发掘，对清代新疆流贬群体之心态及其前后变化展开考索和分析，对其在中国流贬史上的意义予以揭示和评判，或能使全书内蕴益丰，层楼更上。

国才为人谨重低调，极具进取心。十余年前大学毕业即从内地赴疆，从事高校的教学工作。期间曾到武汉大学攻读研究生，赴复旦大学进德修业，取得了很好的成绩。此后又以本书为题，申报并获批了国家社科基金青年项目。这对一位身处边远西疆的青年教师来说，是颇为不易的。为顺利完成此一课题，国才在实地考察的同时，多次走访内地多家图书馆，“无论是手抄本还是影印本，都一字一句仔细阅读，希望能从最原始的典籍史料中找到相关的记录”；课题结项后，又数易其稿，嘱余为序。我一方面为他的成就感到高兴，另一方面也希望他能在此基础上继续努力，以新疆人写新疆事，对新疆一地的历史、文学展开更具深度和广度的考察，在学术之路上开出新的进境。

尚永亮

庚子冬日匆于海南客舍

目　录

绪　论

流刑源于原始社会的流放，当时是各部族把违反社会禁忌、风俗习惯的内部成员逐出部族的一种惩戒形式，后来逐渐发展成为统治者将触犯刑律之人放逐到边远之地服劳役或戍守的一种刑罚。“流刑之名称甚繁，有放、迁、窜、谪、逐、屏诸种。”①目前对流刑的最早记载是《尚书・舜典》中“流宥五刑”，孔安国解释为“宥，宽也，以流放之法宽五刑”，就是指本应对氏族成员处以墨、劓、剕(刖)、宫、大辟五刑，改用流作为宽宥。史籍有很多关于上古时代流放的记载，夏商周时期一般称为“放”，春秋时期的晋、齐、郑、楚、蔡等诸侯国均有放刑，战国时期始称为“流”，但均没有形成制度。

秦始皇统一中国以后，在前代流、放刑的基础上制定了迁徙刑。迁徙刑适用于“乱化之民”“有罪适吏民”及一般盗窃罪，但执行规则和量刑标准不明确，很大程度上具有移民实边的性质，是后世流刑的萌芽形式。两汉时期，迁徙刑(徙边)已成为“减死罪一等”的刑罚，仍属于辅刑系列，没有列入国家法定的常用刑，其量刑标准有三：一是连及大逆不道等犯罪者，主犯诛死，从犯及家属若

① 徐朝阳著《中国刑法溯源》，上海：商务印书馆，1934年版，第211页。

得减死罪一等，便流往南方边郡；二是不道、大不敬及相近性质的犯罪，如得减死则徙往西北远郡；三是已为死囚而减死实边者，均徙往敦煌、朔方一带。汉代的徙迁刑(迁徙刑)，与后世比较完备的流刑相类似。魏晋南朝时期，由于战乱频繁，流徙或徙边之刑一度萎缩。

北魏时，流刑确立为主刑。《魏书·刑罚志》引《贼律》云："谋杀人而发觉者流，从者五岁刑；已伤及杀而还苏者死，从者流；已杀者斩，从而加功者死，不加者流。"①五岁刑为北魏徒刑的最重处罚，由此可知流在死之下、徒之上，成为五刑之一。北魏律对流刑没有里数规定，统称之为"远流"，是用作减免死刑后的一种惩罚方法。如《魏书·源贺传》云："景明二年，征为尚书左仆射，加特进。时有诏，以奸吏犯罪，每多逃遁，因眚乃出，并皆释然。自今已后，犯罪不问轻重，而藏窜者悉远流。若永避不出，兄弟代徙。"②齐武成帝大宁元年制定齐律(即北齐律)，明确规定死、流、刑(耐)、鞭、杖为五刑。其中的流刑，与北魏一样，也没有道里之差。北周《大律》对刑罚制度进行了改革，以杖、鞭、徒、流、死为五刑，其中规定流刑按道里远近分为五等：流卫服，去皇畿二千五百里者，鞭一百，笞六十；流要服，去皇畿三千里者，鞭一百，笞七十；流荒服，去皇畿三千五百里者，鞭一百，笞八十；流镇服，去皇畿四千里者，鞭一百，笞九十；流蕃服皇畿四千五百里者，鞭一百，笞一百。并规定每种刑罚都可以用金钱或绢布来收赎。赎流刑，金一斤十二两，俱役六年，不以远近为等差。北朝的流刑与秦汉时期迁徙刑的目的

① 魏收撰《魏史》，北京：中华书局，2000 年版，第 1926 页。
② 魏收撰《魏史》，第 626 页。

一样，是为了戍边实边、补充兵源，如《北齐律》明确规定处以流刑的罪犯鞭笞各一百，髡之，投入边裔以为兵卒。但北朝流刑的适用范围较为宽泛，无所侧重，量刑标准很不规范，执行手段也较后世历代王朝为重，所有被处以流刑的罪犯除戴杻械外，均要被鞭笞各一百作为附加刑（北周略有减轻，鞭刑一百不变，笞刑则分为五等，从六十至一百，每等依次递加十），有人称之“一罪三刑”。

隋文帝杨坚本着“帝王作法，沿革不同，取适于时，故有损益”的立法原则，更定新律，对刑罚制度进行了重要的改革。据《隋书·刑法志》记载：“高祖既受周禅，开皇元年，乃诏尚书左仆射、渤海公高颎……更定新律，奏上之。其刑名有五：一曰死刑二，有绞，有斩。二曰流刑三，有一千里、千五百里、二千里。应配者，一千里居作二年，一千五百里居作二年半，二千里居作三年。应住居作者，三流俱役三年。近流加杖一百，一等加三十。三曰徒刑五，有一年、一年半、二年、二年半、三年。四曰杖刑五，自五十至于百。五曰笞刑五，自十至于五十。”①除“十恶”罪外，五刑皆可收赎。应赎者，皆以铜代绢。流一千里，赎铜八十斤，每等加铜十斤，二千里则百斤。由此可知，隋朝大大减轻了流罪及徒罪的处刑幅度。唐初统治者在“以礼为主、礼法并用”的立法思想指导下，积极的修订律令，再次肯定笞、杖、徒、流、死为五种法定的刑罚方法，并进一步规范化，正式建立了五刑体系。据《旧唐书·刑法志》载：“玄龄等遂与法司定律五百条，分为十二卷：一曰名例，二曰卫禁……十二曰断狱。有笞、杖、徒、流、死，为五刑。笞刑五条，自笞十至五十；杖刑五条，自杖六十至杖一百；徒刑五条，自徒一年，递加半年，至

---

① 魏徵等撰《隋书》，北京：中华书局，2000年版，第481页。

三年；流刑三条，自流二千里，递加五百里，至三千里；死刑二条：绞、斩。大凡二十等。”①唐代将流刑定为三等，里数比隋增加，最近二千里，其次二千五百里，最远三千里，三流均居役一年，即被强制服劳役一年。后太宗下诏，凡流者不限里数，酌量配遣于边要诸州。其后又以律为准，有道里之差。除常流以外，又有加役流的刑罚，加役流属于特殊的流刑，故不入五刑，是部分死刑的代刑。唐代流刑还用作减免死刑后的一种惩罚方法，如《唐律疏议》记载：“《书》云：‘流宥五刑。’谓不忍刑杀，宥之于远也。又曰：‘五流有宅，五宅三居。’大罪投之四裔，或流之于海外，次九州之外，次中国之外。”②这些规定说明唐代的流刑制度比隋代有所发展。

唐代的流刑适用面较宽，是一种典型的司法刑事处罚。唐律中明文规定，触犯皇帝及王朝根本利益的犯罪、思想言论方面的犯罪、军事上的犯罪、违反封建礼教的犯罪、妨害管理秩序及扰乱公共秩序、危害人身安全的犯罪、管理的失职及贪污罪，以及诬告、犯禁等行为均被处以流刑，如规定“谋反及大逆者皆斩”，“伯叔父、兄弟之子皆流三千里”；“谋叛者，妻子流三千里”，“若率众百人以上，父母、妻、子流三千里”。甚至“诸口陈欲反之言，心无真实之计，而无状可寻者，流二千里”，“知谋大逆、谋叛不告者，流二千里”。对可能危及帝王及其统治安全而并未造成危害者，也处以流刑。唐律还规定：擅越“宫垣者，流三千里”，擅越“皇城者，减一等”；凡私蓄兵器“甲一领及弩三张，流二千里”。从唐律关于流刑的规定来看，唐代的流刑制度是十分完备的，然而在司法实践中却出现了不

---

① 刘昫等撰《旧唐书》，北京：中华书局，2000年版，第1441页。

② 刘俊文点校《中华传世法典：唐律疏议》，北京：法律出版社，1999年版，第5页。

严格执行律文规定的现象,或者依据制敕断狱,或者以统治者的意志为转移,流放期出现了或以十年为限,或以七年为限的现象,制度失去了应有的效力。

北宋初基本沿用唐代的刑罚体系,为解决流刑惩治力度的不足,宋王朝调整了流刑的刑罚内容,将加役流正式定为死刑代用刑,还增加了一些新的内容。《宋史·刑法志一》:"太祖受禅,始定折杖之制。凡流刑四:加役流,脊杖二十,配役三年;流三千里,脊杖二十;二千五百里,脊杖十八;二千里,脊杖十七,并配役一年。"①这表明宋代流刑在刑罚执行中,除对罪犯实施迁地、服苦役的主刑外,还对罪犯实施附加刑——肉刑,如脊杖、黥面等。宋代流刑中的"流"是以强行远迁异域并服劳役为内容,突出的是对罪犯个体自由的限制,但脊杖、黥面则是对罪犯肉体的惩罚。"脊杖"是以杖击人脊背,由于脊背多为人经络所在,所以"脊杖"对人体易造成内伤致残,甚至受刑人有死于杖下的可能,因此在某种程度上"脊杖"的惩罚力度远远高于"杖刑"。而"脊杖"与"流刑"的结合,从惩治力度上将明显大于五刑中"徒刑"与"杖刑"结合后对罪犯的惩治。"黥面"就是在犯罪者脸上以墨刻字,以示留其罪恶的烙印,在刑罚上起到羞辱并孤立犯罪者的目的,同时也便于官府的监督控制。而"流"+"脊杖"+"黥面"结合后的刑罚惩治力度,更是明显重于其他生刑中的任何一种单一的自由刑(如"徒刑")或肉刑(如"杖刑"或"笞刑")。同时,由于"脊杖"的危险性、"黥面"所带来的耻辱以及"流"本身的惩治内容,我们可以肯定地说,宋代"流刑"的惩治力度已明显大于"徒刑"+"杖刑"或"徒刑"+"笞刑"的惩治

① 脱脱等撰《宋史》,北京:中华书局,2000年版,第3319页。

力度了。而“脊杖”“黥面”肉刑在实施中又能直观地给旁观者留下深刻印象，能起到威吓恐吓、杀一儆百的作用。这就更好地实现了刑罚预防及警戒犯罪的目的，在一定程度上解决了隋唐以来流刑在司法实践中惩罚力度不足的问题，确保了流刑降死一等的重刑地位。

元朝流刑之制是在入主中原的过程中逐渐形成的，既仿效宋制，又带有辽金流刑的特点。蒙元初期沿袭金代流刑之制，因不便执行而以其他刑罚代替。至元八年(1271)十一月，忽必烈正式将国号“大蒙古国”改为“大元”朝，诏令：“泰和律令不用，休依着那者。钦此。”此后，司法审判不再援引金律，而是通过历代皇帝的诏敕、朝廷制定的《至元新格》《大元通制》《至正条格》等法规使流刑制度化，并开始实施。但在司法实践中，变通律令的现象仍十分普遍。元代流刑适用的对象，首先是皇亲贵族，且大多并非因刑事犯罪，而是由于统治集团内部的权力斗争被处以流刑；其次是因犯刑事罪，特别是犯盗贼、私盐等重罪的平民百姓。元代还出现了“新流刑”。所谓“新流刑”是指流远与出军，它们都是从蒙古族古老的惩治方式中脱胎而来的。出军与流远的主要去所是湖广和辽阳。罪犯一般是南人发北，北人发南。出军的罪犯到达配所之后，主要是从军效力，流远的罪犯则以屯种为主。除了大赦，出军与流远的罪犯要终老发配之地。至元仁宗、元英宗年间，出军逐渐并入流远刑，流远刑因此成为一种包括多种惩治方式的刑罚，被纳入了国家法定的刑罚体系，代替了元代五刑制中传统流刑的位置。

明代的流刑，“初制流罪三等，视地远近，边卫充军有定所。盖降死一等，唯流与充军为重。然《名例律》称二死三流各同为一减。如二死遇恩赦减一等，即流三千里；流三等以《大诰》减一等，皆徒五年。犯流罪者，无不减至徒罪矣。故三流常设而不用”①。凡官吏人等犯赃至流罪者，按照里数远近定发各荒芜及濒海州县安置。洪武三十年(1397)，“命部院议定赎罪事例，凡内外官吏，犯笞杖者记过，徒流迁徙者俸赎之，三犯罪之如律。自是律与例互有异同。及颁行《大明律》御制序：‘杂犯死罪、徒流、迁徙等刑，悉视今定赎罪条例科断。’”②流犯的编发按照《大明令》《大明律》规定的具体地理位置发送，不作三等的区别。基于“宽”“减”的原则，部分流犯则以“屯种”、“代农民力役”、“充车夫”等“输役”的方式来代替实际的流放，还可通过《大诰》减等、以纳赎赎免的方法免于实施流刑。这就导致明代犯流刑的罪犯很少被实施流刑，但并不是没有，如陕西总督曾铣以“交结近侍”律斩，“妻子流二千里”③。可见，明代没有废弃流刑。

清朝统治者入关之后，在继承、沿袭《大明律》的基础上，开律例馆，于顺治三年(1666)刊成清代第一部完整的成文法典《大清律集解附例》。康熙朝进一步修订律例，至雍正时期，清代律例逐步趋向定型。乾隆五年(1740)，《钦定大清律例》颁布实施，成为清代最为系统、最具代表性的成文法典。《钦定大清律例》47 卷，律文 436 条，附例 1 049 条，总类按照笞、杖、徒、流、死等刑罚类项分门别类列出律、例条款。《钦定大清律例》确立了以传统五刑为主，以一系列闰刑为补充，形成了兼具少数民族特色的刑罚体系。根据《钦定大清律例》，五刑是指笞、杖、徒、流、死五种刑罚。其中，流刑适用于比较严重的刑事犯罪但又罪不至死之人，分三等，分别为两

---

① 张廷玉等撰《明史》，北京：中华书局，2000 年版，第 1538 页。

② 张廷玉等撰《明史》，第 1533 页。

③ 吴艳红著《明代流刑考》，《历史研究》，2000 年第 6 期，第 38 页。

千里、两千五百里、三千里，俱杖一百。从吴翼先编《新疆条例说略》《清朝文献通考》和《清朝续文献通考》等记载可知，乾隆年间拟定发遣新疆条例中，原例遣罪三十七例，流刑改遣十三例，军罪改遣八例，免死改遣八例，枷号改遣一例。为适应社会发展的需要，嘉庆、道光、咸丰、同治诸朝先后对条例进行过 23 次增补纂修，其中发遣条例逐年增多，发遣一词也演变成一种正式的刑罚用语，并成为适用范围很广的常用刑。

清代流放刑罚除了有正刑流刑之外，还有迁徙、充军、发遣等刑罚，并且在流放刑罚执行的过程中同时执行各类附加刑和替代刑，这些共同构成了清代完整的流放体系。其中发遣作为流放刑的一种，是一种比充军还重的刑罚，指把罪犯从内地发往边疆地区当差、为奴、种地的一种刑罚制度，是仅次于死刑的重刑。清初，发遣的地点主要集中在东北地区。康熙年间，北部的喀尔喀、科布多、乌兰固木等地也成为发遣地。康熙五十九年(1720)一月，原西安将军席柱因罪发往阿尔泰军前戴罪效力，是现在所知清代最早发往新疆地区效力的官犯。雍正朝，则多往蒙古、阿尔泰、科布多军前发配。如雍正四年十二月，原监察御史谢济世被革职后发往阿尔泰军前效力赎罪。清统一天山南北后，为解决驻疆军队的物资和粮食供应，在组织军队屯田和内地农民到新疆屯田的同时，又将内地各省大批重罪罪犯发遣到新疆各地为奴或种地，新疆历史进入了一个新的阶段。从此，发遣新疆、发遣东北与内地军流共同构成了清代完备的流放体系。

有清一代，各类流放刑罚不断发生变化，“流放刑罚的律例条数由雍正三年(1725)《大清律集解》的 438 条、乾隆五年《大清律例》的 484 条，逐渐发展到道光三十年刊《大清律例总类》的 977

条、光绪《大清会典》所记载的 1 019 条，总数翻了一倍还要多”①，由此可见流放刑罚在清代刑罚中的重要地位。

在清代，流放刑罚的实施十分普遍，流放对象既有一般民众（或称平民百姓、民人），有特权的旗人，还有各级官吏。可以说，清代流放刑罚的适用对象非常广泛，有农民、有士人；有汉人、有满人，还有其他民族的人；有文官、有武官；有典史、都司等小官吏，也有总督、皇亲国戚等王公大臣。其中被查处革职的各级文武官员发遣到新疆后，有在官府当差的，有改任新职、加衔升用者，有弃瑕录用者，有降职使用但很快被提拔重用的，他们效力期满返回内地后，不少人便得到皇帝的“加恩”而重新任职，甚至担任了更高更重要的官职。鉴于此，本书不考虑流放对象的民族、性别、年龄、罪名、刑期等，仅以有无官职为标准，将无官职（非官员）的流放对象一律称为遣犯（即流人），将被革职发往新疆效力、当差的各种官犯统称之为贬官（即废员，或称之为谪官）。

乾隆二十三年，清政府开始往新疆发遣罪犯时，即有发遣官犯的规定：“改发乌鲁木齐等处种地人犯，如旗人另户正身曾任职官，及民人举监生员以上，并职官子弟，俱发往当差，余俱给予种地兵丁为奴。”（光绪《大清会典事例》卷七百四十一，刑部·名例律徒流迁徙地方一）由此可知，清政府往新疆发遣流人的同时，也往新疆发遣贬官。乾隆二十三年，哈密、巴里坤、乌鲁木齐被定为发遣地，库尔喀喇乌苏、晶河、伊犁从乾隆三十一年开始安置遣犯，新疆境内的发遣地还有辟展、昌吉、罗克伦、塔尔巴哈台、玛纳斯、叶尔羌、乌什、阿克苏、库车、和阗、哈喇沙尔等地，其中以乌鲁木齐和伊犁

① 王云红著《清代流放制度研究》，北京：人民出版社，2013 年版，第 86 页。

为主。

清政府还根据新疆的实际情况，制定了适用于新疆地区汉族和少数民族的流放制度。《清高宗实录》卷八九二记载："内地民人于新疆地方，犯至军流之罪，如在乌鲁木齐一带者，即发往伊犁等处；其在伊犁一带者，即发往乌什、叶尔羌等处；而在乌什各城者，亦发往伊犁等处，并视其情罪，量为酌定，轻者发各处安插编管，重者给厄鲁特及回人为奴。"乾隆四十一年，针对新疆呼达拜底、达礼雅忒克勒底杀死主人的凶杀案件，清政府规定了维吾尔族刑犯发遣的例条："至发遣之例，视罪之轻重，分路之远近，如系乌什回人，即发遣叶尔羌、喀什噶尔。系叶尔羌、喀什噶尔回人，即发遣乌什、库车、哈喇沙尔等处。着传谕回疆各城办事大臣，凡遣犯定地，悉视此一体遵照办理。"①在新疆地区安置遣犯和贬官，有利于新疆农业生产、社会经济的发展，也有利于加强新疆地区的军事力量，巩固清政府对新疆地区的统治。

到清朝后期，随着经济与交通的发展，生活地点的迁徙对人们已不是那么可怕，因此，当时许多人认为"流已失惩戒之实"，主张改订律令，废止流刑。宣统二年十二月（1911 年 1 月）颁布的《大清新刑律》仿照西方近代刑罚体系，兼取中西，刑制遂大有变更。"其五刑之目，首罚刑十，以代旧律之笞、杖。一等罚，罚银五钱，至十等罚，为银十五两，据法律馆议复恤刑狱之奏也。次徒刑五，年限仍旧律。次流刑三，道里仍旧律，然均不加杖，以法律馆业经附片奏删也。次遣刑二：曰极边足四千里及烟瘴地方安置，曰新疆当差。以闰刑加入正刑，承用者广，不得不别自为制也。……徒、

---

① 王云红著《清代流放制度研究》，第 111 页。

流虽仍旧律,然为制不同。按照习艺章程,五徒依限收入本地习艺所习艺;流、遣毋论发配与否,俱应工作。故于徒五等注明按限工作,流二千里注工作六年,二千五百里注工作八年,三千里注工作十年,遣刑俱注工作十二年。"[①]其中明确规定刑罚分为主刑及从刑。主刑之种类及重轻之次序为死刑、无期徒刑、有期徒刑、拘役、罚金五种。从此以后,我国的流刑制度彻底废止了。

从乾隆二十三年(1758)到宣统三年(1911)的一百五十三年里,除同治年间停发新疆十余年外,清政府把大批人犯遣戍新疆当差、为奴。星汉、王希隆两位先生依"定例以来,每年各省改发不下六七百名"(《清高宗实录》卷七八二"乾隆三十二年四月乙巳"条)计算,"140 年亦当有近 10 万名的遣犯"[②]。这是理论数据,也是一个大概的数额,我们认为实际人数没有这么多,且其中大部分是流人,在相关史料、典籍中记载甚少。所以,本书重点研究乾隆、嘉庆、道光三朝和咸丰以后四朝四个时期发遣到新疆官犯(即贬官)的文学创作情况。

需要说明的是,我们现在看到的、整理的清代新疆的流贬诗文,仅仅是他们实际创作的一部分,远非全貌。毕竟能见诸记载的诗稿和文集是少数,大量的诗文作品已佚失、鲜为人知,所以择选其中的代表予以评述。

---

① 赵尔巽等撰《清史稿》,北京:中华书局,1977 年版,第 4202 页。

② 星汉著《清代西域诗研究》,上海:上海古籍出版社,2009 年版,第 207 页。

第一章　乾隆朝新疆的流贬文学

乾隆二十二年(1757)秋,清朝在完全统一天山以北地区后,又用兵库车、阿克苏、叶尔羌、和田等地,平定大、小和卓叛乱,于乾隆二十四年统一天山南部。从此,天山南北、阿尔泰山东西、直到帕米尔高原和巴尔喀什湖以东以南这一古称西域的地区成为清朝的统治地域。清朝统一新疆地区后,实行更加系统的治理政策,新疆地区经济文化事业得到较快发展。乾隆二十七年,清政府在新疆设总统伊犁等处将军(简称“伊犁将军”),实行军政合一的军府体制。伊犁将军是新疆地区最高行政长官,总揽各项军政事务。下设都统和参赞、办事、领队等各级大臣,分驻全疆各地管理地方军政事务。为加强军事防御,清政府在伊犁地区修筑了“伊犁九城”,在乌鲁木齐地区建成了迪化城、巩宁城等二十余个城堡,在南疆地区新修筑了驻屯绿营、八旗军队的“汉城”或“新城”。为保障军需和通讯,在全疆重要地区、交通道路沿线广设军台、驿站、营塘、卡伦。为恢复和发展经济,实行“移民实边”与“屯垦戍边”并行的政策,在新疆地区逐步进行兵屯、旗屯、犯屯、民屯和回屯。

康熙五十四年(1715),为解决清军征讨准噶尔的军粮问题,康熙帝借鉴汉代赵充国屯田平西羌的经验,开始在哈密、吐鲁番、巴里坤等地勘地兴屯。这是清朝最早在新疆进行的屯田。受战事的影响，屯田规模小且时断时续。乾隆二十一年九月，定边右副将军兆惠等奏："前奉旨令于伊犁附近地方，酌量派遣绿旗兵丁屯种。查自巴里坤至济尔玛台、济木萨、乌鲁木齐、罗克伦、玛纳斯、安济海、晶等处，俱有田亩可资耕种。伊犁附近地方，约有万人耕种地亩。崆吉斯、珠勒都斯等处，可种之地亦多……"①翌年春，哈密地区的兵屯全面展开。随着兵屯规模的扩大，旗屯、犯屯随之兴起。清朝在新疆地区设立犯屯始于乾隆二十三年，犯屯是兵屯的补充，发配到新疆的犯人或种地当差，或给予种地兵丁为奴，对新疆地区的农业开发、城镇建设、贸易发展、社会稳定、经济繁荣、边防巩固发挥了重要作用。

第一节　乾隆朝新疆的遣犯与贬官概述

乾隆二十二年，清军在平定阿睦尔撒纳叛乱和讨伐大小和卓的同时，派遣以绿营兵为主的兵丁分别在哈密、吐鲁番、朴城子、奎苏进行屯种。随着兵屯规模的扩大，加上连获丰收，乾隆二十三年二月，御史刘宗魏首倡向新疆的兵屯屯区发遣犯人，以补充屯田劳动力。"军机大臣等议奏，御史刘宗魏奏请，嗣后盗贼、抢夺、挖坟应拟军流人犯，不分有无妻室，概发巴里坤，于新辟夷疆，并安西回

① 新疆社会科学院历史研究所编《新疆地方历史资料选辑》，北京：人民出版社，1987年版，第288页。

目扎萨克公额敏和卓部落迁空沙地等处，指一屯垦地亩，另行圈卡，令其耕种。其前已配到各处军流等犯，除年久安静有业者照常安插外，无业少壮曾有过犯者，一并改发种地，交驻防将军管辖，应如所请，并将此外情罪重大军流各犯一体办理。从之。”（《清高宗实录》卷五五六“乾隆二十三年二月己巳”条）同年五月，“大学士管陕甘总督黄廷桂奏覆：军流情重人犯，发往巴里坤等处屯田，经臣咨商办理屯务大臣，安置编管。……今奉谕将发遣人犯，入于绿营兵丁内屯田”①。这是清政府向新疆发遣罪犯的最早规定，也是清代新疆犯屯的发端。从乾隆二十三年起，清政府下令向新疆地区发遣罪犯，并把因罪革职的官员（时称之为“废员”“戍员”等）也流放到新疆或效力赎罪，或当苦差，从而使新疆成为当时主要流放地之一。不断发遣到新疆的内地各种人犯，与新疆各族人民共同生产生活，在交流融合中促进了新疆地区经济社会的发展。

一、遣犯

乾隆二十四年十月，“前军机大臣会同刑部定议，将减死远遣之犯，改发巴里坤一带地方安插。……以新辟之土疆，佐中原之耕凿。而又化凶顽之败类，为务本之良民。所谓一举而数善备焉者，孰大于是。倘复不知大体，惟以纵释有罪为仁。是终使良法不行，而奸徒漏网益众。岂朕期望封疆大吏之至意乎。着于各该省奏事之便。将此详悉传谕知之”（《清高宗实录》卷五九九“乾隆二十四

① 新疆社会科学院历史研究所编《新疆地方历史资料选辑》，第293页。

年十月丁酉”条）。于是，每年发往新疆的各项遣犯不下六七百人，发遣地点由巴里坤、哈密、辟展（即今鄯善）向西推进至昌吉、罗克伦、玛纳斯。乾隆二十六年，巴里坤、哈密、安西三处遣犯多得难以安顿，甘肃巡抚明德奏“请停止分发巴里坤等三处，酌发辟展、乌鲁木齐屯所”①，后停止发往辟展，俱解乌鲁木齐酌量安插，自此始有成批遣犯被集中安置在乌鲁木齐。乾隆三十二年，经乌鲁木齐都统温福奏请，八旗人犯开始发遣新疆。据不完全统计，乾隆三十三年至三十五年，遣戍乌鲁木齐的遣犯超过六千人。因发遣乌鲁木齐的犯人越积越多，安置和管理均存在问题。自乾隆二十六年九月起，截至四十三年九月，乌鲁木齐各类遣犯“脱逃未获二十四名，脱逃正法二百三十七名，昌吉作乱正法二百四十七名”（《乌鲁木齐政略·遣犯》）。乾隆三十二年，陕甘总督议定：每遣犯四名，以三名发伊犁，一名发乌鲁木齐，均匀分拨（《乌鲁木齐政略·遣犯》）。由此可知，清政府将发遣新疆的人犯集中安置在伊犁、乌鲁木齐两地。

《清高宗实录》卷一零九三记载：“刑部议奏，发新疆人犯，经军机大臣奏准，视情罪轻重，分别种地、当差、给兵丁为奴。”可见，清政府在新疆安置遣犯主要是种地纳粮、充当苦差、赏给兵丁或维吾尔族伯克为奴。伯克原意“首领”“头目”，清朝在伊犁地区和天山南部各地维吾尔族中实行伯克制进行管理，伯克制在清代之前就已形成。清政府规定，遣犯自其到屯之日起，每日发给口粮一斤。种地遣犯，拨给农具、籽种，每三人额给马牛一匹，农具一全副。一全副农具包括犁铧一张、铁锨二张、镢头一把、斧头一把、镰刀二

① 新疆社会科学院历史研究所编《新疆地方历史资料选辑》，第293页。

把、锄头一张、撇绳一根、搭背二副、缰绳二条、辔头二副、拥脖二副、弓弦五根、马绊一副、肚带一根。牛耕技术的推广和铁制农具的使用，有利于提高劳动生产率，为大规模开荒种地和兴修水利提供了有力的保证。遣犯服役期满后，无过则准入民籍，一般只准于当地安插，由各屯千总、把总管辖，不准回原籍。但也有一些遣犯在新疆为兵，另有极少数人返回内地原籍。《西域图志》《西域闻见录》记载，到乾隆四十年时，乌鲁木齐有种地遣犯 1 738 名。乾隆五十八年，乌鲁木齐都统尚安奏称，发遣乌鲁木齐人犯 3 200 余名。《三州辑略·户口门》记载："尝询嘉峪关吏，内地民人出关者，岁以万计，而入关者不过十之一二。今考乾隆四十八年乌鲁木齐所属民数，共男妇大小一十万二千有余。"乾隆三十二年到四十一年，仅乌鲁木齐头屯所就先后安插为民遣犯 537 户。

从乾隆二十七年起，清政府开始往伊犁地区发遣罪犯。乾隆二十九年，刑部又奏准将应发新疆各项遣犯，俱解交陕甘总督衙门，酌发伊犁等处。随着发遣伊犁罪犯的不断增多，清政府便挑选其中部分罪行较轻、年轻力壮者进行屯田纳粮。乾隆二十九年至乾隆五十二年，在伊犁屯田的只身遣犯有 66 人。乾隆三十三年至乾隆五十七年，在伊犁屯田的有眷遣犯有 409 户，安插遣犯有 8 户。那些罪行较重的犯人，则拨往铜厂、铁厂、船厂等处充当苦役，或赏给当地的八旗驻防官兵、种地的绿营官兵和维吾尔族伯克为奴役使。

乾隆四十年，伊犁有种地遣犯 1 000 余名。到乾隆四十八年，伊犁共有遣犯三千数百余名。乾隆五十五年，伊犁将军保宁奏称，"伊犁、乌鲁木齐二处为奴罪犯，将及二千名，人数众多"（《清高宗实录》卷一三五三）。到乾隆朝后期，伊犁有"内地犯人二千余名应役"(椿园著《西域闻见录》卷一)。他们或采矿或挖渠,或拉纤或护堤,或炼铁或烧窑,促进了新疆地区手工业的发展。

有清一代,发遣到新疆的犯人很多,主要是农民及其家属、各种秘密结社的"教匪"(如白莲教、天理教、天地会等成员)、犯罪士兵(逃兵),以及犯杀人、抢劫、偷盗等重罪犯人,他们社会地位低下,目不识丁,有名有姓载于史籍的很少。《清高宗实录》等各种文献记载的乾隆朝新疆遣犯有:张五法、王泰、张七、王灯山、伊三太、王克明、刘八、熊邦受、胡崇德、徐惠良、陈阿祥、戴复得、曹六、宋兴华、栗牛子、孙七、潘亚三、裴老五、沈登魁、达色、邱其昌、绰勒满、余方、赵二、宁二、严七(即姚节)、贾二、潭洪、陈二(即陈明玉)、龙羊(即龙四)、李福儿、丁大格子、邓辅(即邓五儿)、陈三、俞得水、程全、张二、陶受、愈佩增、周琳、朱国泰、陈阿进、傅臈利、饶玉相、马登科、刘允成、彭杞、詹清真、王子重、牛经元、李潮杰、李英祖、田履端、田志端、史二、莫绍仁、徐四、黄寿、丙著、王芝荣、吴国栋、王德柱、卢小舟、冯好收、宗守孝、夏东儿、张小六、王大蕃、董二、王成、唐张氏、马氏、王三儿、王玉华、谢洪贵、麻三儿、岳飞、萧子斌、燕邦献、王金、陈有秀、向忠夏、赵三、德宁、魏玉凯、徐文林、齐了其、程正、绰尔猛、田成、永宁、常德等。

所有发遣到新疆的犯人,只有犯罪较轻且年逾七十及衰病无能,不能耕作者,以及在平乱打仗中有军功者,才能返回原籍。其他的遣犯服役年限期满后,即在当地安插为民或为兵,一般都不准返回原籍,只能永远居住在新疆。这些遣犯及其后代定居新疆,在新疆地区生活、耕种,兴修水利,带来了中原先进的生产技术、文化观念和社会习俗,在交流融合中促进了新疆地区农业、手工业的发展,为开发、建设、守卫新疆作出了重要贡献。

二、贬官

“乾隆年间，新疆开辟，例又有发往伊犁、乌鲁木齐、巴里坤各回城分别为奴种地者。……若文武职官犯徒以上，轻则军台效力，重则新疆当差。成案相沿，遂为定例。”①于是从乾隆二十五年开始，清政府将因公诖误革职者和因徇私枉法、贪污受贿等私罪被查处革职的各级文武官员，发遣到新疆效力赎罪、充当苦差。这些因罪被革职的官员到戍所后，《乌鲁木齐政略》记载：“文职交文员收管，武职交营收管。”除效力并自备资斧当差外，其余当差、充当苦差等，每月支给口粮三十斤。废员到屯，文职交印房带验给差，武职交营务处带验酌派差使。除捐赎、立有军功和遇到特赦提前释回内地外，一般是三年满期后释放回籍。乾隆二十九年，“又谕曰：明瑞等以原任吉林将军萨喇善效力三年届满具奏。甚属非是。萨喇善获罪发往，即逗遛不前。自应少为留待。明瑞何以代为陈奏。嗣后武职一品大臣、文职二品以上大臣，获罪发往伊犁、叶尔羌等处效力自赎者，三年届满，不必具奏。其武职二品以下、文职三品以下人员，俟三年满期之时，仍照例请旨”（《清高宗实录》卷七二二）。被发遣到新疆的官员大多数是武职二品以下、文职三品以下人员，所以他们在新疆效力三年基本上就可以返回内地，其中不少人得到皇帝的“加恩”而重新任职，甚至担任了更高的官职。

据乾隆四十四年索诺木策凌（首任乌鲁木齐都统）主持修纂的《乌鲁木齐政略》载，自乾隆二十六年（1761）到乾隆四十三年，发遣

① 赵尔巽等撰《清史稿》，北京：中华书局，1977 年版，第 4195 页。

乌鲁木齐的废员有101人。而和宁编纂的《三州辑略·流寓门》记载乌鲁木齐自乾隆二十五年至六十年先后安置各类贬官318人，其中乾隆二十五年至乾隆四十三年底有98人。在《乌鲁木齐政略》和《三州辑略》中均记载的有87人：纳山、观成、萨音绰克图、那亲阿、邬德麟、德保、七达色、裴嘉乐、任景、刘洪、松山、刘绍汜、额尔赫图(《三州辑略》载作额尔克图)、陈题桥、罗学旦、罗崇德、张廷显、赫达色、常安、邱天宠、众神保、陈梦元(《三州辑略》载作程梦元)、永保、孔继韶、陈善礼(《三州辑略》载作陈尚礼)、宁古齐、徐世佐、纪昀、苏起文、二格、德亨(《三州辑略》载作德恒)、和永、额尔金布、宋钰、邱佐邦、赛尚阿(《三州辑略》载作赛尚阿株)、金良、刘智贤(《三州辑略》载作刘治贤)、呼延华国、郑玉时(《三州辑略》载作郑遇时)、梁秉赐(《三州辑略》载作梁东旸)、杨逢元、六十七(原任佐领)、李翊(《三州辑略》载作李翔)、童士奇、马守全、朱廷瑞、吴青华、倪万邦、章密(《三州辑略》载作章密密)、董承宣(《三州辑略》载作董成宣)、胡光、杨茂春、刘绍濂、游宗义、刘必捷(《三州辑略》载作张必捷)、武维治、福官保、珠拉克、六十八、乔大椿(《三州辑略》载作乔火椿)、刘守章(《三州辑略》载作刘守童)、六十七(原任中书)、图拉、强清、福禄、武元率(《三州辑略》载作武元宰)、阿尔尔库(《三州辑略》载作阿里尔库)、明福、蒋龙昌、蔡锡伯、潘复和、范全孝(《三州辑略》载作范全考)、开泰、海龄、唐辉、程大治、裕福、薛隆绍、马全、薛闳、张家鹏、四寅、孔鹏、王祖夔、万世通、纽伦。《乌鲁木齐政略》有记载而《三州辑略》无记载的有14人：吴士胜、佟福柱、伏魔保、四十五、朱立基、赫尔纳、高宗瑾、图尔禅、东额洛、程如震、德柱、耿毓孝、徐爵、扈应麟。《三州辑略》有记载而《乌鲁木齐政略》无记载的有11人：李文荣、李清、吞多、娄正高、贺成恩、奇山、王龙、王国昌、陈大吕、高起凤、余应豪。

乾隆四十五年至六十年，《三州辑略》记载的发遣到乌鲁木齐的官员有220人：桑额得、阿密尔浑、音孙、朱秉智、徐建献、徐勉、赵得功、席钰、张珑、方洛、杨大、曹麟开、蒋业晋、章绅、胡元琢、李福善、沈超、郑天濬、周得陞、黄登溥、甘国荣、甘国麟、王大年、李治、吴彬、范麟、张本麟、张心鉴、夏恒、屠士林、吴嵙、周恭先、五明安、景椿、文臣、何永昌、曹联捷、德亲、同福、色伦、奇纳保、巴杭阿、黄济清、陈大钟、朱越、宋遵仁、兴铭、张履观、黄恩彩、白文常、德克登额、查史、来格、纳延太、七十八、马殿翼、买千寿、黄得秀、观索、乌林保、叶尔太、善德、苏伦保、范树栋、五神保、福得、孔衍昆、叶虎、王宏毅、萨继勋、吴榛、林逢升、谈英雄、奎亮、王风清、陈得福、李智和、札克丹、巴什、孙挺、富贵、王笃佑、吴趯、王询、那福、潘成、蔡大猷、关卫邦、周玉驹、黄宗侠、张拱、恒德、和宁安、福明阿、孙成基、刘淑枫、张启林、六十三、彭朝龙、傅嵩安、吴启元、色钦、景文、王廷玉、沈明掞、达冲阿、正柱、陈国栋、富兴、马奋麟、张惇典、王蕙元、重福、富森太、官正邦、蔡永胜、赵勇、孔天荷、宁淑昌、胡有元、王绍元、邵振刚、席荣、陈朝魁、帅挺、巫昆、许朝芳、黄廷扬、郑攀凤、陈国太、靳金梁、孙朝亮、叶琪英、石生辉、傅敦仁、沈祖礼、郑名邦、董学海、李生魁、王殿开、施必得、石光升、李大特、蔡日助、徐维城、吕憬蒙、柴必魁、黄金印、徐机、王勇、傅殿飏、延恂、郑元好、杨世忠、张继勋、金上达、彭鋆、成城、陈士份、杨飞鹏、王洪、徐鼎士、邬维肃、许廷瑞、谢元斌、龙铎、孟芮、王光升、费元震、德征、潘元焯、李凤鸣、王楠、周丹霁、禄德、史映綵、周一雷、谢祖锡、陈开源、陈扬、唐思勋、刘文敏、林赞盛、李时景、王遇彩、张兆鲲、尤应麟、陆进深、汪文昭、何星源、哈集、潘凤翼、沈峻、杨坊、顾熙、张廷春、沙尔布、林雨化、张汉、卢翰春、陈威扬、吴夔龙、观得保、达敏、伊兰太、郭维垣、赵文照、蔡赽发、陈大刚、林国彪、林茂贵、鲍鸣凤、诸源智、王连元、沈则文、阮曙、明亮、郭璸、陈一桂、穆和蔺。

这个时期，发遣伊犁的贬官有格勒克巴木丕勒、苏崇阿、噶勒桑、吹喇什、马进福、六格、鄂逊、爱必达、锡占、八十四、存泰、刘奇伟、陶浚、承德、那明阿、阿明阿、恒德、德文、明琦、博尔敦、伍岱、姜毓渭、谢溶生、长安、秦雄褒、舒通阿、英泰、倪宏文、孙士毅、于时和、汪折、萨涵泰、那沾、徐烺、夏璇源、呢克图、六十七、果星阿、路德沛、景禄、杜玉林、业成额、李阔、王士棻、庆兴、额伦泰、五明安、和善、富明德、华封、纪闻歌、林琅奉、富勒浑、李定国、柯德成、承安、觉罗阿永阿、李玉鸣、徐步云、阿思哈、桂林、文绶、克升额、庄肇奎、塞珠伦、奇德、陈庭学、刚塔、赵钧彤、恒瑞、王大枢、乌什哈达、察起图串图、都尔嘉、张心境、张全得、王国栋、陈经纶、李天培、舒敏、塔琦、雅德、书麟、陈遵五、刘杰、马二偕、伊椤额、玉德、亓九叙、舍尔图等。

此外，还有发往叶弥羌的鄂岱、和阗的徐绩、喀什噶尔的孟嘉永等。

这个时期发遣到新疆的各项官犯主要集中在乌鲁木齐地区(包括巴里坤、吐鲁番、哈密等地)、伊犁地区，人数颇多，他们撰写了难以数计的奏议、日记、游记等，创作了大量的诗文，涌现出一批成就卓著的诗人，乌鲁木齐、伊犁也由此成为新疆诗文创作的中心。加上各类官犯携带的汉语书籍、文化观念等也在新疆广泛传播，中原文化与西域文化交流交融，一定程度上推动了新疆各民族文化的发展，促进了多元一体的中华文化发展。

限于篇幅，下面以能诗文者分别予以论述。

第二节 纪昀与《乌鲁木齐杂诗》

纪昀(1724—1805),字晓岚,直隶献县(今属河北)人。乾隆十九年(1754)进士,改庶吉士。历任编修、翰林院侍读学士、兵部侍郎等职,累官至礼部尚书、兵部尚书,协办大学士,加太子少保。谥号文达。《清史稿·纪昀传》:"昀学问渊通。撰《四库全书》提要,进退百家,钩深摘隐,各得其要指,始终条理,蔚为巨观。"①纪昀以学问文章著声公卿间四十余年,国家大著作,非他莫属。著有《纪文达公全集》。

乾隆三十三年七月,纪昀因徇私漏言被革职戍乌鲁木齐,至乾隆三十六年二月才治装东归,有《乌鲁木齐杂诗》一百六十余首。

一、纪昀谪戍乌鲁木齐缘由、路线及交游考

关于纪昀被革职发往乌鲁木齐效力赎罪的缘由,未见于纪昀相关著述,《清史稿·纪昀传》记载:"前两淮盐运使卢见曾得罪,昀为姻家,漏言夺职,戍乌鲁木齐。"《清朝野史大观》的记载虽与史实不符,然流传甚广。纪昀来新疆乌鲁木齐的路线及之后的行迹、交游或无记载,或语焉不详,兹对其中若干问题考述如下。

乾隆三十三年两淮盐政亏空案发,七月二十四日,纪昀等因泄

---

① 赵尔巽等撰《清史稿》,第10771页。

露惩治原盐运使卢见曾贪污案消息而获罪，上谕："纪昀瞻顾亲情，擅行通信，情罪亦重，着发往乌鲁木齐效力赎罪。"(《清高宗实录》卷八一五"乾隆三十三年七月己酉"条)同年七月底，刑部差遣解运饷银军校两名押解纪昀离开北京，由直隶(今河北)入山西，渡黄河后过陕西，到甘肃，然后进入新疆，于是年底抵达乌鲁木齐，前后历时五个多月，行程八千六百余里。从京城到边城，路途遥远，交通不便，自然环境恶劣，且语言不通，生活艰苦，使纪昀的精神和肉体备受折磨。纪昀到达乌鲁木齐，受到当时乌鲁木齐办事大臣温福的重用，令其在迪化千总署衙门文案房服役。乾隆三十五年十二月，恩命赐环，但直到乾隆三十六年二月，纪昀才治装东归。期间，纪昀完成《乌鲁木齐杂诗》一百六十多首，每首诗均为四句，并加简要自注，厘定为风土、典制、民俗、物产、游览、神异六个部分。这些诗写出了乌鲁木齐城市发展变迁的情况，记载了清代中期新疆丰富的矿产资源，赞美了边疆美丽的自然景色，反映了新疆各族人民当时的生活风貌，是清代西域边塞诗和贬谪诗的组成部分，具有相当高的价值。

(一) 纪昀谪戍乌鲁木齐的缘由

《乌鲁木齐市志·人物》之"纪昀"条："乾隆三十三年两淮盐政亏空案发。纪昀因盐运史卢见曾是姻亲受株连，终以漏言泄密获罪，革职流放乌鲁木齐。"[①]依此说，纪昀被革职流放乌鲁木齐，是因为与卢见曾是姻亲而受株连的结果。事实却并非如此。

---

① 乌鲁木齐市党史地方志编纂委员会编《乌鲁木齐市志》，乌鲁木齐：新疆人民出版社，1999年版，第381页。

乾隆三十三年，尤拔世任两淮盐政，他赴任后对盐商苛索遭到拒绝，便以奏报财务交割清单为名揭发前任普福与盐商勾结吞帑贪黩罪行。于是，扬州两淮盐运使司亏空 1 000 万两盐税案发，亦称 1768 年两淮盐引案。乾隆帝对此案十分重视，下令追究历任盐运使之罪，“即密遣江苏巡抚彰宝会同盐政尤拔世清查。不久，就查出普福、高恒、卢见曾等盐使要员屡年受贿、侵帑贪黩罪行”①。经查卢见曾受贿总值 16 000 两，占赃银总数的 1.8%，连同隐匿财产，论罪处绞。在查办卢见曾贪污案时，纪昀、徐步云、赵文哲、王昶分别向卢家通风报信，使卢见曾提前疏散财产，免遭查抄，因此引出卢见曾寄顿资财一案。

据《清高宗实录》卷八一五“乾隆三十三年七月己酉”条记：

> 大学士刘统勋奏，审讯卢见曾寄顿资财一案，先后究出与卢见曾认为师生之候补中书徐步云，伊戚翰林院侍读学士纪昀，并军机处行走中书赵文哲，军机处行走郎中王昶，漏泄通信，照例拟徒。……得旨：徐步云与卢见曾认为师生，遇此等紧要案件，敢于私通信息，以致卢见曾预行寄顿，甚属可恶，着发伊犁效力赎罪。纪昀瞻顾亲情，擅行通信。情罪亦重，着发往乌鲁木齐效力赎罪。余依议。

“纪昀瞻顾亲情，擅行通信”到底是怎么一回事？《清朝野史大观》卷六《清人逸事》中《纪晓岚之机警》条记载纪昀“以茶叶少许贮空

---

① 李寅生著《因两淮盐引案“漏言”流戍西陲前后的纪昀》，《扬州职业大学学报》，1997 年试刊。

函内,外以面糊加盐封固,内外不著一字”而使卢氏获知案情,我们认为不足为信。

《清高宗实录》卷八一五“乾隆三十三年七月己未条”有如下记载:

> 刘统勋等奏,查办两淮盐引一案,卢见曾先得信息,藏匿资财。讯问伊孙卢荫文,据供系伊戚纪昀先告知两淮盐务有小菜银一事,现在查办。伊即于六月十四日差家人送信回家。后见郎中王昶谈及,王昶告伊,并非小菜银两,乃系历年提引事发,遂又雇人送信回家。

由此可知,纪昀只是告知卢荫文在查“两淮盐务有小菜银一事”,真正泄漏案情的是王昶。所以《清史稿·纪昀传》说:“昀为姻家,漏言夺职,戍乌鲁木齐。”

(二) 纪昀谪戍乌鲁木齐的路线

清代新疆与内地的道路走向与传统的“丝绸之路”基本一致,当时从北京至乌鲁木齐有八千六百里,主要有三条道路:一条是“官道”,也就是清代文献中所说的“皇华驿”;一条是“沿边一路”,又称“报捷路”;还有一条是“阿勒台路”。“官道”沿途设有众多驿站,是北京往返新疆的主要道路,大致路线是:北京→直隶(今河北)→山西→陕西→甘肃→嘉峪关→新疆。“报捷路”是北京直达新疆专门用来传递紧急命令、公文的道路,比走“官道”近400多公里,但行走不便,一般行人很少走,具体路线是:北京→直隶宣化(今属河北)→张家口→榆林→靖边(今属内蒙古)→宁夏→甘肃武威→嘉峪关→新疆哈密。“阿勒台路”是从北京通往新疆北部的伊犁、塔尔巴哈台（今塔城）的一条路，这条路要经过今蒙古国地区，交通更为不便，只是在特殊情况下（如新疆往北京进贡马匹时）才使用。纪昀被革职后，曾被收监，乾隆三十三年八月，他才离开北京，于是年底抵达乌鲁木齐。在遣戍乌鲁木齐途中，纪昀所作诗文较少，更无日记，今仅见《杂诗三首》和《题同年谢宝树小照》。《纪晓岚年谱》亦载纪昀“路过陕西时，曾在同年谢宝树处小住”①及“东还过晋，留朱藩署数日”②。故我们认为纪昀谪戍乌鲁木齐走的是“官道”。据洪亮吉《伊犁日记》、祁韵士《万里行程记》所记，可知洪、祁二人从北京到新疆走的也是“官道”。综上，我们认为“官道”是遣戍官员往返北京、新疆的主要道路，纪昀谪戍乌鲁木齐所经地点路线如下：

北京→涿州→定兴县→安肃县→保定→定州→正定府→乐平故县→榆次县→徐沟县→祁县→平遥县→介休县→灵石县→霍州→赵城县→临汾县→平阳府→曲沃县→闻喜县→夏县→安邑县→猗氏县→临晋县→蒲州→潼关→华阴县→华州→渭南县→临潼县→西安府→咸阳县→醴泉县→乾州→永寿县→豳州→长武县→泾州→平凉县→隆德县（今属宁夏）→静宁州→会宁县→安定县→金县→兰州府→皋兰县→平番县→古浪县→凉州府→永昌县→山丹县→甘州府（即张掖）→肃州→嘉峪关→赤金湖→玉门县→三道沟→安西州→红柳园→大泉→星星峡→长流水（清代驿站）→哈密→镇西府（即巴里坤）→奇台县→乌鲁木齐。概括地讲，就是纪昀离开北京后，由直隶（今河北）入山西，渡黄河后过陕西，

---

① 贺治起、吴庆荣著《纪晓岚年谱》，北京：书目文献出版社，1993年版，第49页。

② 贺治起、吴庆荣著《纪晓岚年谱》，第56页。

到甘肃，穿越河西走廊进入新疆，然后抵达乌鲁木齐，前后历时五个多月，行程有八千六百余里。

有清一代，发遣到新疆的流人和革职官员走的都是“官道”，路线大同小异，下文不再赘述。

（三）纪昀在新疆期间的交游

乾隆三十三年年底，纪昀抵达乌鲁木齐。“当时乌鲁木齐武官甚多，军民之中目不识丁者比比皆是，于是乌鲁木齐办事大臣温福就决定让纪晓岚在迪化千总署衙门文案房服役。”①纪昀即开始在乌鲁木齐的效力赎罪生活。新疆冬季气温大都在零度以下，最冷时甚至达到零下三十度，迪化千总柴有伦关照纪昀，“令纪自建小屋一椽，安置炉灶做饭、取暖，一早到衙门听差”②。但纪昀在新疆的饮食起居还是有诸多不便，《乌鲁木齐杂诗》自注曰：“壁虱至多，虽大官之居不免。侍郎徐公所居，以两钱募捕一枚，冀绝其种，竟不能也。余建新居不半月，已蠕蠕满壁。”③这些并不影响纪昀效力赎罪的热情。到乾隆三十四年五月，纪昀便鞅掌簿书，“为戍所印务章京”④。印务章京，官名，清朝八旗都统衙门之属官，又称“协理事务章京”“印房章京”，主要是协助印务参领办理章奏文移、档案、印务之事。效力赎罪之人为何被任命为印务章京？这与乌鲁木齐办事大臣温福有关。“乾隆三十四年（1769 年），温福的奏章中连错二字……乾隆大怒，将乌鲁木齐办事大臣温福降二级留

---

①　王云红编著《流放的历史》，北京：中国文史出版社，2006 年版，第 145 页。

②　王云红编著《流放的历史》，第 146 页。

③　孙致中、吴恩扬、王沛霖校点《纪晓岚文集》（第一册），石家庄：河北教育出版社，1991 年版，第 606 页。

④　贺治起、吴庆荣著《纪晓岚年谱》，第 50 页。

任，罚俸三月。……自此，温福对笔贴式抄毕的奏章、草拟的奏稿都令纪晓岚审看，有时还令纪晓岚重新拟过。”[①]所以纪昀才“受命执掌文书，具体负责起草奏折公文，也可处理一般政务”[②]。纪昀与温福经常接触，关系日益密切。到乾隆三十五年，纪昀迁为佐助军务，这使他的行动更为自由，能亲赴一些地方调查兵屯、勘察地形，如《乌鲁木齐杂诗》云“二道河旁亲驻马，方知世有漏沙田”等。纪昀还协助乌鲁木齐提督巴颜弼处理过重要政务。《经筵讲官太子少保协办大学士礼部尚书管国子监事谥文达纪公墓志铭》载纪昀“缘事呈误，发乌鲁木齐效力，时遣戍单丁五年积至六千人，为都统具奏稿，得旨咸释为民”[③]。

从《乌鲁木齐杂诗》来看，纪昀在戍期间，与乌鲁木齐官员交往较多，除公务往来外，相互间经常走访交谈。(1) 参加祭祀活动，如“烟岚遥对翠芙蓉，鄂博犹存旧日踪。缥缈灵山行不到，年年只拜虎头峰”，这写的是每年农历四月十五日，纪昀与其他官民在乌鲁木齐红山参加祭山典礼的情景。(2) 进山打猎，如“山珍入馔只寻常，处处深林是猎场。若与分明评次第，野骡风味胜黄羊”，在打猎后品尝猎物，纪昀认为野骡“肉颇腴嫩”，比黄羊更好吃。(3) 考古，如“古迹微茫半莫求，龙沙舆记定谁收。如何千尺青崖上，残字分明认火州”，这记载了纪昀在吐鲁番东南、高昌故城东北的考古活动。(4) 参加元宵灯谜会，如“绛蜡荧荧夜未残，游人踏月绕栏干。迷离不解春灯谜，一笑中朝旧讲官”，此诗还自注曰：“元宵灯谜亦同内地之风，而其词怪俚荒唐，百不一解。”纪昀在乌鲁木齐

① 王云红编著《流放的历史》，第 146 页。
② 乌鲁木齐市党史地方志编纂委员会编《乌鲁木齐市志》，第 381 页。
③ 朱圭撰《知足斋文集》卷五，清嘉庆间刻本。

参加正月十五的元宵灯谜会，竟然是“百不一解”，“一笑中朝旧讲官”写出了纪昀与朋友的密切关系。(5) 观看舞狮比赛和马戏，如“箫鼓分曹社火齐，灯场相赛舞狻猊。一声唱道西屯胜，飞舞红笺锦字题”，写出了纪昀在乌鲁木齐观看舞狮比赛的真实感受。(6) 参加宴饮、品茶、赏花等，如“芳草丛丛各作窠，无名大抵药苗多。山亭宴罢扶残醉，记看官奴采薄荷”，“姹紫嫣红廿四畦，香魂仿佛认虞兮。刘郎倘是修花谱，芍药丛中定误题”，从中可见纪昀在新疆生活比较悠闲，应酬较多，也可知他与乌鲁木齐各官员交往密切。

纪昀在日常生活中接触交往的还有流放到乌鲁木齐的遣犯(户)。《乌鲁木齐杂诗》注中提到的具体人名有黄宝田、程四、简大头、刘木匠、何奇、孙七等，不知名的有“遣户子弟”“伶人”等。

二、《乌鲁木齐杂诗》的创作及版本研究

纪昀出身以诗传家科甲鼎盛的世家，学诗有家学渊源和物质基础。后走上仕途，诗笔日趋成熟，影响渐大，在翰林院庶吉士馆中有“南钱(大昕)北纪(昀)”之称。可见纪昀在当时颇有诗名。纪昀谪戍乌鲁木齐后，更是有创作诗歌的材料(信息)和内在动力。可他却再三强调在乌鲁木齐两年多的时间里“鞅掌簿书，未遑吟咏”，并自称《乌鲁木齐杂诗》一百六十首写于乾隆皇帝下谕释还的途中。我们认为纪昀来到乌鲁木齐后即开始创作《乌鲁木齐杂诗》，且实际创作的数量多于一百六十首。

(一)《乌鲁木齐杂诗》的创作情况

《乌鲁木齐杂诗·自序》云：

> 余谪乌鲁木齐，凡二载，鞅掌簿书，未遑吟咏。庚寅十二月，恩命赐环。辛卯二月，治装东归。时雪消泥泞，必夜深地冻而后行。旅馆孤居，昼长多暇，乃追述风土，兼叙旧游。自巴里坤至哈密，得诗一百六十首。意到辄书，无复诠次，因命曰《乌鲁木齐杂诗》。……乾隆辛卯三月朔日，河间旧吏纪昀书。

纪昀在序中交代了《乌鲁木齐杂诗》创作的动因是“旅馆孤居，昼长多暇”，目的是“思报国恩”“昭示无机”，并落款撰写时间是乾隆三十六年三月。我们对此说有异议，理由有三。

其一，“谪乌鲁木齐，凡二载，鞅掌簿书，未遑吟咏”。纪昀在乌鲁木齐两年，果真没有闲暇时间写诗吗？非也。纪昀以能诗名噪翰林院庶吉士馆，在乌鲁木齐两年同样写了不少诗，“《阅微草堂笔记》中就载有在乌鲁木齐时的诗作多首，有的就自称属《乌鲁木齐杂诗》”①。《乌鲁木齐杂诗》中的部分作品也可看出是在成期间陆续写下的，如“春鸿秋燕候无差，寒暖分明纪岁华。何处飞来何处去，难将踪迹问天涯”。纪昀通过写春来秋去的鸿雁，表达了思乡之情，其中还流露出不知自己何时能回中原的苦闷。又如“飞飞干鹊似多情，晚到深林晓入城。也解巡檐频送喜，听来只恨是秦声”。干鹊，即喜鹊，是好运与福气的象征，传说能报喜。纪昀在写新疆喜鹊“也解巡檐频送喜”后，笔锋一转，“听来只恨是秦声”，说明喜鹊并没有带来他所期待的好消息——“赐环”。等等。纪昀之所以

---

① 周轩、修仲一编注《纪晓岚新疆诗文·前言》，乌鲁木齐：新疆大学出版社，2006年版，第18页。

不提自己在乌鲁木齐的作诗情况，或许是谨慎小心，或许有不得已的苦衷。

其二，纪昀离开乌鲁木齐后，才“追述风土，兼叙旧游，自巴里坤至哈密，得诗一百六十首”。从乌鲁木齐到巴里坤，约一千里的路程，对纪昀来说，一样是“雪消泥泞，必夜深地冻而后行。旅馆孤居，昼长多暇”，为何没有作诗？从巴里坤至哈密，不过三百余里，数天行程而已。短短几天时间作诗一百六十首，平均每天作诗二、三十首，令人难以置信。

其三，我们认为《乌鲁木齐杂诗》是纪昀在新疆期间陆续创作的，且大部分是他戍居乌鲁木齐时完成的。东归途中，他也会作一些诗，限于时间和心境，数量不会很多。经比较《借月山房汇钞》本（嘉庆十三年刻本）和《纪文达公遗集》本（嘉庆十七年刻本），我们发现这两个版本的《乌鲁木齐杂诗》有数首各不同，因此断定实际诗作不止一百六十首。“纪晓岚自称《乌鲁木齐杂诗》为一百六十首，应为作者在汇刊印行时选定的诗作，原诗作并不止此数。……可知正式印行时有一些诗作未被收入。此次本书收诗一百六十二首。”①据王希隆订对，“《阅微草堂笔记》中就载有纪昀在乌鲁木齐时的诗作4首，均不见《乌鲁木齐杂诗》刊本所载，而其中的3首纪昀自称都属《乌鲁木齐杂诗》。可知正式印行时有一些诗作未被选入”②。王希隆在《阅微草堂笔记》中见到但未收入任何版本的4首《乌鲁木齐杂诗》分别是：(1)《阅微草堂笔记》卷五载：“余《乌鲁木齐杂诗》有曰：‘鸳鸯毕竟不双飞，天上人间旧愿违。白草萧萧埋

---

① 周轩、修仲一编注《纪晓岚新疆诗文·前言》，第18页。

② 王希隆著《纪昀关于新疆的诗文笔记及其识史价值》，《中国边疆史地研究》，1995年第2期，第39页。

旅榛，一生肠断华山畿。'"(2) 卷十二载："余作是地《杂诗》，有曰：'石破天惊事有无，从来好色胜登徒。何郎甘为风情死，才信刘郎爱媚猪。'"(3) 卷十三载："余《乌鲁木齐杂诗》曰：'一笔挥鞭马似飞，梦中驰去梦中归。人生事事无痕过，蕉鹿何须问事非。'"(4) 卷十六载："一日，功加毛副戎自述生平，怅怀今昔，偶为赋一绝句曰：'雄心老去渐颓唐，醉卧将军古战场。半夜醒来吹铁笛，满天明月满林霜。'"综上可知，从巴里坤至哈密这段时间里，纪昀主要是编选、厘定《乌鲁木齐杂诗》，乾隆三十六年三月应为《乌鲁木齐杂诗》手稿的定稿时间。

《乌鲁木齐杂诗》编定后，纪昀曾请钱大昕作序。钱氏《纪晓岚乌鲁木齐杂诗序》[①]云：

> 同年纪学士晓岚，自塞上还，予往候。握手叙契阔外，即出所作《乌鲁木齐杂诗》见示。读之声调流美，出入三唐，而叙次风土人物，历历可见。无郁轖愁苦之音，而有春容浑脱之趣。……读是诗，仰见大朝威德所被，俾遐疏沙砾之场，尽为耕凿弦诵之地。而又得之目击，异乎传闻影响之谈。它日采风谣、志舆地者，将于斯乎征信。夫岂与寻常牵缀土风者，同日而道哉？

(二)《乌鲁木齐杂诗》的版本

《乌鲁木齐杂诗》一百六十首，共一卷，"纪昀生前即已汇刊行世。嘉庆中期，张海鹏将其选辑入《借月山房诗钞》中。后《纪文达

① 钱大昕撰《潜研堂文集》(四)，商务印书馆万有文库本，第384页。

公遗集》亦有收载”[1]。引文中《借月山房诗钞》应为《借月山房汇钞》。王云五编《丛书集成》,据《借月山房汇钞》本排印。以上各种版本均收诗一百六十首。另,王锡祺《小方壶斋舆地丛钞》中收录了《乌鲁木齐杂诗》中的作者自注部分,名之为《乌鲁木齐杂记》,但错讹处不少,使用时须对照其他版本。经梳理,流传于世的《乌鲁木齐杂诗》有两个版本系统,一为《借月山房汇钞》本系统,一为《纪文达公遗集》本系统。

《借月山房汇钞》,嘉庆十三年刻,共十六集,收书一百三十四种,是张海鹏编、刻的一部综合性丛书,《借月山房汇钞》第十六集为纪昀之《乌鲁木齐杂诗》。张海鹏,张仁济之子,为当时著名的刻书家,所刻《学津讨源》《墨海金壶》《借月山房汇钞》是中国出版史上极有影响的三部丛书,流传甚广。张氏所刻丛书,在清道光年间被钱熙祚重编增刻为《守山阁丛书》《指海》等丛书。民国九年(1920),上海博古斋影印了清嘉庆间《借月山房汇钞》,称为“景嘉庆本”。又道光二十三年郑光祖汇刻《舟车所至》本。另有商务印书馆《丛书集成初编》本,此本据《借月山房汇钞》本排印。《借月山房汇钞》本系统《乌鲁木齐杂诗》一百六十首分为《风土》二十三首,《典制》十首,《民俗》三十八首,《物产》六十七首,《游览》十七首,《神异》五首。

《纪文达公遗集》,纪昀之孙纪树馨编,嘉庆十七年刻,有陈鹤、刘权之、阮元所撰序文三篇,共三十二卷,分文集十六卷、诗集十六卷,在十六卷诗中,“以卷九至卷十四诗价值最高”[2]。其中第十四

---

① 周轩、修仲一编著《纪晓岚新疆诗文·前言》,第17页。

② 张辉著《纪昀诗文创作成就浅探》,《中国人民大学学报》,1993年第2期,第110页。

卷即为《乌鲁木齐杂诗》。《纪文达公遗集》自嘉庆十七年(1812)刊刻后,后世各版本纷出,流传较广,今存嘉庆十七年刻本、嘉庆十七年纪树馥重刊本、嘉庆二十一年刻本、道光三十年重刻本、宣统二年上海保粹楼石印本、清刻本及《纪晓岚文集》本。

从刊刻时间来看,《借月山房汇抄·乌鲁木齐杂诗》(嘉庆十三年刻)早于《纪文达公遗集·乌鲁木齐杂诗》(嘉庆十七年刻),但据《纪文达公遗集·陈鹤序》载:"公孙刑部郎中树馨手自辑录,积久成帙。公薨四年而树馨居同知府君之丧,乃尽发向时所录及已梓行者……类而次之,总若干篇为若干卷。"《纪文达公遗集·刘权之序》亦云:"兹公孙香林西曹,克绍家声,敬将平日检存者付梓寿世。"香林,纪树馨字也。综上可知,由于张海鹏没有交代《借月山房汇抄》本《乌鲁木齐杂诗》出处,而《纪文达公遗集》本为纪树馨"平日检存者",故前者刊刻时间虽早后者四年,后者内容较前者应准确得多。

三、《乌鲁木齐杂诗》的特色

《乌鲁木齐杂诗》是纪昀谪戍乌鲁木齐期间的作品,所以不可避免地受到作者所处时代、地域及诗人本身等因素的影响,从而呈现出鲜明的时代特色、地域特色和个人特色。《乌鲁木齐杂诗》的时代特色主要体现在记载了新疆统一后乌鲁木齐早期的政治、经济、文化情况,这是乾隆中期之后关于乌鲁木齐诗作中没有的;《乌鲁木齐杂诗》是竹枝词,体现了乾隆年间竹枝词风行诗坛的发展状况,但一直没有人注意,《历代竹枝词》[1]亦没有提及;写实性强,注

---

① 王利器、王慎之、王子今辑《历代竹枝词》,西安:陕西人民出版社,2003年版。

重描写实事实物实景。《乌鲁木齐杂诗》的地域特色则反映在诗中内容广泛而全面的描写了乌鲁木齐的风土人情，题材也因纪昀在乌鲁木齐的经历而变得丰富多彩。《乌鲁木齐杂诗》的个人特色最明显，从中可见纪昀诗风、性格、社会地位和生活环境的变化。

（一）在表现手法上具有浓郁的民歌特点

纪昀的《乌鲁木齐杂诗》不是七言绝句，而是竹枝词。“竹枝”，原是古代流传于四川东部的一种与音乐、舞蹈结合在一起的民歌，中唐元和前后始进入教坊，被称为《竹枝词》或《竹枝歌》。刘禹锡写出脍炙人口的《竹枝词》十一首后，诗家争相仿作，写竹枝词的人渐多。由于许多文人用竹枝词抒写男女爱情等，所以又叫言情竹枝词。宋、元以后，文人写的竹枝词逐渐离开民歌的本色，形成吟咏风土人情、记时事的一种新诗体。“这种诗体，七言四句，专门描绘风土时尚，以纪事为主。到了清乾隆年间，竹枝词风行起来。”①竹枝词作为一种古典格律诗与民歌相结合而产生的特殊诗歌样式，其形式与七言绝句类似，除讲求押韵外，句中平仄可以不拘，格律要求相对灵活。所以，纪昀选择用竹枝词的形式记述当时乌鲁木齐的风土人情等，故我们认为《乌鲁木齐杂诗》在表现形式和手法上具有浓郁的民歌特色。

1. 大量使用比兴、重叠、双关等民歌常用传统手法。纪昀通过广泛运用比兴的表现手法，很好地实现了事、景、情的统一，如写漏沙田，先写“长波一泻细涓涓，截断春山百尺泉”，“二道河旁亲驻马”后才写“方知世有漏沙田”；又如写红柳娃，以“茸茸红柳欲飞

---

① 杨米人等著，路工编选《清代北京竹枝词·前言》（十三种），北京：北京古籍出版社，1982年版，第1页。

花”一句起兴，引出要叙的“歌舞深林看柳娃”。纪昀用词通俗易懂，清新活泼，容易传唱，如用“碧泠泠”写流水，“腊雪深深”写天寒，“闽海迢迢”写路远，“鳞鳞小屋”写村落。此外，纪昀还在诗中运用双关的表现手法，如写“八寸葵花色似金，短垣老屋几丛深。此间颇去长安远，珍重时看向日心”。通过写葵花向日来表现边陲民心所向，“语带双关，诗意尤深”①。

2.“声调流美”，真情直言、方言俚语皆入诗。如“吐蕃部落久相亲，卖果时时到市阛。恰似春深梁上燕，自来自去不关人”，其中“恰似春深梁上燕，自来自去不关人”，语调轻快，读来琅琅上口，整首诗非常形象、生动写出了各民族之间贸易往来的自由；又如“一声骹矢唳长风，早有饥鸢到半空。惊破红闺春昼梦，齐呼儿女看鸡笼”，“半空”“鸡笼”，均为民间口语，用如此通俗的语言比较真实地描述了劳动人民的日常生活。纪昀还创造性的采用一些新疆维吾尔族语词入诗，具有很强的地方民族特色。如“地近山南估客多，偷来蕃曲演鸯歌。谁将红豆传新拍，记取摩诃兜勒歌”，鸯歌并非是纪昀生造之词，而是维吾尔语“媳妇”“嫂子”的音译，纪昀有意选择“鸯”和“歌”这两个字表音，与汉语中的“鸳鸯”表达爱情，恋爱男女以哥(兄)妹相称的表达习惯有关。“摩诃”也是一个音译词，在维吾尔语中是“音乐”“乐曲”的意思。这些表明纪昀在乌鲁木齐期间直接或间接接触过维吾尔族人，并对他们的某些语言有很深的印象，因此在诗中有所反映。总之，将俚语、俗语、方言、口语写进诗中，使《乌鲁木齐杂诗》具有浓郁的乡土气息，体现了竹枝词的俗美特质。

---

① 郝浚、华桂金、陈郊简注《乌鲁木齐杂诗注·前言》，第17页。

（二）写实性强，注重描写实事实物实景

《乌鲁木齐杂诗》最主要的特色是记事写实性很强，真实的记述了作者置身于另一文化体系中的新奇见闻和特殊感受。这与清代求实的学术风气和重事实的诗学崇尚有关，清代诗坛多宗法求实求真的宋诗，清代文人更是讲求“无一字无来处”。这些深深影响着纪昀。“其《杂诗》述行程、写见闻、记风俗、录风情，多为实事实景之摹写。且务求精确细致，不涉夸饰张扬。”①集中反映在以下方面：

1. 每首诗后都加有自注。《乌鲁木齐杂诗》每首诗后都有或详或略的自注，这些自注短的几个字而已，一般是几十字，多的有几百字，如同一篇考证文章。自注对诗中所述内容或作补充，或进行说明，如“斑斓五色遍身花，深树多藏断尾蛇。最是山南烽戍地，率然阵里住人家”，自注曰：“山树多蛇，尾齐如截，伊拉里克卡伦尤多，不可耐。”伊拉里克，今新疆托克逊县伊拉里克乡以西山口一带，距乌鲁木齐一百多公里。卡伦，为满语“哨所”之意。通过自注，读者可以知道伊拉里克卡伦蛇很多，驻守此地的官兵生活很艰苦。又如“山田龙口引水浇，泉水惟凭积雪消。头白蕃王年八十，不知春雨长禾苗”，自注云：“岁或不雨，雨亦仅一二次，惟资水灌田。故不患无田而患无水，水所不至，皆弃地也。其引水出山之处，俗谓之龙口。”注中写乌鲁木齐一年中降雨少，农夫种田全靠冰雪消融之水浇灌，故“不知春雨长禾苗”，真实地反映了乌鲁木齐农业与内地的差异。

---

①　黄刚著《论纪昀的西域边塞诗》，《兰州教育学院学报》（社会科学版），1996年第1期，第36页。

2. 地理地名入诗。《乌鲁木齐杂诗》中有较多新疆地理概念，诗或注中的地理地名比较明确，且多为实指。如“二道河旁亲驻马，方知世有漏沙田”中“二道河”，即为今新疆阜康市东部的二道河子；“惊飙相戒避三泉，人马轻如一叶旋”中“三泉”，即三个泉，今新疆吐鲁番以西铁路沿线二十公里处；又如“夜深宝气满山头，玛纳斯南半紫镠”中“玛纳斯”，即今新疆玛纳斯县；“西到宁边东阜康，狐踪处处认微茫”中“宁边”即今昌吉市，“阜康”即今阜康市；“五个山头新雨后，春泥才见虎蹄踪”中“五个山头”，即他奔掩罗海哨所；还有秦地（乌鲁木齐一带）、秀野亭（乌鲁木齐汉城中的一座建筑）、三台（今新疆吉木萨尔县三台镇）、西屯（今乌鲁木齐市头屯河一带）等，从名城重镇到边站哨所，诗中一一列出地名，读者可以清晰地看出诗人在新疆的行踪经历。

3. 以考据为诗。清中叶，考据之学渐盛，清诗创作因此产生以学问为诗、以考据为诗的现象，尤其是一大批学者型诗人的诗作多反映出考证学的观点。纪昀的《乌鲁木齐杂诗》也表现了考证学的内容，如：“古迹微茫半莫求，龙沙舆记定谁收。如何千尺青崖上，残字分明认火州。”诗下自注：“哈拉火卓石壁上有‘古火州’字，不知何时所勒。”纪昀后又告之钱大昕古火州字一事的详细情况并为钱氏所重视。钱氏在《纪晓岚乌鲁木齐杂诗序》中有如下记载：“间又语予：尝见哈拉火卓石壁有古火州字，甚壮伟，不题年月。火州之名始于唐，此刻必在唐以后。宋金及明疆理不能到此，当是元人所刻。予以《元史·亦都护传》及虞文靖所撰《高昌王世勋碑》证之。则火州在元时，实畏吾儿部之分地。益证君考古之精核。”①

① 钱大昕撰《潜研堂文集》（四），第384页。

钱大昕为何特意在序中记载此事？其一，说明纪昀、钱大昕均认为此事重要、有价值；其二，愚以为钱大昕或受当时诗风影响，或对此亦感兴趣，故有意突出，以激发读者的阅读期待。以考据为诗，我们认为是清诗的一个特点。在清廷实行文化专制政策的大背景下，以考据为诗是诗人的一种无奈之举，也是一种自觉行为，客观上拓宽了诗歌的表现内容，对清诗创作产生了积极影响。

4. 数字入诗。在《乌鲁木齐杂诗》中，有 82 首诗出现了数字，有 15 首诗出现 2—3 处数字，其中“一”字用 34 次，“三”“五”“八”“十”“万”用 10 余次。这些数字，有的是虚数，但更多的是作者精确计算出来的实数。如：“三十四屯如绣错，何劳转粟上青天”，“三十四屯”即乌鲁木齐统辖的各地汉军绿营的兵屯总数，其自注“中营七屯，左营六屯，右营八屯，吉木萨五屯，玛纳斯四屯，库尔喀拉乌苏二屯，晶河二屯”是也。又如“只怪红炉三度炼，十分才剩一分零”，“三度炼”讲的是当时铁厂炼熟铁的次数，“十分才剩一分零”说明产铁率低，与其自注“每生铁一百斤，仅炼得熟铁十三斤”互为印证，使人感到真实可信。再如“割尽黄云五月初，喧阗满市拥柴车。谁知十斛新收麦，才换青蚨两贯余”，这首诗出现了数字“五”“十”和“两”共三处，准确道出了每年五月份新收麦子的价格，为我们今天了解乾隆中期新疆社会经济保存了重要史料。

（三）内容广泛而全面，题材空前的丰富

《乌鲁木齐杂诗》一百六十余首，内容丰富，分为风土、典制、民俗、物产、游览和神异六个部分，涉及社会民情、物产资源、生产方式、文化艺术、生活风俗等方面的情况，其中用较多篇幅描写了以下内容：

1. 自然景色。如写新疆的山，有“放眼青山三十里，已经雪压万峰尖”，“南北封疆画界匀，云根两面翠嶙峋”，“双城夹峙万山围，旧号虽存旧址非”，“峻坂连连叠七层，层层山骨翠崚嶒。行人只作蚕丛看，却是西蕃下马陵”。纪昀从不同角度写出了新疆山的“多”“高”“险”等特点。“山围芳草翠烟平，迢递新城接旧城。行到丛祠歌舞榭，绿氍毹上看棋枰。”这首诗从山起笔，由山写城，通过写新城旧城来写历史沿革，然后笔锋一转，“行到丛祠歌舞榭，绿氍毹上看棋枰”，随着诗人视角的变换，由城到景，乌鲁木齐的春天跃然纸上。又如写新疆的水，有“雪地冰天水自流，溶溶直泻苇湖头”；“百道飞流似建瓴，陡陀不碍浪花鸣”；“界破山光一片青，温暾流水碧泠泠”；“长波一泻细涓涓，截断春山百尺泉”。纪昀目睹了新疆丰富的水资源，并留下了深刻印象。“乱山倒影碧沉沉，十里龙湫万丈深。一自沈牛答云雨，飞流不断到如今。”这首诗写的是天山博格达峰下的天池，确实是“飞流不断到如今”。

2. 金、铁、云母、煤等矿产资源。如“夜深宝气满山头，玛纳斯南半紫镠”，写的是玛纳斯南山盛产黄金的情况。“温泉东畔火荧荧，扑面山风铁气腥。只怪红炉三度炼，十分才剩一分零”，这首诗写从铁矿中炼铁的情景。“云母窗棂片片明，往来人在镜中行。七盘峻坂顽如铁，山骨何缘似水精”，并自注：“云母石，产七打坂下，土人谓之寒水石，揭以糊窗，澄明如镜。”“七盘峻坂”即七打坂，据《乌鲁木齐事宜》记载：“七个打坂，在（乌鲁木齐）城南二百三十里，喀喇巴尔噶逊营（今达坂城）东十里。”由此可知，乌鲁木齐以南的达坂城东十里出产云母。“凿破云根石窦开，朝朝煤户到城来。北山更比西山好，须辨寒炉一夜灰”，此诗自注云：“城门晓启，则煤户联车入城。北山之煤可以供薰炉之用，焚之无烟，嗅之无味，易炽而难烬，灰白如雪，每车不过银三星余。西山之煤，但可供炊煮之用，灰色黄赤，每车不过银三星。其曰二架梁者，石性稍重，往往不燃，价则更减。亦有石炭，每车价止二星，极贫极俭之家乃用之。”由此诗可知乌鲁木齐北山煤无烟无味，适宜取暖；西山煤含硫多，多用来做饭；煤质差的二架梁煤次之，石炭则更差。纪昀通过写采煤、售煤，并对北山煤和西山煤的色泽、价格、用途一一作比较，评点煤质的优劣，描写了当时乌鲁木齐丰富的煤炭资源。

3. 草木花果、禽鸟野兽以及家禽家畜。如“槐榆处处绿参天，行尽青山未到边。只有垂杨太娇稚，纤腰长似小婵娟”，这首诗通过对比和虚实的手法写了乌鲁木齐的槐树、榆树、杨柳，从而勾勒了当年乌鲁木齐的树木景观。“梭梭滩上望亭亭，铁干铜柯一片青。至竟难将松柏友，无根多半似浮萍”，此诗写的是新疆著名的固沙植物——梭梭。再如写罂粟花，“罂粟花团六寸围，雪泥渍出胜浇肥。阶除开遍无人惜，小吏时时插帽归”。写虞美人花，“姹紫嫣红廿四畦，香魂仿佛认虞兮。刘郎倘是修花谱，芍药丛中定误题”。写江西蜡，“千瓣玲珑绿叶疏，花头无力倩人扶。因循错唤江西蜡，持较东篱恐未输”。写芍药花，“红药丛生满钓矶，无人珍重自芳菲。倘教全向雕栏种，肯减扬州金带围”。此外，纪昀还写了葵花、皂荚花、桃花、息鸡草（多年生草本植物，今写作芨芨草）、玛努香（多年生草本植物，根可入药）、薄荷、阿魏（多年生草本植物，可供药用）、红花、雪莲、桃、杏、梨、甜瓜、葡萄、鸭、鹅、鸽、雁、喜鹊、黄羊、野猪、马、骡、狼等。

4. 屯垦生产情况。在统一新疆过程中，清政府多次在巴里坤、哈密、额尔齐斯河等地派军队进行屯田生产。清朝统一新疆后，为发展经济，开展了以屯田垦荒为主要内容的农业生产活动。乌鲁木齐就是当时的大垦区之一，有兵屯、民屯、犯屯。这些纪昀在诗中多有反映，如“烽燧全销大漠清，弓刀闲挂只春耕。瓜期五载如弹指，谁怯轮台万里行”，这描写的是兵屯情况。又如“良田易得水难求，水到秋深却漫流。我欲开渠建官闸，人言沙堰不能收”，诗下自注曰：“四五月需水之时，水多不至。秋月山雪消尽，水乃大来。余欲建闸蓄水，咸言沙堰浅隘，闸之水必横溢；若深浚其渠，又田高于水，水不能上。余又欲浚渠建闸，而多造龙骨车引之入田，众以为庶几未及议，而余已东还矣。”从诗和注可知当时乌鲁木齐农业生产的现状，也可见纪昀除实地调研屯垦生产情况外，还积极的出谋划策以改进农业生产工具，提高粮食产量，发展农业经济。

所以黄刚认为“在诗歌题材和内容上，《杂诗》无疑在西域边塞诗中是有开拓和创造的。纪昀以前的边塞诗，不论是他同时代之作，抑或前代之诗，内容都没有他那么广泛而全面，纪昀的《杂诗》中所述及者，他人也间有触及，但将这些内容组合在一道加以系统表现，可以说尚未所见，更何况，比如写矿产、物产，述市镇建筑，记边地新变等题材也确实为纪昀之首创”①。

（四）酝酿深厚，未尝规模前人，罔不与古相合

阮元评价纪昀“所为诗，直而不伉，婉而不佻，抒写性灵，酝酿深厚，未尝规模前人，罔不与古相合。盖公鉴于文家得失者深矣”（《纪文达公遗集·序》）。“酝酿深厚，未尝规模前人，罔不与古相合”亦是纪昀《乌鲁木齐杂诗》的特色。《乌鲁木齐杂诗》有唐代岑

① 黄刚著《论纪昀的西域边塞诗》，第36页。

参、高适、李顾、王翰等人边塞诗的神韵，而又与其不同；既有他们的雄浑悲壮，在真情实感方面又有所加深。如“月黑风高迅似飞，秋田熟处野猪肥。诸军火器年年给，不为天山看打围”，诗写得很有气势，也很畅快。又如“雪地冰天水自流，溶溶直泻苇湖头。残冬曾到唐时垒，两派清波绿似油”，这写的是吉木萨尔景色，雪地冰天、残冬唐垒的塞外景物与两派清波、青绿似油的江南风景同时融合在一起，与唐代边塞诗雄壮悲凉风格不同，给人一种雄壮而不悲凉，甚至雄壮清秀交融之感，“创造了一种新风格的边塞诗”①。

从表现内容来看，《乌鲁木齐杂诗》继承了唐代边塞诗所描写的内容，但又有创新。纪昀并不只是重复唐人已描写过的边疆意境、意象，他还首创了一些新的题材内容，如写屯垦、矿产、物产、市镇建筑、神话传说等。唐代岑参等人描写新疆的诗，偏重写冰天、雪地、狂风、大漠等自然景象，显得很萧条、破败；纪昀在写新疆奇特风光时，出现了许多唐诗中未曾见到的景致，如青山、翠柳、红花、泉水、禾麦等，这些景致有春夏秋冬之别，均彰显出欣欣向荣的繁荣景象。在描写城市风光方面，唐诗人笔下的西域城堡，冷清、抽象，纪昀则化冷清为热闹，如“山城到处有弦歌，锦帙牙签市上多”，“秀野亭西绿树窝，杖藜携酒晚春多。谯楼鼓动栖鸦睡，尚有游人踏月歌”。在他的笔下，“西番一小部”——乌鲁木齐是那么的美丽、繁荣，如“山围芳草翠烟平，迢递新城接旧城”，“廛肆鳞鳞两面分，门前官树绿如云”，“玉笛银筝夜不休，城南城北酒家楼。春明门外梨园部，风景依稀忆旧游”。

从形象塑造来看，唐代大多数边塞诗作品“对于当时少数民族

---

① 张辉著《纪昀诗文创作成就浅探》，《中国人民大学学报》，第112页。

将士,基本上是作为'胡虏'来描写的,基本上是作为反面形象来塑造的"①,而《乌鲁木齐杂诗》则塑造了保卫边疆的少数民族将士的正面形象,如"辛勤十指捋烟芜,带月何曾解荷锄。怪底将军求手铲,吏人只道旧时无",并自注:"田惟拔草,不知锄治。伊犁将军牒取手铲,一时不知何物,转于内地取之。"这首诗和注描写的是一位关心农业生产的满族将领形象,"转于内地取之",说明在伊犁将军的支持下,内地先进的生产工具和生产技术被传到新疆。纪昀在诗中还记录了戍边将士对于文化传播的卓著贡献,如"花信阑栅欲禁烟,晴云骀宕暮春天。儿童新解中州戏,也趁东风放纸鸢",自注曰:"塞外旧无风鸢之戏,近有蓝旗兵士能作之,遂习以成俗。"

(五)叙次风土人物,历历可见

纪昀以事、景、情入诗,全方位、多角度的描写了乌鲁木齐的风土人情。这是竹枝词的一大特色,也是《乌鲁木齐杂诗》的重要特色,钱大昕在《纪晓岚乌鲁木齐杂诗序》中评价为"叙次风土人物,历历可见",可见诗中反映的乌鲁木齐的民风民俗、自然地理、历史人物等给人留下了深刻印象。

1. 祭祀方面。清朝统一新疆后,大量的汉族官兵、百姓从内地调到新疆屯垦戍边,他们大多有自己的宗教信仰,所以在汉人较多的地区都建有关帝庙、财神庙、龙王庙、城隍庙、娘娘庙、土地庙、药王庙等,官方每年也按时开展各种大型的祭祀活动,如"烟岚遥对翠芙蓉,鄂博犹存旧日踪。缥缈灵山行不到,年年只拜虎头峰",写

① 周寅宾著《春风已度玉门关——从纪昀的〈乌鲁木齐杂诗〉谈起》,《社会科学战线》,1984年第1期,第286页。

的是乌鲁木齐军政长官及文武官员参加祭祀典礼仪式的情景。这其实是在新疆地区推行汉族的天神崇拜与信仰，一定程度上影响并丰富了新疆民间文化艺术的发展。

2. 婚嫁方面。在新疆汉人集中居住地区，成年男性人数比女性多，在一些垦区，男女性别比例更是严重失调，因此出现"娶妇论财""逾壮之男而聘髫龀之女"和官府干预民间婚姻的情况。如"婚嫁无凭但论赀，雄蜂雌蝶两参差。春风多少卢郎怨，阿母钱多总不知"，诗下自注曰："娶妇论财多，以逾壮之男而聘髫龀之女者。土俗类然，未喻其说。"这首诗写了乌鲁木齐地区盛行的买卖婚姻。又如"赤绳随意往来牵，顷刻能开并蒂莲。管领春风无限事，莫嫌多剩卖花钱"，自注曰："遣户男多而女少，争委禽者，多雀角鼠牙之讼。国同知立官媒二人，司其事，非官媒所指配，不得私相嫁娶也。"由此可知，当时主要通过官媒指配的办法来解决乌鲁木齐遣户的婚姻。

3. 饮食方面。纪昀在诗中写了酒、茶、苹果、杏子、蒲桃、榛子、板栗、山楂、梨、柑橘、甜瓜、鱼、牢丸等，如"一路青帘挂柳阴，西人总爱醉乡深。谁知山郡才如斗，酒债年年二万金"，诗下自注："西人嗜饮，每岁酒商东归，率携银二、三万而去。"这首诗写当时乌鲁木齐酒家生意很好，由此可见新疆人饮酒的历史。除饮酒外，新疆人还爱饮茶。如"闽海迢迢道路难，西人谁识小龙团。向来只说官茶暖，消得山泉沁骨寒"，自注曰："佳茗颇不易致，土人惟饮附茶，云此地水寒伤胃，惟附茶性暖能解之。附茶者，商为官制易马之茶，因而附运者也。初煎之色如琥珀，煎稍久则色如璧。"龙团，宋代贡茶名，蔡襄任建州知府时，选择精品为小龙团，这里指福建的名茶。官茶，即茶商为官府代制的茶，作为官府向新疆的换马之物而附运，称为附茶，今多写为“茯茶”。此诗说明了新疆人爱好饮茶的缘由，是因为当地水寒伤胃，而茶性暖能解之，而附茶尤甚，更加受到疆人的偏爱。“初煎之色如琥珀，煎稍久则色如堅”，从中可以窥见当年乌鲁木齐附茶的品质。新疆地区并不出产茶叶，它的茶叶全部来源于内地的输送供应。从东南沿海运至西北边地，这一运输通道既有利于内地与边疆之间的物资交流，也有利于民族融合。

4. 建筑方面。如“雕镂窗棂彩画椽，覆檐却道土泥坚。春冰片片陶家瓦，不是刘青碧玉砖”，自注云：“惟神祠以瓦为之，余皆作瓦屋形而覆以土，岁一圬之，云砖瓦皆杂沙砾易于碎裂。”纪昀通过“雕镂”“窗棂”“彩画椽”写房屋建筑的精工细致，热情地赞美了新疆人民的勤劳和智慧。接着写屋顶不是瓦，而是泥土，巧妙地表现出新疆地区特殊的自然条件及新疆人民在居住方面的独有风味。新疆气候干燥，降水量小，且常有大风，故在屋檐上覆盖土泥以防止屋顶被大风掀起，从而保证人们居住得舒适安全。数百年来，新疆民间盖房，仍是房顶覆泥、土而不用瓦，直到二十世纪八十年代以后，此居住习俗渐改。

5. 节日方面。随着大批汉人不断来到新疆，汉族的传统节日习俗也传入新疆，如元宵节、端午节、中秋节等，纪昀有三首诗写在乌鲁木齐过元宵节的情景，如“绛蜡荧荧夜未残，游人踏月绕栏干。迷离不解春灯谜，一笑中朝旧讲官”，这写的是纪昀参加元宵灯谜会，边赏花灯边猜灯谜的趣事；又如“犊车辆辘满长街，火树银花队队排。无数红裙乱招手，游人拾得凤凰鞋”，自注曰：“元夕张灯，诸屯妇女毕至，遗簪堕珥，终夜喧阗。”这写的是乌鲁木齐诸屯妇女看元宵灯会的场面。“游人拾得凤凰鞋”“遗簪堕珥，终夜喧阗”，说明元宵节很热闹。再如“竹马如迎郭细侯，山童丫角啭清讴。琵琶弹彻明妃曲，一片红灯过彩楼”，自注曰：“元夕各屯十岁内外小童，扮竹马灯，演昭君琵琶杂剧，亦颇可观。”此诗说明乌鲁木齐的元宵之夜，除看花灯猜灯谜外，还有儿童扮竹马灯、表演杂剧，别具特色。

6. 人物方面。纪昀在诗中写了历史人物，如孔子、关羽；也写了当权人物，如温福、国梁；更重要的是，他还写了一批小人物，如简大头、刘木匠、何奇、孙七等。我们认为纪昀对小人物的刻画最成功，如“逢场作戏又何妨，红粉青蛾闹扫妆。仿佛徐娘风韵在，庐陵莫笑老刘郎”，这写的是年过三十、男扮女装演旦角的刘木匠，纪昀写他涂脂抹粉，用青黛画眉，挽发作髻，如同风韵犹在的半老徐娘一般，很逼真。又如“稗史荒唐半不经，渔樵闲话野人听。地炉松火消长夜，且唤诙谐柳敬亭”，自注曰：“遣户孙七，能演说诸稗官，掀髯抵掌，声音笑貌，一一点缀如生。”这首诗写孙七在漫长冬夜说书的情景，孙七生动的演说诸稗官，深受群众欢迎。

7. 教育方面。新疆统一后，清朝政府制定实施了一系列有利于社会稳定、经济发展的政策，在地方官员的支持下，新疆各地的教育文化事业也得到了较快发展。纪昀在《乌鲁木齐杂诗》中记载了乌鲁木齐教育事业的发展状况，如“山城是处有弦歌，锦帙牙签市上多。为报当年郑渔仲，儒书今过斡难河”，诗下有自注：“……初塞外无鬻书之肆，间有传奇小说，皆西商杂他货偶贩至。自建置学额以后，遂有专鬻书籍者。”纪昀的诗和注揭示了乌鲁木齐书肆在设立学校前后的不同状况，“建置学额”则说明官府对所创办的学校很重视，对学校招收学生的人数也有相应规定。纪昀还在其他诗下自注曰:“自立学校,始解读书。”充分肯定了学校的作用。“乾隆三十四年,乌鲁木齐办事大臣温等奏准设立学校。”(《乌鲁木齐政略》)而此时纪昀正在乌鲁木齐,其诗和注的内容应属实可信。

8. 其他方面。纪昀如实地记录了乌鲁木齐赌博成风的社会现象,如“烧残绛蜡斗袅卢,画出龙眠贤已图。老去杜陵犹博塞,陶公莫怪牧猪奴”,并自注曰:“土俗嗜博,比户皆然。”

(六) 无郁轖愁苦之音,而有春容浑脱之趣

乾隆三十三年年底,纪昀抵达乌鲁木齐。从北京到乌鲁木齐,路途遥远,交通不便,而且当时正是冬季,天气极冷,离家别妻独在异乡,对纪昀的人生来说是不幸的,可对他的诗歌创作影响很大。但是在《乌鲁木齐杂诗》中见不到纪昀的怨恨之作,看不到他的失落、悲伤、孤寂,故钱大昕说:“无郁轖愁苦之音,而有春容浑脱之趣。”这既是《乌鲁木齐杂诗》的特色,又是《乌鲁木齐杂诗》的缺失。

《乌鲁木齐杂诗》之所以“无郁轖愁苦之音,而有春容浑脱之趣”,有内、外两个方面的原因。内因方面,与纪昀通脱、诙谐的性格有很大关系。纪昀从京城来到边城,从四品官员降为废员,在人生地不熟的环境里生活,再加上戍期不定,前途未测,从常人角度来说,免不了会有不平之鸣。但纪昀性格开朗豪爽,胸怀开阔,即使身处逆境,亦能坦然面对现实,积极乐观的生活,所以他在诗中不写自己的愁苦,较少涉及个人情感。外因有二:一是清制规定,废员至戍所,由当地官府严加监督、管束。废员在戍所若能奋勉行走,切实效力,就有可能赦回或起用;若在戍所怨望不满,赋闲吟咏,怠于公事,一经地方官员奏闻,则罪上加罪,不仅回籍无望,且要严加责惩。所以纪昀不敢发牢骚，不敢悲伤，不仅如此，他还要反复强调自己在遣戍乌鲁木齐期间，"鞅掌簿书，未遑吟咏"。二是清朝统一新疆后，社会稳定，经济繁荣，各族人民安居乐业，"古来声教不及者，今已为耕凿弦诵之乡，歌舞游冶之地"①。再加上新疆风光独特、物产丰富，这些吸引了纪昀的目光，转移了他的注意力，所以他"以昂扬奋发的激情最大限度地歌颂了祖国的统一、皇恩的浩荡，使其成为《杂诗》的最强音"②。

四、《乌鲁木齐杂诗》的价值与影响

《乌鲁木齐杂诗》是清人贬谪诗的重要组成部分，也是清代边塞诗的代表作品之一。在纪昀诗作中，《乌鲁木齐杂诗》是最有价值的作品之一，也是纪昀西域边塞诗中最重要、最有分量的作品；在清人诸多乌鲁木齐诗中，《乌鲁木齐杂诗》也是很优秀的作品，对清中期以后的西域边塞诗创作产生了重要影响；《乌鲁木齐杂诗》还具有重要的史料价值，有利于我们今天研究新疆的社会、政治、经济诸方面的发展变化，历来为治新疆文史者所看重。

（一）《乌鲁木齐杂诗》与纪昀其他的诗作

现存纪昀之诗作，约 1 200 首，主要有《纪文达公遗集·诗集》十六卷，计 978 首，分别是"经进诗八卷、古今体诗六卷、馆课诗一卷，《我法集》一卷"③。"经进诗八卷"即《纪文达公遗集·诗集》的

① 孙致中、吴恩扬等校点《纪晓岚文集》(第一册)，第 595 页。

② 刘树胜著《颂圣歌一统玲珑向日心——纪晓岚〈乌鲁木齐杂诗〉的情感主题之一》，《沧州师范专科学校学报》，2007 年第 2 期，第 1 页。

③ 刘权之撰《纪文达公遗集·序》，嘉庆十七年刻本。

御览诗八卷,"古今体诗六卷"包括《三十六亭诗》四卷、《南行杂咏诗》一卷和《乌鲁木齐杂诗》一卷,馆课诗亦称《馆课存稿》。《馆课存稿》原本四卷,前二卷诗,后二卷赋。嘉庆十七年,纪树馨选录其中诗一卷编入《纪文达公遗集》。《纪文达公遗集·诗集》十六卷的具体情况见下表:

卷　数	内　容	数目(首)
一、二、三、四、五、六、七、八	御览诗	312
九、十、十一、十二	三十六亭诗	238
十三	南行杂咏诗	101
十四	乌鲁木齐杂诗	160
十五、十六	馆课诗、我法集各一卷	167

张辉认为:"在上述诗中,以卷九至卷十四诗价值最高。"[①]"而最有成就的还当数记录西域风土人情的《乌鲁木齐杂诗》和记录福建之行《南行杂咏》。"[②]我们赞同上述观点。

纪昀所写的御览诗,大多数是奉和皇帝而作,数量多,内容较空泛,部分诗篇显示了他过人的才华,如《三巡江浙恭纪二百韵》。馆课诗,是乾隆二十二年至乾隆二十七年纪昀在翰苑的诗作,亦为应酬之作。《我法集》为纪昀自作试贴诗(也叫赋得体诗)的集子,主要是总结各种试帖诗的格式。总的来说,纪昀所作御览诗、馆课诗及《我法集》艺术价值均不高,成就不及《乌鲁木齐杂诗》和

① 张辉著《纪昀诗文创作成就浅探》,第110页。

② 刘树胜著《纪晓岚〈南行杂咏〉解析》自序,北京:西苑出版社,2006年,第2页。

《南行杂咏》。

《南行杂咏》是乾隆二十七年十月初，纪昀赴任福建学政途中创作的组诗，“整组诗共77题101首，其中同题者16目40首。全作以其行程为线索，记述了纪昀自京城辞别君王和友人携家南行至福州的全过程，抒发了他不同时间、不同地点所产生的各种不同情感，描写了不同地域的不同风景及风物”①。我们认为《南行杂咏》组诗最重要的特点是抒发了师友之情和身为“冷官”的感叹，从中可以看到纪昀南行途中的感情变化。其中有十余首怀念友人、弟子之作，如《留别及门诸子》《却寄旧寓葛临溪姚星岩王觐光吴惠叔四子》《宿阜城怀多小山》等，另有抒发内心凄苦冷涩、行路难的作品，如《高邮》《建溪二十四韵再效昌黎体》等，这些在《乌鲁木齐杂诗》中是看不到的。究其原因，我们认为与乾隆三十三年(1768)两淮盐政亏空案有关，纪昀被革职流放乌鲁木齐后地位、生活等发生巨大改变，客观环境使他变得小心谨慎；而作为效力赎罪之人，相关管理规定令他在诗中不能涉及个人情感等内容。通过比较《南行杂咏》和《乌鲁木齐杂诗》，我们发现，随着纪昀的政治经历发生变化，其诗歌创作的题材、内容、思想亦发生较大改变。纪昀遣戍乌鲁木齐之后，我们很少看到反映他真实思想和真实情感的诗作。因此，《南行杂咏》和《乌鲁木齐杂诗》可以认为是纪昀不同生活阶段的代表作。

除《乌鲁木齐杂诗》外，纪昀还写过其他以西域为题材的作品。在谪戍乌鲁木齐之前，纪昀写过《平定准噶尔赋》《恭和御制都尔伯特台吉伯什阿噶什来觐封为亲王诗以纪事原韵》《西域入

---

① 刘树胜著《纪晓岚〈南行杂咏〉解析》，第3页。

朝大阅礼成恭纪三十首》《平定回部凯歌十二章》等，这些诗“出入三唐”①，较多唐人风格。由于对西域缺乏直接的感性认识，所以只能就事论事，高唱赞歌，内容空泛得很。当纪昀真正来到新疆并在乌鲁木齐生活之后，其诗风才为之一变。在此期间创作的《乌鲁木齐杂诗》160首，不仅题材广泛，而且内容丰富，写实性强，被认为是“真实而全面地展现了十八世纪中后期西域边塞地区的生活画面，是绝妙的边陲风俗画卷，甚至可称之为我国历史上第一部以诗歌形式写就的有关西域风情之微型百科全书”②。乾隆三十六年六月，纪昀回到京城，时值土尔扈特部（中国西北卫拉特蒙古一个游牧部落）历经艰难到达伊犁。十月，乾隆皇帝从热河避暑山庄回銮，纪昀迎驾献诗于京郊密云（今北京市密云区），其五言三十六韵《御试土尔扈特全部归顺诗》盛赞新疆的统一、土尔扈特部的东归和乾隆皇帝的功绩，称旨，着加恩赏受翰林院编修。这之后，纪昀官运亨通，且忙于纂修、校勘《四库全书》和《四库全书简明目录》等，终其一生，再也没有写以西域为题材的诗作。所以我们认为《乌鲁木齐杂诗》是纪昀西域边塞诗中最重要也是最有分量的作品。

（二）《乌鲁木齐杂诗》与清代西域边塞诗

黄刚认为：“对古代边塞诗范畴应概括为时间上的无限制性（包括有边塞以来的整个古代社会）、地域上的全方位性（包括历代王朝的东南西北四境之地）、题材上与边事相关（而不应仅反映边塞战争或表现爱国思想）三个层面。”③从这个角度说，清代

---

① 钱大昕撰《潜研堂文集》(四)，第384页。
② 黄刚著《论纪昀的西域边塞诗》，第37页。
③ 黄刚著《清代边塞诗繁荣原因初探》，《学术研究》，1996年第6期，第81页。

边塞诗应包括东北、西域和东部海疆边塞诗三个部分。限于篇幅,本处仅论述《乌鲁木齐杂诗》与清代西域边塞诗的相关问题。

1.《乌鲁木齐杂诗》是清人乌鲁木齐诗作中的优秀作品。乌鲁木齐本是准噶尔台吉游牧地,乾隆二十年(1755),始内属,改名乌鲁木齐,筑土城,这是最早的城郭。此后,乌鲁木齐人口日益增多,逐渐成为一个驻军和商业贸易的中心。乾隆二十五年,清政府设乌鲁木齐同知官职。乾隆二十八年才建新城,城名由乌鲁木齐改为迪化,俗称汉城。乾隆三十八年,清朝正式设置迪化直隶州,乌鲁木齐成为新疆的重要城市。到光绪十年(1884),新疆建省,迪化直隶州改为迪化府,乌鲁木齐成为新疆的军事、政治、文化、经济中心。在乌鲁木齐发展过程中,清人所作的乌鲁木齐诗,记录了这个城市变迁的历史。

清人的乌鲁木齐诗作,有内阁学士阿克敦的《宿乌鲁木齐》、乌鲁木齐办事大臣伍弥泰的《题乌鲁木齐驿壁》、迪化同知国梁的《奉调赴乌鲁木齐》、纪昀的《乌鲁木齐杂诗》、颜检的《抵乌鲁木齐》、史善长的《游水磨沟》、福庆的《异城竹枝词》、成林的《与颜岱云同游红山》、铁保的《登智珠山》、萨迎阿的《乌鲁木齐》、曹麟开的《乌鲁木齐八景诗》等。这些写乌鲁木齐的诗作,多是来乌鲁木齐的官员或废员即景抒情的作品,他们从内地来到边城,为淡化中原与边疆的区别、淡化个人的不幸遭遇,便以乌鲁木齐景色直接入诗,抒发言不由衷的喜悦和自豪,聊以自慰。客观地说,诗人也从不同侧面反映了乌鲁木齐的发展变化,这是我们今天了解当时乌鲁木齐的重要资料。其中,纪昀在乌鲁木齐两年多的时间里陆续完成的《乌鲁木齐杂诗》160 首,不论是数量还是质量,在清人乌鲁木齐诗作中都是首屈一指，而且多数诗和注都属第一手资料，具有重要的史料价值。

2.《乌鲁木齐杂诗》开创了清代新疆竹枝词的先河，对洪亮吉、林则徐等人的创作产生了较大影响。清代竹枝词创作，不仅数量多，而且质量高，影响大，繁盛一时，但在乾隆中期之前较少见歌咏西北地区的竹枝词作品。在纪昀来新疆之前，更无人用竹枝词描写新疆的风土人情，纪昀是目前所知新疆竹枝词创作第一人。经整理、统计，清代新疆竹枝词主要有纪昀的《乌鲁木齐杂诗》、曹麟开的《塞上竹枝词》、祁韵士的《西陲竹枝词》、王芑孙的《西陬牧唱词选》、庄肇奎《伊犁纪事二十首效竹枝体》、福庆的《异域竹枝词》、林则徐的《回疆竹枝词》和萧雄的《西疆杂述诗》等。上述竹枝词是清代西域边塞诗的重要组成部分。清代西域边塞诗（包括竹枝词）主要是遣戍流贬之士或称之为遣戍文人创作的贬谪诗。这些人均有较高的文学素养，他们熟知竹枝词的创作，来到新疆后，感于新疆的风俗民情和日常生活中的所见所闻所思，于是创作了数量可观的新疆竹枝词。除竹枝词外，他们还创作了大量的格律诗，如王大枢《天山集》（未刻，目前只有抄本）、舒其绍《消夏吟》25 首、洪亮吉《伊犁纪事诗》42 首、施补华《秋感》12 首、邓廷桢《回疆凯歌》10 首、雷以諴《过果子沟》3 首等。此外，在伊犁效力赎罪的杨廷理创作了 1 000 余首贬谪诗，收入《杨廷理诗文集》的即有 500 余首。数量众多的贬谪诗作丰富了清代西域边塞诗，增加了清代西域边塞诗的深厚度，使清代的西域边塞诗创作出现了一个盛唐以降未曾有过的繁荣局面。

在上述诗人中，以纪昀、洪亮吉、林则徐的名气最大，作品传播范围最广；其他人则大多默默无闻，作品也少有人知道。出现这一状况的原因，除非文学因素[①]外，还与作家、作品的文学成就有关。纪昀所创作的《乌鲁木齐杂诗》160余首，从诗歌的角度去阅读、欣赏，很难将其定性为艺术价值高超的作品，但在题材、内容、意境、塑造形象等方面确实具有鲜明的特色。“纪昀之后王芑孙、洪亮吉、施补华诸人相继出塞，其诗篇之叙次皆略逊。”[②]纪昀的诗作对清中期西域边塞诗创作产生了相当大的影响，之后洪亮吉、李銮宣、林则徐、萧雄等人的“西域诗中纪风土人情之作均以《杂诗》为写作楷模。而洪亮吉的《伊犁纪事诗》四十二首，林则徐的《回疆竹枝词》二十四首更可明显看出效法纪诗之痕迹”[③]。

（三）《乌鲁木齐杂诗》的传播与接受

纪昀写《乌鲁木齐杂诗》的目的，在于传播。《乌鲁木齐杂诗·自序》曰：“用以昭示无机，实所至愿。不但灯前酒下，供友朋之谈助已也。”说明作者在创作之初就确定了传播的范围：不仅在朋友之间传播，更要让全国的人都知道，尤其是要让乾隆皇帝知道。所以说纪昀创作《乌鲁木齐杂诗》“广集民俗见闻以备乾隆垂问”[④]只是目的之一。其主要目的是歌功颂德，吸引乾隆皇帝注意自己、重用自己。因为进军新疆、平定大小和卓之乱、统一天山南北等，均是乾隆皇帝一手开创的大事件，纪昀以亲历者的身份歌咏国泰民

---

① 王兆鹏《古代作家成名及影响的非文学因素——以李清照、朱淑真为例》中认为，古代作家名望和影响力的大小，除了自身文学成就的高低之外，还有许多“非文学”的因素在起作用。他认为“非文学”因素包括作家的家庭背景、文坛背景、师友渊源和人际交往以及社会政治地位等。载《社会科学》，2006年第3期，第183—192页。

② 魏明安著《纪昀前期的诗和诗论》，《西南师范大学学报》（哲学社会科学版），1990年第2期，第94页。

③ 黄刚著《论纪昀的西域边塞诗》，第37页。

④ 王云红编著《流放的历史》，第148页。

安、新疆经济繁荣、人民安居乐业及乌鲁木齐的发展，自然极易引起乾隆皇帝的关注。乾隆三十六年十月，纪昀复授编修，再入翰林，应该说与此不无关系。

关于《乌鲁木齐杂诗》的传播与接受，可以分为三个阶段：

一是乾隆三十四年至乾隆三十六年二月，以单篇形式在新疆少数人之间口头传播。纪昀来乌鲁木齐后陆续完成的《乌鲁木齐杂诗》，大部分是游玩之作，或是应酬之作，应是写出一篇传播一篇，有时也可能是几篇同时传播，但主要是在与其共事的少数官员或交往密切的戍友之间口头传播，传播范围、影响力均有限，目前尚未见当时在新疆书面传播（包括抄写、题壁、石刻、印刷）的记载，也未见纪昀通过朋友、妻儿、弟子等人际传播方式将部分《乌鲁木齐杂诗》传到内地的记载。

二是乾隆三十六年三月至嘉庆十三年，在内地（主要是京城）部分官员、诗人中传播。纪昀从乌鲁木齐回到内地，钱大昕去看望他时，“握手叙契阔外，即出所作《乌鲁木齐杂诗》见示”①。可见，纪昀有较强的自觉传播意识。他主动把自己的作品给钱大昕看，一方面是交流创作、沟通情感，另一方面也可能是想借助钱氏扩大《乌鲁木齐杂诗》的传播。钱氏由此成为较早阅读全部《乌鲁木齐杂诗》160首的人，其诗序的肯定和褒扬，有利于《乌鲁木齐杂诗》在京城官员、诗人中间传播。该序收入《潜研堂文集》后，依然在一定范围内传播着《乌鲁木齐杂诗》。这个时期，纪昀撰写《阅微草堂笔记》及任《四库全书》总纂官、礼部尚书、会试正考官、协办大学士等，客观上也促进了《乌鲁木齐杂诗》在更

① 钱大昕撰《潜研堂文集》（四），第384页。

大范围的传播。

三是嘉庆十三年(1808)至今,《乌鲁木齐杂诗》以书籍传播为主,作品传播范围越来越广,影响越来越大。乾隆三十六年三月,纪昀编选、厘定《乌鲁木齐杂诗》160首,奠定了《乌鲁木齐杂诗》此后书籍传播的基础。嘉庆十三年,当时著名的刻书家张海鹏编、刻《借月山房汇钞》,其中第十六集即为纪昀之《乌鲁木齐杂诗》160首。这说明《乌鲁木齐杂诗》在张氏心中地位较高,也反映出《乌鲁木齐杂诗》在当时社会上确实有一定的影响。嘉庆十七年,纪昀之孙纪树馨编、刻《纪文达公遗集》,其中诗集第十四卷即为《乌鲁木齐杂诗》160首。此后又有嘉庆十七年纪树馥重刊本、嘉庆二十一年刻本、道光三十年重刻本、宣统二年上海保粹楼石印本、清刻本等。传刻的版本如此多,说明传播范围广,接受者多。在这一阶段,《乌鲁木齐杂诗》的传播与接受达到一个高峰,出现了前所未有的繁荣景象。

综观《乌鲁木齐杂诗》在三个阶段的传播与接受情况,其特点是:以纪昀为中心,通过朋友、家人、弟子、刻书家向四周扩散,传播范围不断扩大,影响力也越来越大,反映了文化传播的圈层原理。

《乌鲁木齐杂诗》之所以被广泛传播、接受,究其因,概有以下两点:一是读者通过阅读,从中可以了解清代中期乌鲁木齐的政治、军事、经济、文化等方面的真实情况,能开阔眼界,增长知识。清代流放到新疆的官员大都到伊犁,所以记载伊犁的诗文较多,而纪昀一直住在乌鲁木齐,其所著《乌鲁木齐杂诗》内容丰富,涉及面广,虽亦以乌鲁木齐为主,但追述了巴里坤、哈密、吉木萨尔等地的风土人情,且诗下有注,读者从中可以了解新疆各地地名、风光、人、事和地理地貌等。二是《乌鲁木齐杂诗》记载的奇闻逸事趣味性强，如二道河的漏沙田、三个泉“动辄飘失人马”的大风、乌鲁木齐南山中的“红柳娃”、关帝庙的神马、昌吉城的鬼影、给幽魂发官牒等，这些事对内地人来说很“怪”，也很新鲜，容易满足人们的好奇欲望。基于以上两点，《乌鲁木齐杂诗》传播范围广，影响力大就不足为奇了。

(四)《乌鲁木齐杂诗》的史料价值

《乌鲁木齐杂诗》为我们提供了有关清代中期乌鲁木齐历史、政治、经济、文化艺术、生活风俗等方面的资料，其中很多是第一手的资料，是后人研究乾隆中期新疆社会的重要资料。“乾隆时代乌鲁木齐文字档案在同治时期妥明、阿古柏之战乱中被焚毁，因此纪晓岚的《阅微草堂笔记》及《乌鲁木齐杂诗》就成为极为珍贵的历史资料。”[①]关于《乌鲁木齐杂诗》和《阅微草堂笔记》的重要史料价值，王希隆在《纪昀关于新疆的诗文笔记及其识史价值》一文中有详细论述。兹举一二说明之。

1. 明确记载了乌鲁木齐户民的构成情况及土地占有情况。关于乌鲁木齐户民的构成情况，《清高宗实录》《平定准噶尔方略》《三州辑略》《乌鲁木齐政略》等都有比较详细的记载，但所记都不及《乌鲁木齐杂诗》明确。纪昀诗云：“户籍题名五种分，虽然同住不同群。就中多赖乡三老，雀鼠时时与解纷。”并自注云：“乌鲁木齐之民凡五种，由内地募往耕种及自塞外认垦者，谓之民户；因行贾而认垦者，谓之商户；由军士子弟认垦者，谓之兵户；原拟边外为民者，谓之安插户；发往种地为奴当差年满为民者，谓之遣户。各以

---

① 王云红编著《流放的历史》，第148页。

户头乡约统之，官衙有事亦多问之户头乡约，故充是役者，事权颇重。又有所谓园户者，租官地以种瓜菜，每亩纳银一钱，时来时去，不在户籍之数也。”此诗和注写了乌鲁木齐当时的户籍管理制度。乌鲁木齐户籍分为五种即民户、商户、兵户、安插户、遣户，为有效管理，设“户头乡约统之”，乡约在社会稳定方面发挥了一定作用。自注还写了园户即菜农的情况，说明当时乌鲁木齐的贸易较自由。纪昀在诗中还记载了户民的土地占有情况，如“绿野青畴界限明，农夫有畔不须争。江都留得均田法，只有如今塞外行”，自注曰：“每户给官田三十亩，其四至则注籍于官，故从无越陇之争。”这写了乌鲁木齐当时的土地制度，土地为官府所有，按户分配，每户拨给田三十亩，户民交纳田赋即可。“纪昀此说显然是研究乾隆中期乌鲁木齐户民增垦土地的情况和土地占有数的依据之一。”①

2. 详细记述了昌吉遣犯暴动的原因和经过。乾隆三十三年中秋夜，昌吉屯田遣犯暴动，次日进攻乌鲁木齐，后被清军击溃。纪昀抵达乌鲁木齐后，“鞅掌簿书”，与直接指挥镇压起事的乌鲁木齐办事大臣温福、守备刘德接触较多，从而知晓昌吉遣犯暴动的原因、经过和清军镇压、善后的情况，所以《乌鲁木齐杂诗》和《阅微草堂笔记》中对昌吉遣犯暴动有详细的记述。关于遣犯暴动的原因，纪昀如是说：“戊子昌吉之乱，先未有萌也。屯官以八月十五夜，犒诸流人，置酒山坡，男女杂坐。屯官醉后逼诸流妇使唱歌，遂顷刻激变，戕杀屯官，劫军装库，据其城。”②这比《清高宗实录》所载详

① 王希隆著《纪昀关于新疆的诗文笔记及其识史价值》，第41页。
② 王希隆著《纪昀关于新疆的诗文笔记及其识史价值》，第43页。

细得多[1],有些重要情况在温福的奏报中是看不到的。纪昀还详细记述了昌吉遣犯进攻乌鲁木齐及被清军击溃的经过,并用诗描述了屯兵平定暴动的情况,诗曰:“破寇红山八月天,髑髅春草满沙田。当时未死神先泣,半夜离魂欲化烟。”诗下自注:“昌吉未变之先,城上恒夜见人影,即之则无。乱后始悟,为兵死匪徒神褫其魄,故生魂先去云。”纪昀在《阅微草堂笔记》卷十中还记载:“昌吉平定后,以军俘逆党子女分赏诸将。乌鲁木齐参将某,实司其事,自取最丽者四人。”“正是由于纪昀关于昌吉起事的记述史料价值极高,故这些记述成为道光间魏源修《圣武记》时依据之一。”[2]

综上所述,可知纪昀在乌鲁木齐的谪戍生活,大大丰富了他诗歌创作的题材,也奠定了他在清代西域边塞诗的地位。纪昀在戍期间所创作的《乌鲁木齐杂诗》,具有鲜明的时代特色、地域特色和个人特色,开创了清代新疆竹枝词创作的先河,对洪亮吉、林则徐等人的诗文创作产生了一定影响。但一直以来,清诗研究者忽视了纪昀及其诗歌创作的价值,各种清诗史与清诗选也没有提到纪昀及其《乌鲁木齐杂诗》等作品。这与纪昀在乾嘉诗坛的地位、影响不相称。从纪昀研究角度来说,人们应当重视《乌鲁木齐杂诗》等“纪家诗”的研究。从清诗史的角度来看,纪昀实为乾嘉诗坛值得研究的诗人之一。

---

① 《清高宗实录》卷八一八“乾隆三十三年九月甲午条”载:“据温福等奏:昌吉屯田遣犯,纠约二百余人,乘夜开昌吉城门,窃取存贮兵丁衣履、腰刀等物,将通判赫尔喜、把总马维画戕害,向乌鲁木齐一路前来,温福随亲带兵前往堵截,贼众抵死拒捕,随施放枪箭,杀死一百余名,生擒三十余名,其越山逃散者,差派官兵严加追缉等。”

② 王希隆著《纪昀关于新疆的诗文笔记及其识史价值》,第44页。

第三节　曹麟开　蒋业晋

清朝统治者大兴文字狱，数量多、规模大、范围广、惩处残酷，尤以乾隆朝为最。据《清代文字狱史料汇编》统计，康雍乾三朝百余年间，文字狱案件达一百六十余起，其中乾隆朝就有一百三十余起。康熙、雍正朝时因文字狱获罪的大多是官吏或上层知识分子，乾隆朝因文字狱获罪的绝大部分是童生和生员等下层知识分子。乾隆四十五年秋，湖北长阳县生员艾家鉴，因参加乡试在试卷中书写条陈，被革去生员，发往乌鲁木齐充当苦差。乾隆四十六年，曹麟开、蒋业晋因湖北黄梅县监生石卓槐《芥圃诗钞》案遣戍乌鲁木齐效力赎罪。

据《清代文字狱档》记载的湖北巡抚郑大进奏查办石卓槐《芥圃诗钞》折、郑大进奏查办《芥圃诗钞》内列名校对之人折、富勒浑等审拟石卓槐折可知，乾隆四十四年十月，江南宿松县监生徐光济呈控黄梅县监生石卓槐所著《芥圃诗钞》内有“悖逆”内容。经披阅、逐细搜查，发现“有庙讳御名未知恭避之处”，《芥圃诗钞》系狂悖诗钞。而石卓槐为“借名诳众以图光宠”，将前任汉阳县知县、候补同知蒋业晋，前任黄梅县知县、已升任贵州正安县知州的曹麟开均列名校订，并在书内首页将两人列为鉴定之人。加上蒋业晋与石卓槐素有往来、集内有为他题画诗一首，曹麟开任黄梅县知县时与石卓槐有唱和诗章，所以认定蒋业晋、曹麟开二人未见石卓槐所著全诗不可信，好在搜查他们家中并无留存《芥圃诗钞》，于是将二人革职查办。乾隆四十六年，曹麟开、蒋业晋被发往乌鲁木齐效力赎罪。

一、曹麟开与《塞上竹枝词》等

曹麟开，字黻我，号云澜，安徽贵池县人。乾隆三十六年举人，乾隆三十八年，任湖北黄梅县知县。乾隆四十六年，因石卓槐《芥圃诗钞》案遣戍乌鲁木齐效力赎罪。其生平事迹不详，谪戍乌鲁木齐之前、之后的诗文作品未见诸各种文献典籍，流传至今的作品仅存录于《三州辑略·艺文门》。《三州辑略·艺文门》收录其撰写的《塞上竹枝词》三十首、《新疆纪事十六首》、《八景诗》八首。

（一）《塞上竹枝词》

曹麟开的《塞上竹枝词》古雅、清新，想象瑰丽，真实记录了新疆的物产、风土和民俗民情，描写了新疆富有特色的地域文化，正如薛宗正所说："曹麟开继承了纪晓岚的传统，全面地考察了新疆的自然、人文景观，他的竹枝词三十首可以视为一部民俗风情的连环画。"①

在《塞上竹枝词序》中，曹麟开详细阐述了他的创作目的和创作原则。他说：

> 频闻击壤之声，炙献其芹，宜有采风之作。仆也抱心葵藿，矢口刍荛，迹比梁鸿，征从袁虎。水程山驿，每怀苞栩之

① 薛宗正著《诗人曹麟开的西戍杂咏》，《喀什师院学报》（哲学社会科学版），1992年第1期，第92页。

吟;月店霜桥,拟答采薇之什。白千层而雪积,缥渺天山;黄十丈以尘飞,苍茫瀚海。狼胥乌垒,为耳目所未经;雁碛龙沙,豁胸襟而远到。顾贤劳莫非王事,而去留总属君恩。访未见之旧闻,聆无稽之方语。偶焉流览,即无景处传神;久作栖迟,随有赏时托兴。状山川之形势,那能易地皆然?貌羌狄之音容,勿使他人可假。比美人于香草,含情在吞吐之间;问别种于谷蠡,触目切流连之致。晰疑存信,即所闻所见而兼以所传;酌古准今,取其事其文而合之其义。寻橦走索,间以描摹;横笛吹鞭,都成点缀。见讥辽豕,借妙语以解颐;取笑蛮鱼,假诙谐而得趣。琪花瑶草,咏去生香;翠羽珍禽,写来入画杂农歌与辕议,意宁浅而较真;综璅语与谰言,事虽新而必切。体本东阳两韵,题三十首之竹枝;义宗《常武》诸篇,谱廿四番之芦管。心如可解,何妨老妪传将?腕果有灵,一任蕃童唱去。从此遐陬僻壤,声不壅闻;即兹揽胜卧游,景堪悦目。折衷绳墨,尚希锦里才人;下采风谣,徐俟辖轩使者。

从中可知曹麟开的创作追求是“意宁浅而较真”“事虽新而必切”,这对于我们理解《塞上竹枝词》的内容、主旨是很有帮助的。

曹麟开在《塞上竹枝词》中怀古咏今,讴歌了祖国统一大业。试举两例:

永和贞观碣重重,博望残碑碧藓封。何似御铭平准绩,风云长护格登峰。

戊己分屯遍海邦,诸蕃争拜碧油幢。车师前后王庭地,新筑高城是受降。

这些诗下都加有大段的注，且多用典故，不易理解。但全诗言简意赅，爱国之情溢于字里行间。

《塞上竹枝词》还描写了新疆的气候、自然景观、物产，以及历法、节气、民间游戏、三月春歌会、杂技等民俗。如：

娘子泉头花事闲，崖儿城外鸟声关。春游何处寻飞塔，寿窟无量丁谷山。

绿眼番儿逞捷趫，骣骑生马箭横腰。冲寒贯喜春游猎，阿耨山头去射雕。

羌女妖娆细马驮，鞞婆逻沙曼声歌。一年一度芦笙会，别唱三春摩乌歌。

膏然流水石脂明，盐凿空山白玉晶。不用熬波兼秉烛，花门利用出天生。

郎披狐貉妾披缣，隔岭相看两不嫌。一样地形天气异，庭州多雪火州炎。

此外，曹麟开还描写了新疆的珍贵物产，如于阗玉（即和田玉）、天山雪莲花、巴里坤松山中的菌芝钉头蘑菇、可以入药的老松树皮，还有斗大的茯苓等。这里录其一首：

瑶草琪花眼未经，玉芝垂实菌生钉。山翁日把金鸦嘴，冰雪松根剧茯苓。

综上可知，曹麟开所作《塞上竹枝词》三十首不仅仅是“他年归著西征记，夸说囊中有异函”，而是为新疆竹枝词的创作留下了精彩的篇章。

（二）《新疆纪事十六首》

《新疆纪事十六首》是一组歌颂清军平定天山南北、完成祖国统一大业的壮丽史诗。以《伊犁》为题的四首诗歌咏了清军平定准噶尔之乱所进行的战争，如：

> 准夷梗化蹈危机，攘夺相寻据海圻。妫塞遗封吞驷鞬，俞林旧服徙骊归。鸱张四部争雄长，蚕食诸蕃集怨诽。呼衍浑邪纷纳款，师行时雨吁天威。

> 请命情殷许辑宁，貔貅两路耀霜硎。斫营廿五腾骁骑，执馘三千扫彗星。神策独筹排筑室，王师大顺迅犁庭。鸡竿既赦仍优赉，浩荡恩波溢海溟。

> 姿状豺狼性虺蛇，饱飏饥附逞呼邪。城围且固军邮断，路出高昌汉使遮。蜗角自残投鄂畚，狐踪飞摄入罗叉。不仁之守遭天殛，解网恩施贷蘖芽。

> 铭勋宸翰矗穹碑，立国乌孙认旧基。丽水源穿星宿出，格登峰作阵屏垂。汗封昧蔡徕天马，穴扫呼韩抵谷蠡。班鄂忠贞千古在，晴香风雨闪灵旗。

明清之际,蒙古准噶尔部兴起,成为我国西北地区的强大势力,形成与清政府对峙局面。从康熙二十九年(1690)开始,康熙皇帝曾三次西征,但始终未能消灭准噶尔贵族割据政权。到乾隆皇帝出兵后,准噶尔各部首领纷纷率部属归附,新疆地区归于统一。曹麟开用诗记录了清政府平定准噶尔的过程。而《托和鼐》《阿克苏》《乌什》《叶尔羌》《博罗齐》《霍斯库鲁克》《阿尔楚尔》则描写了清军平定回部大小和卓叛乱的各著名战役。这里选录三首以示:

路梗龙堆欲进难,诏更韩范迅登坛。两军回合声齐振,九伐重申胆已寒。间道衔枚歼颉利,大廷对簿缚楼兰。蜂旗猎猎争先拔,鸟篆空余五色传。

——《托和鼐》

戍士无劳夜枕戈,永宁城外散鸣驼。东回姑墨千峰雪,南下于阗九折河。五翕侯仍招旧部,二昆弥已靖沙陀。吹鞭争唱天鹅曲,不数摩诃兜勒歌。

——《乌什》

战苦曾闻黑水隅,浮梁径渡险逾泸。孤军深入重围合,三月相持力不渝。末弩固难穿鲁缟,奇兵倏见拔蝥弧。旄头已得无多杀,半筑鲸鲵半献俘。

——《叶尔羌》

清政府平定准噶尔后,乾隆二十年,被准噶尔部长期拘禁于伊犁的伊斯兰教白山派首领大、小和卓也归附清朝。乾隆二十二年，大小和卓在南疆发动叛乱。次年初，清政府命雅尔哈善为靖逆将军率大军讨伐大小和卓。在平叛过程中，乾隆皇帝决定对占领的库车、阿克苏、乌什、喀什噶尔、叶尔羌等地派兵驻防，并视地方之冲要繁难程度，分别派驻不同级别的军政官员进行管理，战略要区委以都统、参赞大臣，如喀什噶尔，其余各城，大者派驻办事大臣，以协办大臣辅佐，如叶尔羌、和田、乌什、阿克苏、库车、喀喇沙尔；小者派驻领队大臣，如英吉沙，从而对南疆进行直接统治。《库车》《和阗》《喀什噶尔》等诗就描写了清朝平定大小和卓叛乱后给南疆各族人民带来的新生活。这里举二首：

种徙�冲地势恢，天戈万里剪蒿莱。名藩自昔龟兹著，雄镇何年孝杰开。杂处氐羌邻布露，远宣声教近无雷。蕃情比似河源水，长逐东流滚滚来。

——《库车》

西望浑河似带萦，徕宁城郭已新更。亲和疏勒唐天宝，王缚兜题汉永平。职贡牟尼遗械在，折冲都尉赐绯荣。文身歧指霑天泽，遍白山南尽耨耕。

——《喀什噶尔》

（三）《八景诗》

曹麟开的《八景诗》包括《轮台秋月》《葱岭晴云》《红山晓钟》《祁连晴雪》《红桥烟柳》《瀚海流沙》《温泉夜雨》《泌瀼晚渡》八首诗。兹举如下：

轮台露白塞云收，台涌冰轮豁远眸。旧壤昆弥屯叶护，受降君集置庭州。砧寒雁碛三城戍，笛弄龟兹万里秋。应识故园当此夕，团圞儿女念边头。

——《轮台秋月》

葱岭嵯峨碧汉齐，氤氲佳气满丹梯。山分左股盘乌戈，云起中峰遍白题。五翕侯封依保障，二庭藩服别东西。漫轻出岫无心者，飞去为霖遍庶黎。

——《葱岭晴云》

崖前伏虎依僧定，云外鲸铿警梦残。下界正当群籁息，上方飞落一声寒。唤回海鹤来仙峤，敲散天花满戒坛。去国不知身绝域，关心犹作早朝看。

——《红山晓钟》

雪从太古积濛溟，秀耸祁连若建瓴。雄跨两关开月窟，势盘五郡控龙庭。苍茫气界中边白，皎洁光摇天地青。记得贰师征战处，摩崖水壑尚留铭。

——《祁连晴雪》

蜿蜒长虹跨碧浔，拂栏柳色染烟深。阅人多矣攀条过，今我来思侧帽吟。情尽故低迎送路，魂销漫绾别离心。记从廿四桥头望，明月吹箫思不禁。

——《红桥烟柳》

龙荒漠漠望无涯，地阅沧桑几岁华。弱水回波趋瀚海，合黎余浪入流沙。预知风色驼鸣碛，远带秋声雁落霞。不识蓬莱何处是，几人曾此泛仙槎。

——《瀚海流沙》

曾试华清第二泉，温汤复此弄漪涟。沸珠洞底敲朱火，皎镜潭心喷紫烟。黍谷气蒸飞作雨，渠黎波暖溉为田。依稀共话巴山夜，剪烛西窗忆往年。

——《温泉夜雨》

浉濛渡口碧潆洄，漠漠流沙暄色催。几处伏流穿塞合，一支健水划城开。谷蠡遍溉氐羌种，疏勒重屯戊己来。不识劳劳问津者，个中谁是济川才。

——《浉濛晚渡》

八景诗是八景文化的重要组成部分，八景诗的最早雏形是沈约的《八咏诗》。“八景”起源于北宋时期宋迪的《潇湘八景图》，所以八景文化自宋代兴起，发展到明清，各地命名八景、十景，文人创作八景诗，均十分普遍。张廷银根据国家图书馆现藏西北各地方志统计，“陕西共有 54 个府州郡县的 72 种方志中出现过八景，甘肃有 36 个府州县的 43 种方志中出现过八景。……而新疆的 89 种方志中，记载了八景的则仅有 2 种”[①]，由此可见曹麟开《八景诗》的

① 张廷银著《西北方志中的八景诗述论》，《宁夏社会科学》，2005 年第 5 期，第 146 页。

地域地理学价值和文学价值。

曹麟开《八景诗》是乌鲁木齐八景诗之一，反映了乌鲁木齐独具个性特点的地文、人文景观，《轮台秋月》《葱岭晴云》《红山晓钟》《祁连晴雪》《红桥烟柳》《瀚海流沙》《温泉夜雨》《泾瀯晚渡》均以四字为题，前两字为场所地点，后二字为时间、季节性自然现象，两两并列构成一个个互相具有联系的组合景观。"这是中国古代四言诗句独特审美意义的再现，八景用这样的四字来命名，也是它在文化根源上向传统审美旨趣回归的具体表现。"①

作为一名遣戍乌鲁木齐的安徽人，曹麟开热心地用诗歌的形式咏写乌鲁木齐八景，不管是乌鲁木齐的红山、红桥、温泉，还是轮台的秋月、天山的云、戈壁沙漠，都体现了诗人对新疆山水风光的欣赏和热爱，也在一定程度上带动、促进了新疆八景文化和八景诗创作的发展。

曹麟开在戍期间的作品，除《八景诗》外，《塞上竹枝词》和《新疆纪事十六首》几乎每句诗都有自注，且爱用典故。我想这与他曾受到文字狱牵连、为文变得谨慎有关。星汉说："大段的加注和诗句用典，是曹麟开诗作的特点，也是弱点，用典使得文字艰深，不易理解。漫说今人，就是当时人，没有注释也无法卒读。尽管大段加注有其较高的认识价值，但它会破坏诗作的整体艺术美感。"②我认可这个公允的评价，但我要强调曹麟开的贡献。在当时文化禁锢和强权政治背景下，曹麟开的创作能展露个人性情，有所建树，实属不易。

---

① 张廷银著《西北方志中的八景诗述论》，第147页。

② 星汉著《清代西域诗研究》，上海：上海古籍出版社，2009年版，第68页。

二、蒋业晋与《立厓诗抄》

蒋业晋(1728—1804),字绍初,号立厓,江南长洲县(今属江苏省苏州市)人。乾隆二十一年举人。历任湖北黄州同知、孝感知县、汉阳知县。乾隆四十六年,因石卓槐《芥圃诗钞》案遣戍乌鲁木齐。乾隆五十年放还归里。少从沈德潜、王鸣盛等学诗,七言雄健苍劲,兼有杜韩。著有《立厓诗抄》七卷,分《归田集》《秦游草》《楚游集》《出塞集》《吴庑集》,其中《出塞集》存诗108首。

《立厓诗抄》现存有乾隆三十五年交翠堂刻本,温州市图书馆有藏;嘉庆三年交翠堂刻本,上海图书馆、南京图书馆有藏。

《立厓诗抄》乾隆三十五年交翠堂刻本有当时诸多名士题写的序、跋,对蒋业晋及其诗作给予了很高评价。这个版本的《立厓诗抄》均是蒋业晋42岁之前的作品,刊刻于蒋业晋遣戍乌鲁木齐之前,与其之后的"平易"诗风明显不同。在戍期间,蒋业晋歌颂明亮、奎林、海禄等在任官员的诗作有三十多首,如《从将军围猎南山口归记其事》《从将军东郊小猎回营试射归纪二律》《将军分食恩赐荔枝恭纪》《和将军听琴原韵》《陪将军城南林中消暑同人试射》《灵山水歌》《谒奎将军备领高谈,并示以诗,敬呈三律》《送奎元戎移节伊江》《奉和奎将军赐章原韵》《北庭都护行》《送海都护参赞乌什马上口号》等。此外,蒋业晋也写了一些反映新疆山水、风土人情的诗作。试举三首为例:

车骑忽而塞,大河当我面。河流汇雪泉,急湍疾于箭。马蹄蹴浪花,喷薄如雪溅。南山高入云,雪色明组练。地脉蓄精英，金沙耀冰涧。时于清流中，割取碧霞片。村落欲停车，水回山路转。霜叶映寒空，烟林如藻绚。秋老未萧条，春来更葱茜。城堞宛列屏，泉流争竹堰。林林爨火繁，一一灌溉便。忆昔轮台北，古来几争战。我皇奋扫平，绥来以名县。忽讶令公来，蕃回占利见。稼穑播豳风，山川归禹甸。寄语牧民者，抚绥慎勿倦。

——《绥来县渡河》

十里见孤戍，地传古牧名。清渠盈漠野，荒店抱屯城。驱马涉无迹，吹笳静有声。圣朝孳息久，此处合催耕。

——《古牧地》

出水莲品洁，出山莲种别。亭立千仞冈，红妆浴白雪。托迹固高寒，人言性偏热。

——《北庭杂咏·雪山莲》

《绥来县渡河》作于乾隆四十七年。乾隆四十三年，清朝置绥来县，隶属迪化州。1953 年，中央人民政府批准将绥来县改为玛纳斯县，系因玛纳斯河而得名。“地脉蓄精英，金沙耀冰涧。时于清流中，割取碧霞片。”蒋业晋在诗中描述当年玛纳斯县产金出玉的盛况。《古牧地》作于乾隆四十八年，古牧地即今米泉，当地泉多、稻谷多，诗中描写了和平时期米泉的生产生活状况。《北庭杂咏·雪山莲》歌咏的是新疆特产天山雪莲，诗中描写了雪莲独特的生长环境和特殊的功效，这是一首较早向内地人介绍新疆天山雪莲的诗。

在戍期间，蒋业晋得到乌鲁木齐都统明亮等官员的关照和特别的优待、礼遇，生活悠闲，思想自由、行动自由，多次游览红山等地，先后创作了《登红山二首》《同杨陟庭曹云澜游红山麓曹氏水碓溪堂四首》等作品，让我们看到了当时乌鲁木齐"泉流滋大漠，夕阳耀千屯"的勃勃生机。

"龙沙三载度中秋，赖有同心一遣愁。今日归鞭先着我，离情又在古庭州。"由此可知蒋业晋是一个特别达观、特别重感情的人，三年的戍期使他对乌鲁木齐、对同事产生了深厚的感情。

第四节　徐步云　庄肇奎等

乾隆二十七年，清政府正式任命明瑞为“总统伊犁等处将军”，标志着以伊犁为中心的统辖全疆的伊犁军府制正式确立，伊犁地区的文学、文化也由此进入一个交融、发展的新时期。乾隆朝流放到伊犁的贬官众多，他们大量创作反映伊犁风土人情和屯田事业的诗文、志书，成为清代新疆行记、方志、史地著作、边塞诗的开拓者，尤其是诗歌创作特别的繁盛。为了展示乾隆朝伊犁地区的作家群体阵容，这里选择其中创作成就相对突出、影响较大、且有诗文集流传的作家予以论述。

一、徐步云及其《新疆纪胜诗》

徐步云(1733—1824)，字蒸远，号礼华，江苏兴化人。乾隆二十七年举人，授内阁中书、军机处行走。乾隆三十三年，因向两淮盐引案中的卢见曾送信通报消息，以漏言泄密罪，于同年七月褫职戍伊犁。乾隆三十七年释还，入四库全书馆为分校官。乾隆三十八年春，乾隆帝巡幸天津，徐步云献上所作组诗《新疆纪胜诗》三十六首。道光四年卒。著有《爨余诗稿》四卷。

徐步云的《新疆纪胜诗》写实性强，他以竹枝词的形式，围绕“纪胜”主题，对乾隆皇帝统一新疆的丰功伟业、土尔扈特部东归，伊犁地区的屯田、山水、教育、矿产、地形、习俗等景、物、人进行描写和讴歌，对今人了解、研究乾隆年间伊犁地区的政治、经济、文化等具有重要的现实意义。试引下面几首：

> 唐西突厥汉乌孙，万里新开戊己屯。一自井疆崇庙略，天山草木尽衔恩。
>
> ——《新疆纪胜诗》其一

> 屹屹崇疆四大城，往来书逐晓云征。筹边不数营平策，破胆唯闻定远名。
>
> ——《新疆纪胜诗》其九

> 圣皇鸿福被遐边，文教雍容化井廛。薄采茆芹考钟鼓，黉宫建在雪山前。
>
> ——《新疆纪胜诗》其十三

> 大宛名马特魁奇，雾鬣风鬉虎脊披。待献春风闲十二，虬髯相戒勿轻骑。
>
> ——《新疆纪胜诗》其十七

> 宰桑也解充田畯，伯克还来助艺禾。种种风谣堪入画，氍毹帐外起农歌。
>
> ——《新疆纪胜诗》其二十二

这些诗作主题鲜明，处处洋溢着爱国之情。不论是写新疆的统一，还是写伊犁的城市、教育、名马、屯垦，不事矜奇，语言通俗易懂，甚至运用了一些具有地域特色、民族特色的词语，给其诗歌增添了别样的魅力。

徐步云在戍期间，是新疆诸多重大历史事件的参与者、见证者，还是土尔扈特部东归的目击者。乾隆三十六年六月，土尔扈特汗渥巴锡率其部众十七万余人东返，行万余里，自俄罗斯伏尔加河流域抵达伊犁河畔。清政府高度重视土尔扈特部的回归，舒赫德奉命前往宣抚。徐步云由此结识舒赫德并受其提携，所以徐步云知悉清政府、舒赫德处置土尔扈特部回归的各种措施、细节。诸如：

土尔扈特辞瓯脱，却来款塞竞朝天。杂居齐尔诸屯落，十万人如解倒悬。

——《新疆纪胜诗》其三十四

八政首先重民食，庙堂谋略广新屯。春耕秋获颁时令，丝粒无非覆载恩。

——《新疆纪胜诗》其三十五

这两首诗分别描写了清政府对土尔扈特部回归后的安置、救助、赠送籽种并教之耕种等情况。之后，徐步云在《寿舒相国夫子一百韵》长诗及自注中，更详细记述了土尔扈特部回归后的生活现状：

投诚逾万里，结队动千行。去国如同纪，传封或类姜。朝天虽踊跃，待命尚彷徨。入告飞章亟，畴谷上将良。有生宜覆育，无衅忍残戕。到日齐分帐，先时速峙粻。饥疲犹数亿，羸弱渐成尩。振廪悬哺急，装裘赁载忙。牛羊堪起瘠，药饵并扶僵。叔子宁忧爨，邢人竟忘亡。呼韩身入汉，突厥自归唐。在昔名称盛，于今实倍臧。始终洵妥帖，左右敢跳梁。帝力安耕凿，天心熟稻粱。

这些对研究土尔扈特部回归具有重要的史料价值和文献价值。尤其是“从确定政策、安排人事到实施安插、救济优恤、外交斗争及耕凿屯田等诸方面完整再现了清政府处置土尔扈特回归事件的全过程，其细节性的生动描述足以弥补正史之不足”①。

二、庄肇奎及其《出嘉峪关纪行二十首》

庄肇奎(1726—1798)，字星堂，号胥园，浙江秀水(今嘉兴)人。乾隆十八年举人。先后任贵州施秉令、贵筑令，云南永北同知等。乾隆四十五年，庄肇奎受李侍尧贪纵受贿罪牵连，被遣戍伊犁。次年，抵戍。乾隆四十九年，补伊犁抚民同知。乾隆五十二年冬，启程东归。不久奉檄再回伊犁。乾隆五十四年，期满回京。历任广东惠州知府、肇庆知府、广东按察使、布政使。嘉庆三年卒。著有《胥园诗钞》十卷。

《胥园诗钞》分为《浙西稿》《黔滇稿》《塞外稿》《岭南稿》四集，共十卷，末附《诗余》一卷。其中《浙西稿》104 首诗和《黔滇稿》121 首诗是其谪戍伊犁之前的诗作，《岭南稿》124 首诗和《诗余》则是其释归后的作品，《塞外稿》四卷是其遣戍伊犁的诗作，有 215 首。

① 史国强、崔凤霞著《徐步云生平及其西域诗作研究》，《西域研究》，2011 年第 3 期，第 123 页。

庄肇奎谪戍伊犁后，诗歌创作不仅数量多，而且质量高，最有特色也最能代表其艺术成就的是《出嘉峪关纪行二十首》《伊犁纪事二十首，仿竹枝词》。

（一）《出嘉峪关纪行二十首》

庄肇奎在《出嘉峪关纪行二十首》序中交代了出嘉峪关的时间是“辛丑之岁，季夏之初”，即乾隆四十六年六月十八日前后，当时“秋阳尤烈”“苦水俱膻”，“平沙浩浩而无垠，长夜漫漫其奚旦”，让一直生活在南方的庄肇奎很不适应，加上路途遥远，交通工具差，饮食也不习惯，令其身体、心理备受折磨，于是发出了“粻行乃裹，悲恋阙以迟回；地践不毛，感余生之再造。于是敝车羸马，露宿风餐，亦有哀穷，与羊羹而不食；空怀寄远，书雁帛而无从”的感慨。这是庄肇奎当时复杂心态的真实表达，我们从中亦可看出作者一路西行的艰辛与悲壮。试引三例：

出关回首即门关，关吏无情未许还。沙碛遍留鸿爪印，塞云遥引马蹄环。千秋庙算洪荒外，万里天威咫尺间。欲数行程记西域，自惭疏薄笑痴顽。

——《出嘉峪关纪行二十首》其一

帽影鞭丝漏夜行，征衫裹泪出长城。萧萧白发三千丈，莽莽黄云一万程。儋耳海滨春短梦，夜郎徼外醉余生。诗人自古多迁谪，却笑何曾盗此声。

——《出嘉峪关纪行二十首》其二

明月琵琶泪暗吞，悲风吹起劫尘昏。爱河欲决成冤海，慧剑无铓是钝根。人世浮云偏过眼,天涯芳草总销魂。龙沙信马迢迢去,不数阳关与玉门。

——《出嘉峪关纪行二十首》其三

嘉峪关外恶劣的自然环境让庄肇奎感到恐慌,内心十分的悲伤。如“万点霜华短鬓侵,垂鞭无语独悲吟”(其四)、“经月何会展布衾,夜骑羸马走天阴”(其六)、“故人半在阳关外,老我孤悬伊水边。到此那堪还远别,归来难定是何年”(其十八)。当看到新疆的美丽的自然风光后,诗人颓废、绝望的情绪有所好转,新疆的美景让庄肇奎感到惊诧,所以他在诗中积极表现他的喜悦,描写了所经之地的乡情民俗,显示了鲜明的地方色彩。如:

地名闻说长流水,唤仆停车快煮茶。紫燕窥帘如故友,白杨夹道隐人家。忽开遥嶂重看雪,却爱荒塍尽种瓜。偻指边程行未半,伊吾西去正无涯。

——《出嘉峪关纪行二十首》其八

交河县即高昌垒,此地传闻在昔时。戊己设官屯校尉,后先分国隶车师。葡萄白小甘无核,泉水清香冷沁肌。今日版图皆乐土,仰观覆照信无私。

——《出嘉峪关纪行二十首》其十四

乾隆四十六年八月十三日,庄肇奎抵达伊犁城。《出嘉峪关纪行二十首》其二十记录了诗人初到伊犁的感受和谒见当时伊犁将军伊勒图的情景,“到来仍不卸征袍,阃外干城气象豪。梦笔抛残空倚马，吟腰瘦尽乍悬刀。青蝇遽集休相问，白首低垂懒去搔。永夜角声寒不寐，透帘新月又初高”（其二十）。诗中连用“梦笔”“倚马”“青蝇”等典故，以及“白首低垂懒去搔”“永夜角声寒不寐”句真实写出了诗人抵达戍所后特有的感受，具有很强的情感浓度。

（二）《伊犁纪事二十首，效竹枝词》

由于独处边疆，面对未知的生存环境和人在樊笼的生活氛围，庄肇奎刚开始很不适应，十分的思念家乡、想念家人。这期间，他先后创作了《六月十五日夜行见月》《七夕》《新月》《题春耕图》《秋花满庭日渐萎悴，慨然有作》《即事戏赠舒闲人二首》《秋感》《闻角声有感》《除夕感赋》《甲辰元旦即事书怀》《除夕》《乙巳除夕感赋二首》《元夕口占二首》等，记载了他独特的生命体验和复杂的思想、情感历程。

随着时间的推移，庄肇奎与伊犁官员、戍客的交往交流日渐增多，心态也随之发生积极变化。如《次韵陈莼涘寄亭诗二首》《哭高青畴》《送青畴柩于郭外临穴哭之》《喜冯蓼堂放还作诗赠行》《对雪忆高青畴即用前韵》《病中喜舒放亭释还，适来话别挥泪作此送别》《奉和伊显亭将军登鉴远楼元韵》《代成协领题久安长治图颂为伊将军寿》《哭伊显亭将军》《三月五日祝将军奎公寿》《步韵将军奎公冬夜感怀》《将军奎公即日见示和章因叠前韵志感呈谢》等。

乾隆四十九年，庄肇奎补伊犁抚民同知，他的小妾碧梧也从内地来到伊犁团聚，其生活、心态因此都发生了变化，诗文创作也充满了激情，以《伊犁纪事二十首，效竹枝体》最为出色。下面引数首以示：

土膏肥沃雪泉香，尽有瓜蔬独少姜。最是早秋霜打后，菜根甘美胜吾乡。

——《伊犁纪事二十首，效竹枝体》其二

家家院落有深沟，一道山泉到处流。罂粟大于红芍药，好花笑被舫亭收。

——《伊犁纪事二十首，效竹枝体》其七

六月争求节暑瓜，剖开如蜜味甚夸。白居第一青居次，下品为黄论不差。

——《伊犁纪事二十首，效竹枝体》其十二

面白于霜米粒长，千钱一石价嫌昂。鸡豚蔬果家家有，肉贱无如牛与羊。

——《伊犁纪事二十首，效竹枝体》其十七

庄肇奎在诗中详细描写了伊犁的风土物产和他自己的日常生活，尤其是写到“齐向鼓楼南市里，一时争买大头鱼”（其五）、“秋风莫漫思张翰，且喜烹鲜佐客觞”（其十九）等，对于人们了解此期伊犁百姓的生活，有相当的认识价值。“试传军令齐开井，掘处皆泉万斛清”（其四），肯定了伊犁将军伊勒图挖井取水的功绩。“许令哈萨克通商，十万驱来大尾羊”（其十三），则记录了新疆各民族共同生产生活、频繁密切的商贸往来。

《伊犁纪事二十首，效竹枝体》其十八“车载粮多未易行，六千回户岁收成。造舟运入仓箱满，大漠初闻欸乃声”，描写的是维吾尔人在伊犁屯田丰收的情况。我们认为这是《伊犁纪事二十首，效竹枝体》中最应该重视的一首诗。伊犁是清王朝安置回民进行屯田的主要地区，从乾隆二十五年开始，维吾尔人不断被迁入伊犁进行屯田。诗中写到回屯户数达到六千户，在当时来说，这个规模还是比较大的。以每户交粮十六石计算，每年共交粮九万六千石。回子所交之粮成为新疆伊犁驻军粮食供应的重要来源，由此可见回屯利国利民、卓有成效，这为驻守新疆的清军提供了可靠的后勤保障，客观上也促进了新疆地区农业的开发、生产技术的提高和社会经济的发展。

三、陈庭学及其《塞垣吟草》

陈庭学(1739—1803)，字景鱼，号莼涘，晚号莲东逸叟，直隶宛平人。乾隆三十一年进士。乾隆三十四年，补殿试，授刑部主事。历任云南乡试副考官、江西司员外郎、奉天司郎中、山西潞安府知府、甘州驿传道署按察使司事，陕西汉兴道等职。乾隆四十六年，因甘肃灾赈案(亦称甘肃捏灾冒赈侵蚀监粮案)被革职，解交大学士阿桂等严审。次年二月十七日，甘肃灾赈案结案，陈庭学"捏结又收受属员银一千两"，发遣新疆伊犁。乾隆五十二年，任惠宁司庾，后授主事衔，掌惠宁城仓务。乾隆六十年，还京。著有《蛾术集》十六卷，《塞垣吟草》四卷附《东归途咏》一卷。

《塞垣吟草》四卷是陈庭学发遣新疆在戍期间的诗作，收古今体诗 425 首，其中卷一 113 首，卷二 118 首，卷三 90 首，卷四 104 首。《东归途咏》一卷是其从伊犁归京一路所作的诗，收古今体诗 98 首。卷首有余集、张问陶序，从二人序中可知陈庭学流贬新疆前后诗风的变化、诗文的成就与影响。余集是陈庭学的同年，博学多才，担任过翰林院编修、侍读学士。他在序中说："莼涘少以文学起家……后坐事谪戍伊犁十四年，赐环还里，越八年而卒。性豪迈慷爽，诗坛酒座恒以意气倾其侪偶。迁谪后，啸歌饮酒，益放于诗，傲睨忧患，漠不动心。戍所固多文人朝士，罔不衰苶抑塞若不胜者，一时连情发藻，多凄咽悲凉之作。视公之诗，皆相顾以为不如。……而公徜徉诗酒豪俊之气不减曩时，同年之在朝者已落落如晨星。每一过从辄叹公之怀抱超旷为不可及，而公之福泽绵远利及后人，亦罕可比偶。今读公诗而益知其养之邃也。"张问陶作为乾嘉诗坛大家，则从读者的角度高度评价了陈庭学的诗作。录如下：

> 予与笠帆以乾隆戊申同举京兆试，庚戌同成进士，于先生为年家子。当先生未归时，予与笠帆兄弟所居同一巷，晨夕相见。凡先生书至，必有诗，有诗，笠帆兄弟必与予同展读。每念戈壁风沙，渺如天外，居其地者愁吟苦啸，当如何慷慨悒郁以达其悲凉之气？而诵先生所作则和平温厚，意境宽舒，几忘其为羁人迁客也。

由此可知，陈庭学遣戍新疆前，"性豪迈慷爽，诗坛酒座恒以意气倾其侪偶"，但"诗草散漫，不可诠次"，且"奇篇秀句所轶者多矣"。在戍期间，陈庭学"徜徉诗酒豪俊之气不减曩时"，所作之诗"和平温厚，意境宽舒"，自成一家，理应受到人们更多的关注。

《塞垣吟草》绝大部分是与伊犁官员、友人、同人的步韵唱酬之作，如《题于梅谷寄亭与庄胥园同赋》《蓼堂去后，胥园来诗，归思颇剧，次韵奉慰》《闻角次友人韵》《寒日同人小饮次胥园韵》《书怀得十二韵简赠同人》《次胥园赠溉余韵》《同人边楼偶眺五叠前韵》《和同年徐溉余除夕原韵》《闲云次溉余韵》《病起酬庄胥园见赠原韵》《同人登鉴远楼次韵》《集赵氏别墅和溉余同年韵》《胥园迟家信未至，病不欲食，造问谈余，小饮尽欢，归用前韵慰之》《复次前韵答胥园》《和胥园晚趋戎幕有感，仍叠前韵》《元夜庄胥园招饮次韵》《和胥园闻角感吟》《再和闻角》《次韵元戎野望一首》《和刘军门九日登高二首》《和胥园纸蝶原韵六首》《次韵德润圃春寒病中二首》《和施柳南塞上花朝二首》，等等。在《塞垣吟草》中，这类作品特别多，说明陈庭学在伊犁期间生活悠闲，交游广泛，与其在戍心态、自身性格有关，也与他在伊犁时间长达十三年有关。

在《塞垣吟草》中，我们可以看到陈庭学与其他发遣新疆官员的诸多不同之处。其一是不以遣戍为苦，心态平和，作诗更是昂扬洒脱。如“人间惯说他乡远，塞外从知化宇宽”（《出嘉峪关》），“碧宇周回浩无际，乡关非近塞非遥”（《放怀》），“一笑乡愁破，穷荒草色添”（《次韵德润圃春寒病中二首》），“故乡好待归期近，绝域能开诗境赊”（《小院》）等。其二是高高兴兴地送别友人还京、归家，无悲凉之气、凄凉悲咽之作。如《送人还京》《送人东归书感》《送胡典狱穆斋》《十月初三日送舒放仙还京》《送灵郃亭还京八首》《秋日送柳南同年还京赋诗四首》《乙卯中春再送施柳南东归二首》等，惜别之余期待再次相见、重逢，感情真挚。又如“与君天末尤相见，他日重逢自有缘”（《送蓼堂还京》），“旧交同戍先归去，秋草骊驹万里情”（《秋日送柳南同年还京赋诗四首》）等。其三是不惜笔墨描写新疆的胡桃、哈密瓜等特产，如《咏胡桃八首》《再咏哈密瓜二首》《再咏哈密瓜四首》等，其中写哈密瓜“碧瓤味胜金箱贵，蜜液香浮玉井寒。幕府分甘到吟馆，竞尝落手已空盘”（《幕府颁饷园中新熟哈密

瓜,命偕孚仲次公塾中师生同赋》),令人垂涎三尺。兹引一首:

红酣黄腻俗相轻,品第如花贵素馨。姑射肤凝鲜雪白,员峤皴带断霞青。除将苦蒂佳同蔗,剖得甘腴实若萍。分贶小篮携两两,莫因无匹叹匏星。

——《再咏哈密瓜二首》其二

这些诗作是新疆哈密瓜最好的广告语,也是关于哈密瓜的最好听的故事,更是哈密瓜文化的重要内容。当下,作为全国最具人气之一的哈密瓜节,应该重视并广泛宣传陈庭学描写哈密瓜的古诗词,从而彰显新疆哈密瓜的历史文化底蕴。

四、赵钧彤及其《西行日记》

赵钧彤(1741—1805),字絜平,又号澹园,山东莱阳县人。乾隆二十六年举人,乾隆四十年进士,历任河南卢氏知县、唐山知县。乾隆四十八年(1783)五月,被逮入狱。次年二月,刑部案覆发往新疆伊犁充当苦差。三月二十六日自直隶保定府清苑县出发,十一月初六日至兰州,十二月十四日至嘉峪关,乾隆五十年三月初一日,抵达伊犁惠远城。乾隆五十六年,释回。著有《止止轩诗稿》六卷、《西行日记》三卷。

《西行日记》有手抄本、石印本传世(吴丰培先生加以校订后辑入《丝绸之路资料汇钞》[清代部分],本文所引资料均出自此)。赵钧彤虽是遣戍人员,但一路迎送酬酢,十分频繁。他在日记中详述沿途城池、名胜、山脉、地势、河流等,可视为地理传作。吴丰培在

《西行日记序》中说赵钧彤“好翰墨”，“故光绪《登州府志》称其天资英敏，语皆沈惊、清壮，戍所诸作，尤多奇气，□非通誉。又该志艺文志中著录有澹园诗草六卷。乃善于吟咏者，与王大枢之《西征录》为先后之作，可与并传矣”。

在《西行日记》中，赵钧彤的记述、考证都很详细，具有十分重要的文献价值和地理学价值。如乾隆四十九年正月初五，赵钧彤一行至哈密。他就记述了哈密城、核桃园、回城、汉城的地理位置，以及当地居民庆早春的情景。他通过仔细观察，写出了一个真实的哈密：

> 哈密东接安西，西握辟展，北走巴里坤，为诸路之总会，故要区也。哈密多戈壁，所产瓜而外，五种。具种地有眷兵、有戍奴，而此外则缠头。交粮如屯户，缠头不蓄发。冬夏白羊裘，帽尖起若古塚。……与商民同治之。商民皆流民，无父母室家，意气强横，贱买而贵售。盖内地无赖，或亡命者，脱身出关，以恣贪诈，其居处饮食，无复人道而方自喜，又一土风云。

这段文字记载了哈密的地理、特产、屯田、维吾尔族群众、商民的情况，其中对哈密商民的构成、特点的记录，可补正史之不足。赵钧彤提到“戍人之出关也，凭陕甘制府牌及州县文牒，乃得前发安西。但营卒、州之役，持公文至”，我们从中可以窥见发遣新疆人犯有严格的佥发、递解、查验制度。为防止遣犯脱逃、保证人犯递解的顺利进行，清政府对押解差役、遣犯的口粮、行程期限都有严格的规定。但对士人和废员的佥发，就宽松多了。

赵钧彤在行程中就多次因拜访乡人、先辈而停留。如二月初四日在乌鲁木齐，“因访席公桂堂、曹名麟开、杨名奎，交其家人、亲友书信，皆携来自西安者，三公俱废员，抵戍已数年。询以当差诸事，颇能得要领。返寓食后，遂酣睡，至日暮方觉”。又如二月二十九日，在绥定城，“旋入城，谒粮员。粮员于姓名时和，金坛相公犹子，由谪戍得今职，而署肃州任，嘉春其姻也。托寄书，故谒之。入谒留食，并识其幕中朱先生者，字端书。嘉与诸生谪戍来，风雅可与言。因询伊犁当差各事，颇得要领。至漏下乃出。出，旋睡”。从赵钧彤的行程来看，其行动相当的自由，不仅可以从西安帮不相识的戍友捎带书信，还可以打听“当差诸事”，获悉在伊犁充当苦差的“要领”，说明当时对谪官的管理不是很严，也说明当地在任官员与谪官之间关系融洽。赵钧彤得知“伊犁谪官，文自卿贰，武自专阃”，心理压力就小多了，对在戍生活也少了些许恐惧。如《三月初一日，发绥定城，至惠远城三十里》：

侵晓发，出东郭，先是自沟口已折而向东南，循山势也。抵大桥，日甫上，已二十里，桥跨渠，长数十步，下及水，约二丈。以北多小沟浍，泉流清激，而桥之，渠受之，分注近城廛阛，犹果子沟水也。过桥见城堞，旋闻市声。共十里，抵惠远城，住北郭。廛肆宏整，商民填咽，殆近万家。既盥沐，精河外委亦旋到，入城，投文牒。而余亦赴军门，候传谒。主者云，月朔，将军受恭贺，不暇，须明日。余因访诸乡人，皆谪自齐鲁者。又谒诸先辈，交路间所附书信。伊犁谪官，文自卿贰，武自专阃，逮微末，无不有。举贡以下，当差为奴。十七省各回苗，无不备。出城返寓舍，日已暮，行李抢攘，顿烦部署，而仆夫告去，于是不复行。

伊犁惠远城，在兰州西北六千七十五里，东南抵京师一万五里。而道长殆万数百里。土城壮阔，城之中起鼓楼，门四达，高七八丈，远望可百里。官自将军外，有参赞、各领队大臣，又有理事同知，理满营夷部。抚民同知、巡检，理汉兵及商民。疆域东界精河、南阻大山，山外凡南路及山北诸路。雅尔等城，皆将军所统辖。而西与北界哈萨克边，其外乃俄罗斯，周广约数千里。哈萨克多产善马，或谓并准夷旧部，皆古大宛国。闻惠远城西南数百里，高山上有古碑，隶书二十四字，曰：去青冥而尺五、远华西以八千，南通火藏，北接大宛。汉张骞题。亦一征也。余自甲辰三月发保定、四月抵西安，留滞五月，至十月西行，及今乙巳三月乃罢。惊魂残骨，携傻儿蠢仆，穷走经年，而俱得无恙，非天幸不及此。而余生长海滨，邻苴鹿日本，弱冠奔父丧，南踰滇黔，抵交趾界上，迨官畿辅，屡公事赴北口，复以不肖得备戍卒，而远走西荒，半生仆仆，历中外河山、东西朔南，各穷边际，可悲亦可喜。客窗烧烛，买火酒蒸羊，与犯辈相劳苦，辄语及之，乃大笑不止也。

以上文字记述了赵钧彤到戍地后赴伊犁将军府等候传谒一事，细述了伊犁惠远城的疆域、官制及城西南古碑的碑文，体现了乾嘉时期重考据的创作风气。最后，赵钧彤回顾了自己大半生的经历，在儿子、仆人的陪伴下，历尽苦难，终于“俱得无恙”来到了伊犁，一时感慨不已，觉得可悲更可喜，于是，他在饮酒开怀大笑中开始了伊犁的谪戍生活。

五、王大枢及其《西征录》

王大枢(1731—1816),字白沙,号天山渔者,安徽太湖县人。喜好读书,博学多才,学问渊深。乾隆三十六年举人,举江左孝廉,拣选知县。乾隆五十三年,赴吏部铨选时,因曾忤触官府以公事戍伊犁。三月从安庆出发,七月十六日出嘉峪关,九月三日到乌鲁木齐,十月十一日抵达伊犁。先后在印房办事、入志局修《伊犁志》,坐馆教书。嘉庆四年八月获准还乡,次年四月到家。著有《西征录》八卷、《古史综》十二卷、《春秋属辞》十二卷、《诗集辑说》二卷。

《西征录》有三个版本,分别是乾隆五十六年的四卷本,卷首有蔡世佫序,其中卷一、卷二为"纪程",是王大枢西行沿途见闻;卷三"新疆",为伊犁志所撰概述;卷四"杂撰",是其流放生活的实录。乾隆五十九年的六卷本,有王大枢作于伊犁的自序。在前四卷的基础上,增加在伊犁期间创作的诗文,为卷五、卷六"存草",这两卷单行抄本就是《天山集》二卷。以上两个版本的《西征录》流传于新疆。第三个是嘉庆六年的八卷本。这是王大枢离开新疆回乡后编定的版本,在原六卷的基础上,增加卷七"跫音"、卷八"东旋草"。这个版本的《西征录》是在内地流传的定本。

在《西征录》中,卷一、卷二为"纪程"。这差不多是王大枢西行的日记,其中详细记载了王大枢自安庆至河南开封府、开封至陕西西安府、西安至甘肃兰州府、兰州至嘉峪关、自嘉峪关至哈密、哈密至吐鲁番南路、吐鲁番至乌鲁木齐、乌鲁木齐至伊犁途中的诗文创作情况、各地的地名、地理、路线距离等资料,是我们今天考证沿线城市、陆路交通驿站变迁的极好资料。如从哈密到乌鲁木齐,《西征纪程》记载是“哈密至乌鲁木齐有二道，北道由巴里坤、南道由吐鲁番，北道行雪山中，即天山，极寒。予时走南道，由头铺、三铺、沙枣泉、梯子泉、瞭墩，山顶有古台，可望远”①。南道就是从哈密至头铺（七十）、至三铺（六十）、至沙枣泉（五十）、至梯子泉（六十）、至瞭墩（四十）、至梧桐窝（八十）、至三间房（九十）、至十三间房（一百四十）、至苦水（八十）、至七格屯（七十）、至辟展（九十）、至连木沁（七十）、至胜金台（七十），过胜金关口至吐鲁番（一百一十），吐鲁番至庚坑（七十）、至头道河（七十）、至白杨河（七十），北过齐克达坂至达坂城（六十）、过盐池至土墩（四十）、至柴窝堡（四十）、至盐池墩（五十）、至乌鲁木齐汉城（五十）、至满城（五里），自哈密南路至乌鲁木齐共一千四百七十五里。王大枢走的是南道，但他在书中也记载了北道的路线：“其北路，予未身历，附记所闻。自哈密至黑账房四十五里、至南山口即天山口四十五里，由此而上……至大泉八十里、至三道湾八十里、至红山八十里、至乌鲁木齐七十里，以上为北路。自哈密北路至乌鲁木齐一千五百二十里。”哈密作为新疆的东大门，自古就是中西交通的咽喉之地，清代设有军塘。以上记录了哈密至乌鲁木齐南道、北道不同路段的距离，从中可知清代交通路线的大致情况，对我们了解处在这条交通路线上的城市如吐鲁番、巴里坤、奇台、吉木萨、古阜康、乌鲁木齐等商业贸易发展、繁盛、衰落情况是大有益处的。

乾隆五十三年九月初三日，王大枢至乌鲁木齐，他写道：“乌鲁木齐，番语好牧场，又曰禾稼之名。其地可屯种也。北通瓦剌、西

---

① 王大枢著《西征录》，民国十一年石印本。吴丰培将卷一、卷二影印，题名《西征纪程》，收入《丝绸之路资料汇钞》，本文所引内容皆出自此本。

扼乌苏。今建迪化州，辖阜康、昌吉、绥来三县，为西北一大都会。有满、汉两城，相距五里许。……汉城有江南巷，所居多江南人也。”可见，乌鲁木齐建城之初就是各民族共同开发建设的地方，江南人（即汉人）或耕种或经商或行使职权，带动了乌鲁木齐地区的城市建设和经济发展。

王大枢初次到新疆，对“天山”特别感兴趣，也特别有感情。他提出了自己对“天山”一词的理解：“甘肃之南祁连山，亦名天山。哈密天山，亦名祁连山，或呼哈密为北天山，呼在甘肃者为南天山。其实，自平番马牙西北诸峰绵亘相连，凡负雪崔巍者，多呼天山，不止一处也。”王大枢还写过“行到天山不见山，山头积雪极天顽”（《天山雪》）的诗句，以及《上天山》：

> 上天山似上青天，马缩如猬车倒悬。四十八盘盘不了，一生未作此周旋。

这是王大枢自己上天山的亲身感受。在天山巅顶的关庙，他还考证了“唐姜行本平定高昌勒功碑”。这些为他创作《天山赋》积累了素材。《天山赋》是“新疆四赋”之一，《三州辑略》和《新疆图志》均有收录，但作者署名是欧阳镃。欧阳镃，字梅坞，广西马平人，乾隆四十五年举人，担任过甘肃永昌县令、徽县县令、合水知县，是王大枢成友杨廷理的内弟，与王大枢有过交往交流。经考证王大枢《西征录》、杨廷理《西来草》，我认为《天山赋》系王大枢乾隆五十五年后所作。

《西征录》的“存草”收录的多是酬唱赠答之作，记录并反映了王大枢的日常生活。吴华峰、周燕玲认为组诗《边关览古六十四咏》"对清前经营西域重要人事的回顾,有一定诗史意义"①。其中《廉五酒坊》《巧娘传》《天山赋》是王大枢诗文的代表作,也是清代新疆诗文创作中具有较高水准的优秀作品。

这个时期,在乌鲁木齐、伊犁两地效力赎罪的戍员逐渐形成了颇具规模的诗文创作群体。他们每个人的家族背景、人生态度、社会地位等各不相同,诗文创作的数量、质量、影响也存在较大差异,但他们共同为新疆文学文化的发展做出了重要贡献。所以,我们应根据他们各自不同的诗文创作情况进行具体分析、评价。下面选择其中较有影响者简述之。

吴士功(1699—1765),字惟亮,号凌云,又号湛山,河南光州人。雍正十一年(1733)进士,选庶吉士,改吏部主事。历任吏部员外郎、监察御史、山东盐运使、陕西按察使、湖北按察使,陕西布政使、护巡抚,福建巡抚。乾隆二十六年,提督马龙图私自挪用军营所存公款案发,奉命审理此案的吴士功因宽进失出而被革职发往巴里坤自备资斧效力赎罪。后捐银赎归。著有《湛山诗抄》。

常钧(1702—1789),叶赫那拉氏,满洲镶红旗人。举人。历任主事、工部员外郎、云南巡抚、湖南巡抚,世袭云骑尉。乾隆三十年正月,常钧"于侯七郎殴死侯岳添一案,回护固执,庸懦无能,毫无主见……常钧着革职"(《清高宗实录》卷七七六"乾隆三十二年正月丁卯"条),次年三月,"谕曰:常钧着自备资斧,前往喀什噶尔协同绰克托办事"(《清高宗实录》卷七八一"乾隆三十二年三月己丑"条)。常钧"精绘事,画虎尤妙"(《八旗画录》),著有《敦煌杂抄》《敦

① 吴华峰、周燕玲著《"天山渔者"王大枢的遣戍生涯与诗文创作》,《西域研究》,2014年第4期,第119页。

煌随笔》。

罗学旦(1707—1781),字次周,号鲁亭,广东兴宁人。雍正十三年(1735)拔贡生,由教习出知四川蓬溪县事。任大城县知县。乾隆二十九年七月,在经办子牙河工程中未履行承办之员职责,以致民夫逃逸。乾隆三十年,被革职的罗学旦抵达乌鲁木齐充当苦差。后进献《万寿生生图》《乌鲁木齐赋》等。五年期满撤回。著有《鲁亭诗文钞》二卷。

徐世佐(1714—1796),字辅卿,号石亭,晚号遁斋,湖南湘阴人。雍正十三年举人。曾任长芦盐场大使,署通判,直隶严镇场盐大使。乾隆三十三年,以失察书吏坐罪.谪戍新疆乌鲁木齐。纪昀与之唱和甚欢。乾隆三十六年,赐复原职里居。徐世佐学通经史,尤有文名。著有《遁斋文集》二十卷、《山居集》八卷、《客游集》八卷、《出塞集》十二卷。

张心境(1738—?),山东莱阳人,乾隆二十四年举人。曾任陕西醴泉县知县、蒲城县知县、绍兴府代理知府、浙江同知等职。乾隆五十三年,因处理官船被海盗抢劫事不当,被革职查办,发配新疆伊犁效力赎罪。著有《蒲城县志》。

第二章 嘉庆朝新疆的流贬文学

清初，发遣地点主要集中于东北地区，如盛京、尚阳堡、铁岭、宁古塔、黑龙江等地。康熙时期，始有部分遣犯由东北向西北、内地转移。乾隆年间，大批人犯、犯罪官员遣戍到新疆地区，其中有自东北改发者，也有原拟死、军、流等罪而改发者。至乾隆四十八年(1783)，新疆遣犯人数众多，甚至出现人满为患的情况。由于遣犯壅积、难以安置，发遣伊犁及各处之犯在配脱逃者甚多。于是，清政府调整、修改发遣新疆条例，将拟发遣要犯分往吉林、黑龙江等地。嘉庆四年(1799)，因新疆人犯减少导致不敷分充各营役使，又将之前改发内地人犯发遣新疆，并规定"川楚教匪缘坐犯属，其十一以上，十五以下者，仍监禁，俟成丁时。发往新疆安插"(《清仁宗实录》卷三十九"嘉庆四年二月甲辰"条)。嘉庆十年，经内阁奏议，"将会匪一项，全行发往新疆，交伊犁将军等，酌拨当差种地"(《清仁宗实录》卷一百四十八"嘉庆十年八月壬辰"条)。自此，大量教匪、会匪源源不断地发往新疆。至嘉庆十九年，新疆各城安置的白莲教、八卦教、红阳教、青莲教等民间反抗势力遣犯日积日多、日形壅积。嘉庆二十二年三月，伊犁将军奏称，"伊犁遣犯日多，难以安置，请查核历次奏改章程，将吉林、黑龙江改发伊犁之强盗免死减发等案十八条人犯，改发极边烟瘴充当苦差，暨发极边、边远充军，量为疏通”（《清仁宗实录》卷三百二十九“嘉庆二十二年四月丙戌”条）。于是，嘉庆皇帝要求刑部通行核计，考虑增加乌里雅苏台、库伦、科布多三处流放地，分地改遣，以渐疏通。由此可知，清政府虽然能根据实际情况灵活调整发遣新疆地区人犯、官犯的人数，但仅是发遣过多时酌量改发内地，并没有停遣，所以嘉庆时期新疆地区的遣犯数量一直保持相当的规模。

第一节　嘉庆朝新疆的遣犯与贬官概述

乾隆末年，由于各种社会矛盾日益加剧。嘉庆元年正月，四川、湖北、陕西等地爆发了反抗清朝统治的白莲教农民大起义。清政府先后派孙士毅、永保、勒保等率军进剿，农民起义军由盛而衰，直至败亡。清政府将镇压农民起义中抓获的农民及其家属发遣新疆，如嘉庆十一年，发遣新疆南疆各城的“降贼二百二十四名”，以及赵丙柱等十九犯，八卦教的王子重，红阳教的安杰，等等。其中八卦、荣华、红阳、白阳、天理等都是白莲教内部的不同流派。后又将传习西洋教、天主教的人教人员如魁敏、窝什布、图钦、图敏，以及唐正玕等三十八人发遣新疆。嘉庆十一年十一月，清政府将原陕西宁陕镇蒲大芳等二百余名哗变官兵发遣新疆伊犁，原陕西宁陕镇总兵杨芳被革职发往伊犁效力赎罪。次年五月十八日，杨芳释回并被起用，先后参加镇压河南滑县天理教起义和新疆张格尔叛乱。嘉庆十三年冬，因陈先贵、张洪告发蒲大芳等人商议谋叛，时任伊犁将军松筠命人将蒲大芳、马友元、王文龙等原 190 名宁陕变兵全部杀死。在镇压白莲教农民大起义过程中，清政府一批官员、将领因围剿不力、捏报边功被发往伊犁效力赎罪，如原湖广总督景安、原四川总督福宁、原陕西巡抚秦承恩、原陕甘总督宜绵、原成都将军阿迪斯等。

嘉庆时期，发往乌鲁木齐效力赎罪的官员很多，有武伦布、月明、王以中、陈世章、顾佺、德恩、汪光绪、牛世显、熊言孔、谦益、杨瑚、徐午、刘云卿、招梦熊、陈上高、陈大立、陈鸣铎、叶金印、方定选、王锡、王应诏、陈圣域、张曾敕、鞠清美、莫子捷、钟凤腾、德生、官信、额尔登布、宝善、乌尔图那苏图、额勒精额、李景善、巴彦布、穆克登额、玛哈那、全德、侯文利、方应恒、黄玠、吕秉成、盛住、公峨、博庆、伊诚、书成、孙贻谋、茹绍基、刘荣、黄官显、明善、李汉廾、成明、常兴、木特布、成林、龚启曾、程行勧、德成、颜检、祥玉、李銮宣、卢家元、陈锦章、庆福、四达色、郑廷安、倭什布、遇昌、铁保、德音、士诚、广善、瑞宁、恩吉、常文、罗汉保、灵铸、英奎、惠昆、灵泰等，发往伊犁效力赎罪的有伊江阿、洪亮吉、明安、汪廷楷、高杞、周丰、黄士堂、凤麟、丁树本、董成谦、遐龄、祁韵士、陆树英、那彦成、长龄、吴熊光、松山、扎拉芬、徐松、陈凤翔、先福、季麟、温承惠、斌静等。而同期乌鲁木齐地区（包括巴里坤、吐鲁番、哈密等地）共有各级文武官员 408 人，可见遣戍乌鲁木齐、伊犁的效力赎罪官员是清政府治理新疆的一支重要力量，他们对保证和巩固清政府在新疆的统治、促进新疆文学文化的发展，都起过重要作用。

嘉庆十二年，清政府规定不管是自备资斧者，还是弃瑕录用者，一律支领盐菜口粮。如在新疆改任新职，则可以支领新职务的一半养廉银。此举大大增加了在新疆地区效力赎罪官员的收入，极大地提高了他们的生活待遇，有利于保障和改善新疆地区谪官的生活，使他们安心的效力赎罪、建设新疆。

第二节 洪亮吉与《万里荷戈集》

洪亮吉(1746—1809),字君直,一字稚存,号北江居士,晚年自号更生居士,江苏阳湖县(今常州)人。《清史稿·洪亮吉传》:"少孤贫,力学,孝事寡母。初佐安徽学政朱筠校文,继入陕西巡抚毕沅幕,为校刊古书。词章考据,著于一时,尤精揅舆地。"①乾隆五十五年进士,授翰林院编修。先后任国史馆纂修官、贵州学政、咸安宫总裁、教习庶吉士等职。嘉庆十四年(1809)五月卒于家。洪亮吉性豪迈,喜论当世事,为诗古文有法,是著明的经学家、史学家、地理学家、骈文家、诗人。其著述多至百十种,共有二百六十余卷。现存有光绪丁丑刻本《洪北江先生遗集》二百二十二卷。

嘉庆四年八月二十四日,洪亮吉以《极言时政启》上书成亲王永瑆及座师、吏部尚书朱珪,左都御史刘权之,"力陈内外弊政数千言,为时所忌"②。嘉庆帝认为"洪亮吉以小臣妄测高深,意存轩轾,狂谬已极",下令将洪亮吉落职交军机大臣会同刑部严审。结果是"拟以大不敬律斩立决",后奉旨免死,将洪亮吉发往新疆伊犁,交将军保宁严加管束。次年闰四月初三日,军机大臣传谕伊犁将军保宁将洪亮吉释放回籍。洪亮吉"自伊犁蒙恩赦

---

① 赵尔巽等撰《清史稿》,北京:中华书局,1977年版,第11307页。

② 吕培等编《洪北江先生年谱》,清光绪间授经堂刻本。

回，以出关入关所作，编为《荷戈》《赐环》二集，海内旧交作诗题集后者，不下百首”[①]，另著有《遣戍伊犁日记》《天山客话》。

一、《万里荷戈集》

《万里荷戈集》是洪亮吉启程赴伊犁途中及行抵伊犁所作诗的诗集，包括《伊犁纪事诗四十二首》。开篇诗作是《八月二十七日请室中，始闻遣戍伊犁之命，出狱纪恩二首》，洪亮吉在得知自己遣戍伊犁后，之所以还要作诗“纪恩”“感君恩厚”，是因为“谕旨洪亮吉系读书人，不必动刑”“恩旨从宽，免死，改发伊犁”的缘故。洪亮吉深知自己无言事之责，也知道违例上书的后果，所以做好了弃官待罪的准备。遣戍伊犁的结果应该比他预料的好很多，所以以诗纪恩、感恩就在情理之中了。

嘉庆四年八月二十八日，洪亮吉出监，卸刑具，被押出彰义门离京上路。“自西行以后，遵旨不饮酒不赋诗”[②]，直到同年十二月初六日出嘉峪关。“及出关后，独行千里，不见一人，径天山，涉瀚海，闻见恢奇，为平生所未有。遂偶一举笔，然要皆描摹山水，绝不敢及余事也”[③]，这是洪亮吉自己在《遣戍伊犁日记 · 出塞纪闻》中记载的出关后作诗的缘由，新疆风光、新疆经历和在新疆的生活从此成就了洪亮吉。《出嘉峪关雇长行车二辆，车箱高过于屋，偶题

---

① 洪亮吉著，陈迩冬校点《北江诗话》，北京：人民文学出版社，1983 年版，第 11 页。

② 吕培等编《洪北江先生年谱》。

③ 修仲一、周轩编注《洪亮吉新疆诗文》，乌鲁木齐：新疆大学出版社，2006 年版，第 65 页。

一绝》是其出嘉峪关后写的第一首诗，之后是天天作诗。“是岁得诗一百四十首”①，其中《出关作》《天山歌》《松树塘万松歌》最为著名。

洪亮吉一向喜欢名山大川，曾游历众多的九州山水，出关后他被天山所吸引、所震撼，创作了一系列描写、讴歌天山的作品。如《出关作》：“半生踪迹未曾闲，五岳游完鬓乍斑。却出长城万余里，东西南北尽天山。”这首诗命意高远，气势豪迈，足可同盛唐边塞诗中广为传颂的名篇相颉颃。洪亮吉遣戍伊犁的诗作以雄奇豪放著称，而雄伟峻邈的天山也给他的诗增添了豪迈、瑰丽的气韵。兹录《天山歌》如下：

地脉至此断，天山已包天。日月何处栖，总挂松树巅。穷冬棱棱朔风裂，雪复包山没山骨。峰形积古谁得窥，上有鸿濛万年雪。天山之石绿如玉，雪与石光皆染绿。半空石堕冰忽开，对面居然落飞瀑。青松岗头鼠陆梁，一一竞欲餐天光。沿岭弱雉飞不起，经月饱啖松花香。人行山口雪没踪，山腹久已藏春风。始知灵境迥然异，气候顿与三霄通。我谓长城不须筑，此险天教限沙漠。山南山北尔许长，瀚海黄河兹起伏。他时逐客倘得还，置冢亦像祁连山。控弦纵逊骠骑霍，投笔或似扶风班。别家近已忘年载，日出沧溟倘家在。连峰偶一望东南，云气濛濛生腹背。九州我昔历险夷，五岳顶上都标题。南条北条等闲耳，太乙太室输此奇。君不见奇钟塞外天奚取，风力吹人猛飞举。一峰缺处补一云，人欲出山云不许。

① 吕培等编《洪北江先生年谱》。

在洪亮吉的心中，南条荆山、北条荆山、终南山、嵩山等中原地区的名山大山都不及天山。“地脉至此断，天山已包天。日月何处栖，总挂松树巅”，紧紧抓住天山的雄阔气势与景物特色，将天山之大、天山之高表现得淋漓尽致。“此诗每四句一换韵，凡十换韵，但不是平韵、仄韵交替使用。……最后一韵照应第一韵，写天山的风和云，将天山拟人化，谓云不许作者出山，其实就是写天山之大。末二句确有神韵，的为佳句。”[1]洪亮吉对天山情有独钟，他在日记、诗中详细记录了进入天山后的所见所闻所思。身在天山之中，晚上“如卧江南山水窟中矣”，白天则“忘其为塞外矣”（《遣戍伊犁日记》），由此可见天山景物之美。洪亮吉用大量笔墨讴歌了天山的雪、松，如《进南山口》《下天山口大雪》《松树塘道中》《松树塘万松歌》等。其中七言古诗《松树塘万松歌》广为流传，是洪亮吉诗作中最为人们激赏的一首。全诗是：

千峰万峰同一峰，峰尽削立无蒙茸。千松万松同一松，干悉直上无回容。一峰云青一峰白，青尚笼烟白凝雪。一松梢红一松墨，墨欲成霖赤迎日。无峰无松松必奇，无松无云云必飞。峰势南北松东西，松影向背云高低。有时一峰承一屋，屋下一松仍覆谷。天光云光四时绿，风声泉声一隅足。我疑黄河瀚海地脉通，何以戈壁千里非青葱。不尔地脉贡润合作天山松，松干怪底一一直透星辰宫。好奇狂客忽至此，大笑一呼忘九死。看峰前行马蹄驶，欲到青松尽头止。

---

① 星汉著《清代西域诗研究》，上海：上海古籍出版社，2009年版，第322页。

这首诗豪迈奔放，描写生动，想象奇特，用明白晓畅的语言表达了诗人的积极心态和乐观的情感倾向，“好奇狂客忽至此，大笑一呼忘九死”更是透露了诗人的雄直之气、豪迈之风。“这首七古四句一换韵，平仄韵交替。写巴里坤松树塘的山峰之异、松树之奇，抒发了作者旷达的情怀。”[①]诗如其人。这些诗篇表达了洪亮吉对天山的热爱，抒发了诗人的志向，拓宽了清代新疆流贬诗的题材，也丰富了清代边塞诗的情感主题。

在《万里荷戈集》中，洪亮吉还记录了新疆的民风、物产、地理、气候，如《安西至格子墩道中纪事》：“林乌大如犬，兀傲不避人。攫肉翔道旁，足蹴十丈尘。”《镇西元日》：“殊方都喜说新年，板屋斜欹彩胜偏。一事暂教乡思缓，家家门巷有秋千。”还有《廿八日抵巴里坤》《肋巴泉夜起冒雪行》《古城逢立春》《鹰攫羝行》《自乌兰乌素至安济海，雪皆盈丈，十余日不见寸土，因纵笔作》《三台阻雪》《行至头台雪益甚》等作品，描绘了新疆各地的风土人情和新疆特有的雪景。兹录二首：

北风吹雪入鬼门，风定雪已埋全村。村人凿穴透光景，百尺棱棱瞰楼顶。烧松作炭雪不消，反使石穴全身焦。征人停车已三日，雪穴惊看马牛出。平明一线阳光开，乌鹊就暖皆飞来。征人欲行马瑟缩，冰大如船复当谷。

——《三台阻雪》

天山雪花大如席，一朵雪铺牛背白。寻常鸡犬见亦惊，避

① 星汉著《清代西域诗研究》，第322页。

雪不啻雷与霆。几家房廊陷成井，百丈青松没松顶。瞥惊一骑去若飞，雪不没髁风生蹄。东风乍停北风起，驱雪松涛十余里。松柴烧赤老瓦盆，奇冷更变成奇温。

——《行至头台雪益甚》

新疆冬季时间长，降雪量大，雪期长、雪质好，洁白、空灵的冰雪世界给洪亮吉带来美的享受，所以他写了一首又一首雪景山水诗。在《遣戍伊犁日记》中，洪亮吉也饱含深情地写下了自己对新疆大雪、积雪、雪海的感知。如“雪飘如掌，阑干千尺，直下难停。……至晚，雪已盈丈”。“山甚险，且积雪没路，至日落甫到”，“初八日，平明行一百二十里抵三个泉。明月已高，积雪千里，天与地皆一色，真清凉世界也”。“自哈密至安济海以东，地皆冒雪，或盈丈及数尺不等，从未见地”。“初五日，巳刻行，半道忽大风雪，如山崩电裂，并前雪积成丈许。……然自松树头至此二十里中，茫茫雪海，惟高下千万松顶露青，亦奇观也”。这些既是写景，也是抒情。在诗人的笔下，地势险要的果子沟，仲春时仍有积雪，“鸟不避人，鱼能瞰客”，更像是人间仙境、世外桃源。如：

初八日，晴，辰刻行，约六七里至陡坡，雪深山险，人皆下车步行，乃得过。然山益奇峭，急湍西下如箭，距水一寸，飞雪皆积成冰，时合时开，惊流飞出山中。气候虽异，然时已春仲，候适晴和，晓日乍升，青松叠荫，飞泉百道，削壁千寻，鸟不避人，鱼能瞰客，域中无此幽境也。二十里外仍复飞雪。夹道间有杂树，然柳已发青，水多萍绿。

可见，新疆丰富的冰川、雪山、雾凇等自然景观为洪亮吉的诗文创作提供了素材，峻美而神奇的雪景不仅激发了诗人的创作灵感，而且加深了诗人对新疆的热爱之情。

在《万里荷戈集·伊犁纪事诗四十二首》中，洪亮吉以类似“竹枝词”的形式，记录了伊犁的布鲁特人、谪吏、古庙、苹果、雉兔、春燕、皂雕、黄羊、生驹、桑椹、黄童、白菜、河鱼、怪蛇等，生动有趣，具有鲜明的地域特色和浓郁的生活气息。兹录数首以示，其六为：

> 谁跨明驼天半回，传呼布鲁特人来。牛羊十万鞭驱至，三日城西路不开。

布鲁特，古称“坚昆”“吉利吉斯”等，今称柯尔克孜族，是我国古老的民族之一。在清朝平定准噶尔和大小和卓叛乱的过程中，布鲁特各部逐渐归属清政府，由“永守边界者”变化为外藩，再变化为内藩，在清政府统一新疆过程中作出了重要贡献。乾隆二十三年八月，布鲁特诸部头人分批入觐，向乾隆皇帝进贡，并接受赏赐。后遵高宗谕令，布鲁特各部停止入觐，改为每年遣使向喀什噶尔或乌什驻扎大臣请安、进贡马匹。清政府则掌握着布鲁特各部落头目的任免权，并向布鲁特各部落收取一定数量的赋税，“清政府还直接处理布鲁特诸部内部事务，指给游牧地，允其贸易者税减内地商民三分之一等等”①，所以“牛羊十万鞭驱至，三日城西路不开”。洪亮吉在诗下自注：“布鲁特每年驱牛羊及哈拉明镜等物至惠远城

---

① 苗普生著《略论清朝政府对布鲁特的统治》，《新疆社会科学》，1990年第6期，第89页。

互市。”这些说明布鲁特人从事贸易的积极性很高，伊犁惠远城的贸易交流繁盛，各族人民相处融洽。

其十为：

> 坐来八尺马如龙，演武堂高夹路松。谪吏一边三十六，尽排长戟壮军容。

洪亮吉在《遣戍伊犁日记》《百日赐环集》《天山客话》中均记载了自己与谪吏见面、交流交往的相关情况，如原广西凌云知县韦佩金、原湖北保康知县陈世章、原湖广总督景安、原江西南昌知县徐午、原浙江金山知县熊言孔、原广东澄海知县顾掞、原御史百庆、原山东巡抚伊江阿、原江西巡抚陈淮、原浙江布政使归景照、原台湾兵备道兼提督学政杨廷理，以及王奉曾、全士潮、黄聘三、舒其绍、王元枢等。作者诗下自注：“四月一日，随将军演武场角射，时废员共七十二人。”《天山客话》：“自巡抚以下至簿尉，亦无官不具，又可知伊犁迁客之多矣。”这些为我们了解新疆、伊犁的流人、废员情况提供了第一手资料。如嘉庆四年十一月“十三日，早，韦大令佩金相访。韦，江都人，甲午同年，以进士官广西知县，亦以贻误军务发伊犁，相约至凉州同行”（《遣戍伊犁日记》）。“余与同年韦大令佩金先后出关……”，“余未到伊犁以前，册房为任邱舒大令其绍、闽县黄别驾聘三，皆南北诗人也。余与同年韦大令又继之，于是，人以派册房办事为荣”（《天山客话》）。洪亮吉与韦佩金同日到戍，又同在册房办事，一起读书、游玩，感情极深。《万里荷戈集·伊犁纪事诗四十二首》之十三：“城隅两日雾寒威，韦曲词人尚下帷。趁得南山风日好，望河楼下踏春归。”洪亮吉用诗记载了韦佩金在伊犁期间读书、郊游的生活。洪亮吉自伊犁赦回后，曾登扬州高明寺浮图望海并怀韦佩金，云：“‘梦里乌孙疑鬼国，望中黑子是神山’，亦为扬州人传诵。”[①]洪亮吉与韦佩金的友谊也因此传为佳话。

其二十七为：

> 鹁鸪啼处却东风，宛与江南气候同。杏子乍青桑椹紫，家家树上有黄童。

这首诗写的是伊犁儿童爬到果树上采摘杏子、桑椹的情景，画面感很强。洪亮吉在诗下自注曰：“伊犁桑椹极美，白者尤佳。”他在《天山客话》中进一步写道：“伊犁桑椹极佳，长者至寸许，余尝饱啖之。据土人云，尚不及叶尔羌诸处所产者，然已远过于内地也。”桑椹，是桑树的果穗，长圆形，有柄，乌色或白色，也有粉红、暗红、紫黑或紫红色的。新疆桑椹个大、汁多、味甜，被誉为“瓜果中的报春花”，是老百姓日常生活中经常吃的一种纯天然绿色食品，也是战乱、饥荒年代穷苦人家的救命果、救命粮。其中白色的大白桑桑椹，主要产于喀什、和田、阿克苏、库尔勒等地，它被维吾尔族人称为“阿克玉祖木”。据史料记载，新疆种桑养蚕治丝织绸的技术是在汉代丝绸之路开通后从内地传入的，可见新疆种植桑树的历史悠久。新疆桑树树种资源十分丰富，有鸡桑、长穗桑、华桑、白桑、黑桑、广东桑、长果桑、鬼桑、鲁桑、瑞穗桑、滇桑、蒙桑、唐鬼桑、细齿桑等 14 个桑种。洪亮吉的上述记载说明伊犁桑树连荫，一定程度上反映了当时种桑养蚕的盛况。

---

① 洪亮吉著，陈迩冬校点《北江诗话》，第 8 页。

其三十九为：

结客城南缓步回，水云宽处浪如雷。昨宵一雨浑河长，十万鱼皆拥甲来。

作者诗下自注："伊犁河鱼极多，皆无鳞而皮厚如甲。"在《天山客话》中则进一步指出："伊犁河鱼极多，类皆无鳞而皮厚数寸，虽欲烹鲜，殊难下箸矣。"洪亮吉对吃鱼十分在行，他说过："鱼则海鱼为上，河鱼次之，江鱼次之，湖鱼又次之。寻常溪港之鱼，则味薄而腥矣。"[1]伊犁河是新疆最大的河流，流经地形复杂，鱼类资源丰富，野生鱼品种数量较多，原本只有13种土著鱼，现在河中鱼类总数已达39种，其中在中国境内的河段可捕获的鱼类有32种，包括裸腹鲟、伊犁鲈、银色臀鳞鱼、鲤鱼、欧鲶、赤梢鱼、草鱼、东方欧鳊等。或许是时节的原因，洪亮吉仅仅看到了那种无鳞而皮厚的伊犁河鱼。之后流放到伊犁的林则徐在日记中多次记载伊犁将军布彦泰馈赠生鱼、鲫鱼，以及腌鲟、鳇鱼等内容。林则徐还在《放鱼》诗下注曰："鲫有四腮似鲈者，在伊江为鱼之上品。"由此可见洪亮吉对伊犁的了解不深入、不全面，这与他在伊犁时间短，加上出城必须报门，活动范围狭小有直接关系。但事实上伊犁河的鱼种类较多，尤其是不乏味美肉鲜之鱼。

二、《百日赐环集》

《百日赐环集》是洪亮吉自伊犁释回到阳湖家中的诗集，其中

① 洪亮吉著，陈迩冬校点《北江诗话》，第16页。

抒写沿途见闻的诗具有独特鲜明的风格，颇有影响，如《四十里井汛》《自三堡至头堡，一路见刈麦者不绝》《长流水题壁》等。其中《自三堡至头堡，一路见刈麦者不绝》如下：

> 三堡至头堡，亩亩麦新刈。咸携薄笨车，往返数难记。伊吾节候晚，已及三夏季。缠头何辛勤，风雨所不避。全家挚筐榼，儿女在旁戏。一岁只一收，仓箱已云备。穷荒无天时，只复收地利。今看戈壁外，沃壤庶无弃。尚书膺大任，本裕经国计。秦陇多流民，移来就边地。

这首诗描写的是哈密维吾尔族人民夏季的麦收生活。作者在诗下自注曰："多回部所种，土人呼回部为缠头。"回部，清代泛指天山以南维吾尔族聚居的地区。三堡，今哈密县西北一百三十里的三堡乡，有军台。在伊犁、乌鲁木齐地区，除清政府有组织有计划迁徙的南疆维吾尔族农民开垦荒地、耕种外，很少有维吾尔族居住、生活。哈密是清政府在新疆最早开办兵屯、回屯地区之一，所以迁移、安置了大批维吾尔族农民到哈密屯田种地。哈密的维吾尔农民利用人少地多、引进优良农作物品种、加强田间管理、改进和使用内地先进的农业生产技术等有利条件，积极开垦荒地、扩大耕种面积。"三堡至头堡，亩亩麦新刈。咸携薄笨车，往返数难记"说明哈密维吾尔族农民耕地面积多、耕种范围广、粮食产量较高。这个时期，北疆粮食单位面积产量略高于南疆，南疆的平均劳动生产率约等于全国（北方）水平，这是清代新疆粮食长期供大于求的一个重要原因。"这也是清朝中后期当内地许多省区因人口增加而苦于粮食不足的时候，新疆却一再出现粮食过剩、谷贱伤农现象的原因之一。”①所以，洪亮吉才会提出“秦陇多流民，移来就边地”的主张。这是很有政治远见和军事眼光的建议，对增加新疆人口、发展新疆农业生产、巩固边疆稳定都具有重要意义。

细读《百日赐环集》，其中有较多写给同人、同乡、友人、亡友的诗作，我们从中可以看到洪亮吉是一个至情至性之人，对待亲人、朋友至真至诚。如《将发伊犁留别诸同人》《二十日抵乌鲁木齐，那灵阿州守，顾掞、熊言孔、徐午三大令频日致饯，即席赋赠三十韵》《未至吉木萨二里，见赛神者络绎不绝，时刘二尹之芳亦出城相迓，因作此以赠》《廿九日发古城，巡抚伊江阿、大令阮曙并马送至水磨阁，茶话乃别》《奇台访同里张县尉潮海》《抵哈密日，诚毅伯伍弥乌逊招饭署东蔬香门圃》《答杨文学棽》《七月杪，道出西安，费大令濬邀集同里二十余人宴我于署斋之海棠小舫，即席赋谢》《十六日抵祥符，与蒋表弟青曜话旧》《过临淮关忆亡友黄二景仁》《过滁州忆亡友朱训导沛》等。兹录二首写黄景仁的诗：

云溪南北两诗人，黄景仁追杨起文。不以烟霞盖簪笏，尚书亦足张吾军。

——《道中无事，偶作论诗截句二十首》其十五

及到淮南路，寻思三十年。夜窗书共读，吟舫客如仙。癖更谁能解，贫仍不受怜。伤心黄叔度，泉下已高眠。

——《过临淮关忆亡友黄二景仁》

① 齐清顺著《论清代新疆农业生产力的发展》，《西北民族研究》，1998年第2期，第275页。

黄景仁(1749—1783),字汉镛,一字仲则,自号鹿菲子,江苏武进(今江苏省常州市)人。黄景仁擅书画、精篆刻,以诗名世,是乾嘉时期的著名诗人,与洪亮吉齐名,世称“洪黄”。著有《两当轩集》二十二卷。洪亮吉与黄景仁交往密切,乾隆三十六年两人曾一起入安徽学政朱筠幕,“夜窗书共读,吟舫客如仙”。乾隆四十八年四月,黄景仁病倒在山西安邑时,将后事托付于洪亮吉。洪亮吉“由西安假驿骑四昼夜驰七百里,抵安邑哭之于萧寺中。为措资送其柩归里”[1],并将其诗、词遗稿交由毕沅、翁方纲等校刊,这对黄诗、词的传播起到了重要的作用。洪亮吉撰写的《国子监生武英殿书签官候选县丞黄君行状》,以及在《北江诗话》中对黄景仁的评论,如“黄二尹景仁,久客都中,寥落不偶,时见之于诗。……可以感其高才不遇、孤客酸辛之况矣”[2],称其诗有豪语之作,有苦语之作,有隽语之作。这些都是研究黄景仁的重要资料,且对扩大黄景仁诗词的影响、确立黄景仁在文学史上的地位多有贡献。

洪亮吉在戍时间虽短,但这段经历对其人格精神、心灵世界的影响极大。其谪戍伊犁创作的诗文,不仅具有文学价值,而且具有史料价值。梁启超说:“洪北江亦以谴谪戍《伊犁日记》《天山客话》等书,实为言新疆事之嚆矢。”[3]严迪昌在《清诗史》中也说:“洪氏……中年后经荷戈塞外,奇景奇情,纷然笔下。他的天山景物诗为清代山水诗添上了丰富的一页,较之纪昀之作更为精彩。”[4]可以说,遣戍伊犁成就了洪亮吉,也奠定了洪亮吉在乾嘉诗坛上的地位。

---

① 吕培等编《洪北江先生年谱》。

② 洪亮吉著,陈迩冬校点《北江诗话》,第 9 页。

③ 梁启超著《中国近三百年学术史》,北京:东方出版社,1996 年版,第 347 页。

④ 严迪昌著《清诗史》,杭州:浙江古籍出版社,2002 年版,第 925 页。

第三节　祁韵士　李銮宣

一、祁韵士与《西陲竹枝词》等

祁韵士(1751—1815),原名庶翘,因参加应试需要,改名为“韵士”。字鹤皋,又字谐庭,号筠渌,晚年号访山,山西寿阳人,乾隆四十三年进士。历任翰林院庶吉士、编修、国史馆提调兼总纂官、户部主事等职。嘉庆九年,祁韵士卷入到宝泉局(铸币局)库亏铜案中,次年二月被流放至新疆伊犁。嘉庆十三年七月,谪戍期满,返回原籍。嘉庆十七年,担任兰山书院山长。次年出任莲池书院山长。嘉庆二十年,卒于保定书院。

祁韵士善属文,喜治史,于疆域山川形胜、古人爵里名氏记览甚勤,著有《伊犁总统事略》(又名《西陲总统事略》)十二卷、《西陲要略》四卷、《西域释地》一卷、《万里行程记》一卷等。工诗,著有《袖爽轩文集》《覆瓿诗集》《濛池行稿》《西陲竹枝词》等。

《濛池行稿》自序中提到“余少喜读史,讨论古今,未尝少倦,顾独不好为诗。通籍后始稍稍为之,然酬唱嫌其近谀,赋物又苦难肖,操觚率尔,急就为章,已辄削弃之,不复置意”①。可以看出,祁韵士为文严肃谨慎,不愿作一些阿谀虚伪的酬和之诗,又

---

① 祁韵士著,修仲一、周轩编注《祁韵士新疆诗文·濛池行稿自序》,乌鲁木齐:新疆大学出版社,2006年版,第57页。

担心状物难以描述出原有的韵味。正因如此，其传世之诗多为精品佳作。另外，伊犁自古便是军事重镇，受到严格的军事管控，因而被流放至此地的官员多谨言慎行，即使偶尔作诗也不敢触及时事，唯恐“引火烧身”。这一点从同被发配至伊犁的洪亮吉的《遣派伊犁日记》中便可以得到印证：“至保定甫知有廷寄与伊犁将军，有不许作诗、不许饮酒之谕。是以自国门及嘉峪关，凡四匝月，不敢涉笔。及出关后，独行千里，不见一人，径天山，涉瀚海，闻见恢奇，为平生所未有。遂偶一举笔，然要皆描摹山水，绝不敢及余事也”①。这便可以解释，为什么祁韵士在流放新疆时所作的《濛池行稿》《西陲竹枝词》中写景题材最为出彩，且占了相当大的比重。

(一) 祁韵士流放新疆的缘由

嘉庆九年，宝泉局库亏铜案发，宝泉局历任监督均被逮问治罪，嘉庆六年担任宝泉局监督一职的祁韵士等着照枉法赃问，拟绞监候。后着加恩免其死罪，和凤麟、遐龄、丁树本、董成谦被发往伊犁充当苦差。嘉庆十年二月十八日，祁韵士自京城出发，历时一百七十余天，路经一万七百余里，于同年七月十七日到达新疆伊犁戍所。

祁韵士对于史地学颇有研究，其史地学家的思维与眼光也渗透在日常行为中。例如，在赴戍途中，祁韵士将从太安驿至伊江戍所所经过的地点、驿站悉数记录在册，并对一些地点进行了考证。到达戍所后，祁韵士将这些记录整理成文，名曰《万里行程记》。具体详细的地点、路线可参看祁韵士《万里行程记》，这里不再一一

---

① 洪亮吉著，周轩、修仲一编注《洪亮吉新疆诗文·遣派伊犁日记》，第65页。

列出。

(二)《西陲竹枝词》

“竹枝词”发展至明清时期,内容已由以前的以描述情爱为主逐渐转变为以通俗的语言记录日常生活、民风民俗等,竹枝词的纪事作用日益凸显。清朝在乾嘉时期刚刚形成大一统的格局,边疆相对此前较为安定,朝廷鼓励各地开始兴修地方志。在这种背景下,纪实性强的竹枝词得到文人的重视。祁韵士除著有《西陲竹枝词》一百首,还有《陇右竹枝词》六首、《河西竹枝词》六首。

关于《西陲竹枝词》一百首,祁韵士在“小引”中说:“首列十六城,次鸟兽虫鱼,次草木瓜蓏,次服食器用,而终之以边防夷落,以志西陲风土之大略。”《西陲竹枝词》前十六首就是对新疆地区的军事政治重镇哈密、吐鲁番、喀喇沙尔、库车、阿克苏、乌什、叶尔羌、和阗、英吉沙尔、喀什噶尔、巴里坤、古城、乌鲁木齐、库尔喀喇乌苏、塔尔巴哈台、伊犁十六城的描写。虽说都是新疆的城池,但在祁韵士笔下也不是千篇一律,而是突出强调每一座城池的地理位置和历史、政治地位。如:

黑风川尽柳中过,酷热如烧唤奈何。独喜人称安乐国,此间物产本来多。

——《吐鲁番》

重重远戍见烟霏,雪霁春融百草肥。大食遗民歌鼓腹,瓜馕杂饱倚斜晖。

——《英吉沙尔》

西北由来古战场，即今式廓靖岩疆。阴山剩有穹碑在，犹带松风卧夕阳。

——《巴里坤》

从第十七首至第三十八首所记为西域戈壁、天山、关隘、围场、山峦、湖泊等，我们从中也可以发现诗人独特的眼光，与众不同的视角，从而带给读者一种新鲜感。如《戈壁》《天山》《黑水》《火山》《苦水》《风穴》《赛里木海子》《果子沟》《雾凇》《鄂博》等，都是极具西北边疆特色的景观。

从第三十九首至第九十一首所记为西域特产，鸟兽虫鱼、草木瓜果等无所不记，可以说是包罗万象。但诗人仍是有选择地进行创作，从他所挑选的特产来看，诗人力求所选新奇，能够凸显西域特色，如《八叉虫》《红柳花》《梭梭木》《雪莲》《沙枣》《哈密瓜》《沙葱》等。

从第九十二首至第一百首所记为当地的衣食住行等日常生活、风俗习惯，包括工具、技艺、建筑、食物、生活用品等等，将边塞生活的景象生动地展现了出来。如《圈车》《笆离》《松皮膏》《泥屋》《府茶》《回节》《市易》《兵屯》《卡伦》等，每一首都充满了浓郁的生活气息，真实、形象、鲜活。

纵观《西陲竹枝词》，大致有以下特点：

一是语言明白晓畅，不避俚俗，通俗易懂。祁韵士在创作竹枝词时，使用了一些西域典故，还创造性地采用了新疆少数民族的词汇，通过对比、夸张、比喻等多种表现手法真实的反映新疆的地理、民情风俗，增添了诗歌的艺术感染力。

二是纪实性强，内容丰富。祁韵士于新疆旧事知之最详，在

《西陲竹枝词》中考证古今，泛咏风土，扩大了竹枝词的表现地域。作为史地学家，祁韵士创作的竹枝词不计词之工拙，惟纪实。因此，《西陲竹枝词》具有较高的史料价值，在一定程度上弥补了方志史书的不足。

三是诗中加注，扩大了竹枝词的容量。《西陲竹枝词》的许多作品，都有诗人自己写的注，注和正文内容、史料互证诠释，扩大了竹枝词的容量。如在《瀚海石》中，“袖石携将旱海回”一句自注：“瀚海一名旱海，蒙古语为戈壁。”祁韵士熟悉新疆历史、地理，不管是考证，还是诠释，都有他自己独到的见解。他用诗中加注（或称之为夹注）的方式赋予《西陲竹枝词》更多的内涵，使《西陲竹枝词》成为竹枝词发展史上的一部重要作品。

《西陲竹枝词》内容丰富，涵盖面广，且极具地域特色，可以说是一部完备的西陲风土志，为人们展现了西域生活的方方面面，极大地开阔了读者的视野，为推动内地人了解新疆、开发新疆发挥了重要作用。

（三）《濛池行稿》

《濛池行稿》是一本抒情诗集，其中的诗作均为祁韵士在戍途所作。从京城到伊江戍所，一万七百余里的路程，环境恶劣，舟车劳顿。诗人坦言，时年五十五岁，“羸弱之躯，幸未僵仆于道，皆诗力也”。可见，诗人将途中所见所感寄托于诗作之中，以抒胸臆，排遣羁旅愁思，从而未被戍途艰辛所累，顺利到达戍所。

关于《濛池行稿》的创作，诗人在《濛池行稿自序》中说道：“岁乙丑，以事谪赴伊江，长途万里，一车辘辘，无可与话，乃不得不以诗自遣。客游日久，诗料滋多，虽不能如古人得江山之助，然无日不作诗，目览神移，若弗能已。忆曩者纂传时，常念国家版图式廓，西北尤广袤，为古所未有。戎索所至，部别区分，其山河幕落，传闻异辞，窃慕康熙间图侍读理琛奉使绝域之事，思亦躬履边徼，详志所见，以广所闻，讵知此念一动，早为今日谶乎？愿籍是得以孳孳于诗，补平生所未逮，亦未始非幸矣。”①由此可知，诗人虽“久在史馆”，对西域地理形势“熟悉贯通，了如指掌”，但也希望能亲自到西北地区实地考察一番，未曾想竟一语成谶，得以借谪戍的机会，亲自了解西北史地情况。诗人此番自述一方面是一种自嘲，另一方面又是在无奈中的自我安慰。

《濛池行稿》共收录 107 首诗和 12 首竹枝词。在《濛池行稿》自序中，诗人对内容也做了简要概括：“以余所见山川城堡之雄阔，风土物产之瑰奇，云烟寒暑之变幻，一切可骇可愕之状，有所触于外，辙有所感于中。悱恻忠爱，肠回日久，无一不寄之于诗。”结合具体诗作，《濛池行稿》的内容可归纳为：描摹景观、吟咏风物、拟古抒怀。

第一，描摹西域景观。在祁韵士谪戍期间所做的诗文中，写景诗最有价值。秦邦兴先生用“奇绝”二字来形容其写景诗的风格。如《霍山》：

诘屈知途险，嵯峨笑石顽。才过九折坂，又见一重山。白日催人去，浮云逐鸟还。州城看斗大，指点为开颜。

短短八句话，四十个字，便将霍山的“险”“难”“高”的特点展现得淋漓尽致，给人以身临其境之感，而其中穿插的“知”“笑”等词又将攀

① 祁韵士著，修仲一、周轩编注《祁韵士新疆诗文·濛池行稿自序》，第 57 页。

山的难与险置于次要位置，而诗人乐观、豁达的胸襟亦洋溢于字里行间，读来不禁让人拍手称赞。

第二，吟咏西北风情。在戍途中，诗人亦将各地的风俗人情、特色物产写入诗中。例如在《旅馆牡丹盛开，邻舍女有乞花者，折而付之》这首七言绝句中，“几朵教他插鬓鸦，小名莫问阿谁家”将一个天真可爱又略带娇羞的少女形象展现于读者面前，侧面表现出牡丹花开得好，开得美。再比如《河西竹枝词六首·其五》描述了河西百姓过端午时的情景，挂艾叶、插柳枝、唱鼓词，浓郁的节日氛围跃然纸上。

第三，抚今追昔，拟古抒怀。诗人途径一些名胜古迹之时，总会引发无限感慨。如《裴晋公祠》一诗是诗人在拜谒了唐朝官员裴度的祠堂后所作。诗人在诗中称赞了裴度所立战功，又回忆起韩愈撰写平淮西碑词一事，感叹朝臣各怀心事，影射自己在亏铜案中被奸人诬陷获罪，进而感慨时光流转，物是人非。还有《邠州偶题》《回中怀古》《浴骊山温泉作》等诗，均是诗人由古人之事，联想到今人，联想到自身的遭遇，借以排遣羁旅之思而作。

虽然《濛池行稿》中的诗作多为借景抒情、咏物抒怀之作，但却有着自己的特点与风格。

首先，在内容上，善于写景，奇伟瑰丽。诗人笔下的霍山高耸险绝，诗人笔下的汾水气势磅礴，诗人笔下的田野安逸美好。无论是奇峰险滩，抑或是边塞田园，诗人在遣词造句上总能拿捏得当，将画面精准地展现在读者面前，给人以身临其境之感。

第二，在结构上，严谨通顺，一气呵成。在写景的诗作中，诗人尤其注重诗歌结构上的安排，层次清晰，对仗工整。如《出西安城西行》：

清和初入夏，绕郭晓烟齐。麦浪平翻陇，杨花浅覆泥。天高云作幕，岸阔水迎堤。山色终南好，晴岚望欲迷。

首联诗人先交代了时间与地点，后三联六小句分别描写了当时的麦浪、杨花、云天、河岸、山色，给人以移步换景之感，特别要提出的是，颔联动态描写麦浪与杨花，加之对仗工整，富有音韵美，读来在观感与语感两方面均给人以生机勃勃之感。

第三，在情感上，寄情山水，饱满真挚。在戍途之中，诗人借作诗来消磨时光，同时排遣内心的忧思，填补精神的空虚。纵观《濛池行稿》，每首诗中都倾注了作者内心真挚而饱满的情感。其中表达思乡之情的作品有《望家信》《飞燕篇》等，慨叹人生的作品有《裴晋公祠》《山有啁啾求旦者，闻而感赋》等，赞叹风物的诗作有《至安肃县食菘菜》《甜瓜》等。

第四，在风格上，文史互通，独树一帜。祁韵士自幼好读史，为官之后久在史馆，其史地知识颇丰，因而他在作诗时便自然而然地将史地学与文学结合起来。在一些诗作中可以看到诗人将历史人物、历史典故、地理位置等穿插于其中，且描述详尽，颇具学者风格，在诗歌创作中可谓独树一帜。

《濛池行稿》中的诗均为诗人在戍途之中所作，描写各地景观、风物的诗作比较多。诗人在写景之时加入有关史地学的知识，使“史学”与“文学”在其诗作中进行“双向互动”。《濛池行稿》的传世让我们对戍客当时的心态及情感的变化有了一个大概的认识，特别是诗人将史地学知识融入诗中，让读者跟随诗人在西北进行了一番考察，对当时西北的风景特产、习俗文化等有了更深入的了解。总之，《濛池行稿》不仅是一部难得的文学精品，丰富了清代西域诗坛,也是后人研究新疆的重要参考资料。

二、李銮宣与《荷戈集》

李銮宣(1758—1817),字伯宣,又字介舟、凤书,号石农,山西静乐县人。乾隆三十四年拔弟子员,乾隆四十四年中举人。乾隆五十三年进京入景山官学教习,为博士,次年奉旨以知县(都官)用。乾隆五十五年进士,授刑部刑曹,管理刑狱。在此期间对狱中所见多有感慨,曾作诗记为《司圜杂诗》,共八首,联系个人身世感叹人生之苦,其极富同情怜悯之心的个性在诗中可见一斑。后历任提牢厅、安徽司主事、湖广司员外郎、顺天乡试同考官,浙江温处道、云南按察使、兵部武库司主事、直隶天津道、直隶按察使、广东按察使、四川布政使等。嘉庆二十二年十月十一日卒。李銮宣为人正直,性格直爽,虚己爱才,为诗四十余年,著有《行行草》《白云初稿》《瓯东集》《诏南集》《荷戈集》等,合为《坚白石斋诗集》十六卷。

在云南按察使任上,李銮宣不畏权贵,主事司法断案亦是公正严明,对过往疑案也多有查明平反之举。因重查"龙世恩戳毙龙恩显"一案而"以偏听舛错革职"。据《仁宗睿皇帝实录》记载,嘉庆十一年李銮宣被革职后,又被云南巡抚永保劾以延搁案件,十一月刑部判定结果为:

> 尚未离任辄将解司案件耽延积压逾限至二十余案之多,虽讯据供称委因伊父患病精神昏聩所致,但伊父本系迎养在署,即果染患病,证须伊侍奉,亦何至不能一时分身清厘案牍。况伊自忝至今阅时已久,伊父并无他故,自系借词诿卸,李銮

宣着照部议发往乌鲁木齐效力赎罪，以为玩物公事者戒。

嘉庆十二年三月末，李銮宣抵达乌鲁木齐。同年冬，李銮宣父亲病逝。次年三月，因父殁于家，上命释回。七月，经大学士朱珪举荐，嘉庆帝命其服阕入京再行任用。恽敬《大云山房文集》对其一生给予了中肯的评价："先生自髫年及于中岁，室家之近，羁旅之远，科名之所际，仕宦之所值，多处忧患之中。"①

关于李銮宣一生的诗文著述，道光年间张维屏所编《国朝诗人征略》中选录的恽敬（亦载于《大云山房文集》）序云：

> 石农先生为诗四十年，少即远游不遑息，曰《行行草》。官西曹，曹有白云亭，曰《白云初稿》。分巡温、处二州，曰《瓯东集》。提刑云南，曰《诏南集》。谪迪化州，曰《荷戈集》。分巡天津，曰《七十二沽草堂吟草》。提刑广东，曰《诃子林集》。合为《坚白石斋诗集》若干卷。

也就是说，李銮宣身经各处，都遍述各处之见闻感怀，一部《坚白石斋诗集》，即是李銮宣一生宦游的写照。

关于谪戍乌鲁木齐一事，李銮宣在《荷戈集》中有详细的记录。与李銮宣曾经同官浙江的秦瀛在《祭李石农抚军文》，及为李銮宣撰写的"神道碑"中均有记述。李銮宣任云南按察使期间，巡抚对其不满，适遇龙世恩被冤一案，案情在审判过程中已经清晰明了，龙世恩实属冤枉，而巡抚却因此对李銮宣劾以草率定案，并上报削

① 恽敬著《大云山房文集》，国学整理社，1937年版，第147页。

其公职，最终又告以沉搁积案，于嘉庆十一年冬谪戍乌鲁木齐。除此之外，秦瀛作为李銮宣生前互通书信的友人，对其谪戍乌鲁木齐一事亦有感同身受之言："寒飚裂肤，荷戈投荒。松岩诸子，道周彷徨。指天山兮雪皑皑，出玉门兮天茫茫。望亲舍兮万里，洒血泪兮沾衣裳。"[①]的确，《荷戈集》存诗共计 256 首，读之甚觉哀感。这种基调，从第一组诗《过卢沟桥》就已十分明显：

汤汤卢沟水，淼淼今古流。驱车过石桥，风沙携双辀。返顾望京阙，欲行仍少留。万里自兹去，恻恻增烦忧。

——《过卢沟桥》其一

冲飙连广陌，冰雪漫天飞。西山如环墉，对面高巍巍。逝将之绝域，从此睽庭闱。可怜高堂人，犹望游子归。

——《过卢沟桥》其二

亲交少相送，前路阻且脩。云泥路一隔，顷刻风马牛。屏营独抚膺，仰视浮云流。即事感今昔，泪落不可收。

——《过卢沟桥》其三

刚刚离京，一路往西奔赴戍地，李銮宣几乎每到一处，皆能触景而生伤感之情，这份情有遭受冤情的幽怨，也有遥望故乡对"高堂人"的惦念和担忧，还有对"亲交"的依依不舍，当然也有一路西

---

① 李銮宣撰，刘泽点校《坚白石斋诗集》，太原：山西人民出版社，1991 年版，第531 页。

行的失落。面对当时周遭的一系列变故，李銮宣心有怨言但无处抒发，吟咏诗歌成为释放、宣泄情感的一种方式。张维屏《国朝诗人征略·听松庐诗话》云："其诗模山范水，自具清雄。吊古言怀，每多沉郁。至《荷戈集》中《述哀》诸篇，能使读者愀然以悲。"从《荷戈集》的诗作来看，以上评价是准确的。李銮宣流放新疆后心情抑郁愤懑，咏怀之作悲凉沉郁。这里引其中的五首，让我们一窥李銮宣《荷戈集》中诗作的总体特点：

旷野多惊风，飞沙卷高树。四顾天茫然，蹉跎百日暮。西山如连墉，积雪压寒雾。羁鸟辞故林，去影迷前路。前路阻且修，欲住不得住。羁鸟无枝栖，哀哀向谁诉？

——《安肃道中》

车遥遥，行不得。前山浮云黄，后山深箐黄。冰雪十丈高，步步置丛棘。子之行矣日又昃，流沙弱水邈无极。

——《车遥遥》其二

三更群动息，行客已就车。严气砭肌骨，长路如修蛇。皓月照千里，风起惊楼鸦。慢慢一色白，不辨冰与沙。车行河之干，歧路忽三叉。欲问无行人，仆夫兴叹嗟。

——《早行遇虎二首》其一

驱车酒泉郡，乃见故乡人。相见惨不欢，讶我白发新。名发遂分手，款曲难具陈。托君寄平安，归以述吾亲。握槧不成字，忧心裂如焚。胸中千万语，哽咽难具言。亲老子不养，辜此七尺身。生也不如死，欲哭声已吞。

——《酒泉杂诗六首》其一

《荷戈集(上)》共计 96 首诗，多以地名为题，这些地名大多可考，我们以此为据，可以大体上勾勒出李銮宣的西行路线：卢沟桥→易水→安肃→井陉→东天门→寿阳县→徐沟县→平阳→公刘庙→大佛洞→泾州→渭水→泾水→平凉城→六盘山→隆德县→朱㟃驿→苦水驿→古浪县→甘州→酒泉→肃州。从诗的体式上看，96 首诗大多属歌行体，并以叙事为主，间以描写、抒情，把所经之处的风物人情尽显纸上，同时几乎每一首都会出现让人涕泣连连的语词或语句，如恻恻、烦忧、泪落、恍惚、哀哀、悲、怆恻……对于泪也呈现出多种表达："泪落不可收"(《过卢沟桥》其三)、"青山犹哭声"(《寿阳县晤钮佩甫同年，怆然话旧，因集古句为律二首》)、"凭将三斗泪，洒向朔云边"(《平阳道中》)、"挥涕络如绠"(《拟古二十首》其四)、"泪下如雨积"(《拟古二十首》其十五)……所用色彩的词限于白、黑、黄等，单调而凄凉；为了表达此时的心境，所用典故、意象也多为表达失意之词。可见这时的李銮宣似乎被谪戍西域一事打击得奄奄一息，不见前路无处可依，心境极其凄惨。

《荷戈集(中)》收录古近体诗 81 首，题目中出现的地名明显减少，仅出现沿途的地名 8 个，分别为：大泉—马莲井—红土崖—哈密—库舍图岭—巴里坤—松树塘—吐鲁番，其余或以沿途所见各地奇异的风光、景物为题，或直抒写作动机，可见，在诗歌的表现方式上，这 81 首诗依然以叙事、描写为主，但是情感和风格相比《荷戈集(上)》略有不同，关注点也从自己的被贬一事上有所转移。第一首《浮云》便可看出其中的些微变化：

浮云万里气纵横，羃羃荒烟一望平。雁塞天寒春不到，龙沙车过辙无声。霜严戈壁驼峰兀，风卷穹庐鸟阵惊。到此不须愁寂寞，雪山常傍马头明。

结合《荷戈集(中)》的其他诗作，我们可以推断出李銮宣抵达新疆境内的大概时节，应该是中原地区已入春，天气回暖万物复苏之时，虽然此时的西域之地依然“天寒春不到”，但是他的心境却悄然发生了一些变化：《荷戈集》中的李銮宣自踏上西行之路，就借助一路上残酷的气候和各种奇诡的景物展现自身境遇的惨淡，但与《荷戈集》(上)中更多的表现无助和忧愁不同的是，此时他认为“到此不须愁寂寞”，已不再沉浸在漫无边际的浓厚的忧郁中，或许是他眼前所见的新疆广阔的天地和奇丽的风光感染了他，原本浓郁的忧愁在他的心中慢慢发酵，李銮宣在这部分诗歌中明显表现出要摆脱沉沦向现实抗争的顽强和力量，风格又为之一变，尤显得峻峭而充满豪气，用词和诗中表现的新疆风物一样与众不同：

西流弱水逝河湟，亭障重重扼大荒。出塞风云多惨澹，感时天地亦低昂。蒲桃泛斗留犁醳，苜蓿堆泮汗血强。一曲琵琶白翎雀，胜它羌笛谱伊凉。

——《车中吟四首》其一

羊角搏沙吼黑风，霎时勃勃又蓬蓬。村墟如蟒啼妖鸟，草木皆兵斗鬼雄。不信春难回黍谷，回疑天未开鸿蒙。

——《车中吟四首》其三

正如前文所述，“蒲桃”“苜蓿”“汗血”“琵琶”“羌笛”“羊角”是西域的特有实物，而“出塞风云多惨澹”“羊角搏沙红黑风，霎时勃勃又蓬蓬”等是西域的代表性气候，这些在李銮宣的诗歌里不时出现，让我们了解到新疆不一般的风情和气候环境的恶劣。然而在《荷戈集(中)》我们没有看到他因此而产生的忧愁，反倒是在大自然的狂吼和无情中找到了抗争的力量和信心，“不信春难回黍谷”即是一种不向现实低头的勇气和希望。

如果说《荷戈集》的诗风相比较李銮宣被贬以前的诗风有明显的变化，那么在《荷戈集(中)》我们又在少数几首诗中看到了李銮宣之前清新诗风的暂时性回归：

> 黄尘不动午风暄，负郭人家水灌田。山下桃花山上雪，柳烟笼到寺门前。
>
> ——《将抵哈密，村落棋布，耕耨相望，边塞始见春光矣。口占二断句》其一

> 高山连辟勒，古郡控伊吾。地远天难尽，沙明海不枯。举头飞鸟没，回首片云孤。牵马入城市，言寻卖酒垆。
>
> ——《哈密四首》其一

> 村落如棋布，炊烟屋上斜。耕田多服马，戽水不悬车。错壤平移佘，衡门半种瓜。停骖揖老叟，暂与话桑麻。
>
> ——《哈密四首》其四

和煦的春风从遥远南方终于吹到了这塞外，李銮宣虽然叹息

塞外春来晚，但是也被这难得的稀疏春光所感染，写出了这极富生活气息、清新平和的边塞田园诗，可见谪戍西域的李銮宣内心是坚强的，他对生活的热爱一直深藏心底，在某些时刻他的诗虽然不能如谪戍以前明快清丽，但书写的愁绪和哀感也会暂时被这片刻的安宁取代。

自古以来，塞外的奇伟风光最是能激发诗人们的豪迈之心，就连号称“诗佛”的唐代山水田园诗人王维也能因此而生发“大漠孤烟直，长河落日圆”的激烈感慨。李銮宣虽是谪戍于此，身临其境目睹了一路上大漠、戈壁、绿洲、古城、雪山、荒山等一系列迥然不同的风情地貌后，作出的诗在体现自己心路的同时，也迸发出不可抑制的豪迈之风，而这种豪迈与其情感交融在一起，尤显得悲壮。如《巴里坤城北寻汉永和二年碑》：

> 竟断匈奴臂，穹碑勒此间。星弧弯夜月，铁马驻天山。斩馘诛呼衍，全师入汉关。至今扪古碣，血渍土花斑。

《荷戈集（中）》的诗风随着李銮宣进疆、到达戍地、在戍地安顿下来，以及时令的变化一直在发生着变化，在诗集的后半部分，李銮宣开始对自己谪戍的经历进行深思，一方面在这偏远之地以一种含蓄的方式表示了自己心声，《秋夜作》《初月》《关山月》《明妃引》《瑶琴引》等诗歌中的意象已完全脱离的怪奇的特征，取而代之的是脉脉含情的“牛女”，或顾影婆娑或当歌且舞如惊鸿的“姮娥”，峨眉“娇女”，画中“明妃”，轻抚素琴的“美人”……她们在诗中的形象是动人哀婉的，然而又是孤独的，有美无人能赏，很显然，这组诗歌不能单纯地看作李銮宣对这些女子的同情和爱怜，更多的应是，李銮宣在他们的身上寄托着自己偏身一隅的哀思，这哀思源自他的自怜，源自他期盼重沐圣恩的希冀。这种创作的方法在中国自古以来的抒怀诗中实属多见。

《荷戈集(下)》共收诗81首，从《述哀八十一首》开篇，李銮宣继续着从《荷戈集(中)》就已经开始的人生反思，这一次的反思在时间和空间上的跨度超越了以往任何时候，几乎可以看作他的自传或回忆录：自幼的家境、求学经历、任官经历、谪戍经历、娶亲生子与交友之私事等皆可以在这八十一首中觅得梗概。同时，这《述哀八十一首》改变了之前《荷戈集(中)》后半部分哀婉或清新的诗风，又一次陷入了沉郁。本已逐渐平缓灰色心境的李銮宣为何会再次书写深深的伤痛，原因即在于其父亲的离世。李銮宣本是孝子，自幼丧母的他与父亲情深，不想一朝西行即成永诀，听闻父亲离世的消息，他"心刺芒如锥，伤哉痛几绝"(其七十九)，诗歌中的情感和用语风格都又为之一变。如《荷戈集(上)》一样几乎每首诗都会出现描写伤痛情绪的词语，即使是描写天山绮丽的雪景和新疆三台的风光，也依然在字里行间透露着心中的忧伤：

岩岩雪山，茫茫沙碛。朝不知朝，夕不知夕。呜呼曷归，莫此魂魄。

——《雪山四首》其一

晓风送余寒，平野添秀色。雨润一犁土，浪涌数棱麦。田家理农事，老幼闻且适。小山如垣墉，大山如铁壁。铁壁最上层，潜力玉虹白。玉虹凝不流，腊雪冻还积。结伴振归鞭，驱车度沙碛。回望博达山，无数烟云隔。

——《三台晓行》

《荷戈集(下)》还是李銮宣的东归日记，在听闻父亲的丧讯不久，在谪戍之地仅一年的李銮宣便奉旨赴河东效力，即回任中原，他的诗如西行时一样仍多以行经之处的地名为题，为我们勾勒出东归路线：三台→小屯→奇台县→东城口→沙河→白山口→芨台→滴水崖→务涂谷(曾为车师后部王庭所在地)→勒巴泉→碱泉→蒲类海→库舍图→星星峡→马兰井→白墩山→小湾→布隆吉尔→玉门→赤金峡→盐池驿→高台→甘州→百寿泉→永昌县→兰州→会宁县→青家驿→隆德县。

综而述之，《荷戈集》上、中、下三部分依李銮宣谪戍乌鲁木齐的西行、戍守、东归的时间次序编辑而成，其中饱含的情感是其前后近两年间的心路历程，因其自身遭遇和一路上的见闻，诗歌在表现内容、手法、风格上逐次发生着变化，但依然可见其在创作上的一些坚持：喜用叠词，善以自然田园之景抒怀，虽身遭不幸却能始终关注百姓疾苦。

寺前杨柳绿阴笼，三五人家略彴通。浅水西流嘶牧马，征人东去似归鸿。溪烟滃碧浮轻霭，麦陇摇青送远风。渐有耕桑图画意，举头一望塞云空。

——《小湾》

这首诗既有边塞豪情、又有田园清新，还有念及征人、农家的情怀。恽敬序中曾言清代的诗人或宗秦汉以质古，或循山水田园而求博雅，更有求“诡逸”“真率”“纵丽”等诗风，而李銮宣在经历了坎坷之后，作诗“清而不浮，坚而不刿，不求肆于意之外”[①]，在《荷戈集》中亦然，《小湾》等优秀诗作则显示了其东归途中在诗歌的创作艺术和思想深度上达到了新的高度。

① 李銮宣撰，刘泽点校《坚白石斋诗集》，第527页。

第四节　舒其绍　史善长等

一、舒其绍及其《听雪集》

舒其绍(1742—1821),字味禅,号扆堂,直隶任邱(今河北省沧州市任丘市)人。乾隆五十四年举人,乾隆六十年十月任浙江长兴县知县。嘉庆二年以秋审失出镌职被遣戍伊犁,嘉庆十年孟秋蒙恩赐环。著有《听雪集》四卷、《归鹤集》二卷和《东归日程记》一卷,但这些诗文集未刊刻成书,仅以手写本形式流传。《清代稿抄本》和《清代诗文集汇编》均收有清抄本的影印件。

《听雪集》共四卷,按照舒其绍在戍地的时间先后编次,原书字芯高一百八十七毫米,宽二百四十八毫米。卷首有汪廷楷于嘉庆十年中秋所作序、觉罗崇恩于同治八年(1869)十月所书跋文,还有张之万于同治十三年农历四月、祝德全于嘉庆十五年所书序。四卷共保存诗作六百三十九首。其中有四百余首是关于交游的诗作,如《送福润堂员外北归二首》《谢舒梦亭冠军赠芍药六首》《送徐铁樵参军归豫章二首》《湿娄干活草和双梧原韵》《和梦亭秋日感怀原韵二首》《和厚山题美人图原韵八首》《题厚山侍卫出塞草五首》《送梦亭昆季北归四首》《重过舒氏兄弟旧寓有感十首》《送洪北江太史归里二首》《夜坐怀梦亭》《得梦亭手书却寄二首》《和石舫见怀原韵》《徐铁樵参军》《舒厚山侍卫》《和张茂园司马闻雁有感原韵》《和茂园见寄原韵》《送双梧北上二首》《癸亥元旦和双梧廉访书怀原韵》《和双梧喜晴原韵》《以拙集寄厚山再用见怀原韵》《和茂园于役绥定别后见寄原韵》《和茂园茸屋原韵》《和茂园酌酒原韵》《茂园以诗谢酒兼饷普茶依韵答之》《寄厚山再叠前韵》《寄石舫再叠前韵》《和梦亭见怀原韵》《梦亭以诗询余近况，依韵答之》《和厚山见寄原韵二首》《哭石舫即用前韵》《石舫周年再哭以诗仍用厚山见寄原韵》《梦亭昆季将行，赋诗留别，情意缠绵，再赋六章送之》《梦厚山兄弟即用前韵》《再寄梦亭兄弟二首》等等，详细记载了舒其绍在戍地的日常生活。从这些诗中，我们可以看到舒其绍在伊犁与官员、文友、戍友交往交流的情况，我们从中还可以了解掌握伊犁其他废员的生活和诗文创作情况。

在伊犁期间，舒其绍与舒坤、舒厚山、舒敏三兄弟交往密，赠答唱和频繁。“在《听雪集》中，有多达 30 题 95 首诗是关于舒其绍和舒敏兄弟往还唱和及展现深厚友情的”①，其中舒其绍与舒敏之交契最深。舒敏在《舒春林大尹序》中说：“同处三年，日相唱和，获益良多。”他获释返京后在《题舒大林〈消夏吟〉后二首》中写道：“昔在塞上，朝夕过从，未尝一日少离。”由此可知二人交往之密交情之深。

舒坤、舒仲山、舒敏系闽浙总督觉罗伍拉纳之子。乾隆六十年十月，在伍拉纳、浦霖因贪污被处斩后，乾隆皇帝下旨，“所有伍拉纳、浦霖、伊辙布、钱受椿之子嗣，如系官职生监，概行斥革……发往伊犁充当苦差，以昭炯戒”(《清高宗实录》卷一四八八“乾隆六十年十月甲申”条)，伍拉纳的五个儿子因此遣戍伊犁。其长子舒坤

---

① 姚晓菲著《山水知音感伯牙——论清代满汉诗人觉罗舒敏、舒其绍的情意》，《新疆广播电视大学学报》，2017 年第 3 期，第 26 页。

(1772—1845)，字梦亭，工画，有《批本随园诗话》。次子字仲山(舒其绍《听雪集》称其为厚山)，别号沁香，在伊犁倡立诗坛、诗社，可惜未有诗集流传于世。舒敏(1777—1803)，字叔夜，号时亭，又号石舫，自称适斋居士，著有《适斋居士集》四卷。嘉庆四年七月，舒敏兄弟获释东归，次年抵京。《适斋居士集》收录有60多首与舒其绍唱和之作，如《秋柳四首同舒春林大尹其绍作》《长至日柬春林》《夜雨与春林联床话旧》《闻莺八首同春林作》《奉酬春林赠别八首》《道中晓起忆春林再莘》等。

在舒其绍、舒敏二人的诗作中，都记载了舒仲山在伊犁倡立诗坛、创建诗社并组织开展同声唱和等诗学活动的情况。如《听雪集·舒厚山侍卫》：

> 抛把相思付红豆，拈毫人惜黄花瘦。可怜雪窖筑诗坛，吟魂冻损谁如旧。姑射仙人冰雪肤，丰姿犹似去时无。长门终近昭阳地，塞上琵琶汉宫思。

舒其绍在“可怜雪窖筑诗坛”句下注曰：“厚山兄弟在伊倡立诗坛。”“厚山”即舒敏二哥舒仲山。舒敏也写过“消寒创诗社，传柑预文宴”(《有怀蒋樾轩秀才》)的诗句，在《奉酬春林见怀之作》(其四)“绝代风华红豆词”一句的自注中还写道：“《红豆诗》，家兄仲山首唱，同人和者成帙，而春林四律尤为擅场。”除了《咏红豆五首》，舒其绍还创作了《咏菊十五首》《闻莺有感八首》等诗，舒敏也创作了《咏菊八首》《闻莺八首同春林作》等作品。从这些诗作可知，当时的伊犁已有诗社、诗坛，舒仲山兄弟是诗社活动的倡导者和组织者，舒其绍是重要的参与者，他们以诗会友、以诗相交，以诗为媒介，建立了深厚的感情，客观上也促进、带动了伊犁地区的诗歌创作。

在《听雪集》中，组诗《消夏吟》拈题分咏，最有价值，影响也较大。兹录数首以示：

长夏消无计，高楼几度过。万山扃虎豹，叠浪走黿鼍。久客方言熟，穷边战骨多。戎衣犹未脱，不敢慕渔簑。

——《望河楼》

险隘葫芦口，当关水怒号。蛟鼍淫雾湿，蛇鸟阵云高。骑足追风影，骹声落血毛。边防资劲旅，儿女跨弓刀。

——《齐吉罕河》

天堑环城郭，熊罴大合围。拔山开壁垒，背水簇旌旗。雪冷长蛟蛰，秋高万马肥。论功谁第一，定远老戎衣。

——《洗伯营》

天讨横戈日，鸮张豕突初。鲸鲵遗孽尽，犬马倖生余。夜猎霜飞血，晨炊雪压庐。儿童今长大，冠珮一曳华裾。

——《额鲁特游牧场》

弱草轻尘质，横戈血战场。百年饶幻境，一叶见慈航。檐铎风能语，经幢日引长。迷途今已觉，不必问黄粱。

——《观音寺》

《消夏吟》是舒其绍作于嘉庆七年的五律组诗，共有二十五首，分别为:《望河楼》《通济桥》《塔尔奇城》《霍尔果斯城》《巴燕岱城》《芦草沟城》《红山嘴》《辟里箐》《白羊沟》《野马渡》《红柳湾》《果子沟》《空鄂罗俄博》《赛里木海子》《古尔扎渡口》《清水河》《齐吉罕河》《博罗他喇河》《洗伯营》《额鲁特游牧场》《土尔扈特游牧场》《金顶寺》《普化寺》《无量寺》《观音寺》。这组诗写了伊犁的城、楼、河、桥、牧场、寺庙,以及索伦达呼尔营将士、锡伯族官兵、维吾尔族民众等情况,为后人研究清代新疆伊犁史地提供了宝贵资料,也丰富了人们对乾嘉时期伊犁生活的认识,在清代西域诗中开拓题材方面应占一席之地。

二、史善长及其《味根山房诗钞》

史善长(1768—1830),字春林,浙江山阴(今绍兴市)人。顺天府大兴县监生,嘉庆十八年任江西余干县知县。嘉庆二十年八月,因抓捕妖贼朱毛不获,被革职发遣新疆乌鲁木齐。嘉庆二十四年三月初四,赦归。史善长为人重友情,乐施舍,善作诗。著有《味根山房诗钞》九卷、《轮台杂记》二卷、《东还纪略》一卷。

在戍期间,史善长结交的友人包括显宦、同僚、同乡、晚生后辈在内共有四十多人,如庆祥、多庆、托云泰、哈丰阿、李岱、唐晋良、张士睿、福英额、张晴岚、李德滋、张仰山等,并因此创作了一批与他们交往、酬唱、赠别的诗作。其中的佳作有《随余山侍郎南山打围》:

将军入阵军旗变,鼓盖随身皂纛殿。特教搜狝重春秋,为怕时平不及战。画角齐吹八队行,南山百里亚夫营。弓开未

> 许狐狸窜，炮响先教虎豹惊。来朝红日照平沙，令出军门静不哗。斑鹿横拖饥作馔，黄羊生刺渴充茶。围合风云迷八变，旗动网罗开一面。犬训雕饱鼓销声，洒血飞毛满遥甸。齐解弓刀甲帐尊，宽分壁垒阵云屯。传觞重进麒麟炙，缓带都忘面目皴。笑我南冠耕笔砚，生风出火何曾见。雕鞍扶上莫言孱，燕然勒就才知健。

这首诗写的是嘉庆二十二年七月二十六日，史善长随乌鲁木齐领队大臣多庆到南山打围的情景。多庆，嘉庆十三年因事忤旨，由礼部右侍郎左迁直隶泰宁镇总兵、蓝翎侍卫。后又被弹劾发遣至伊犁。嘉庆二十年十月，任乌鲁木齐领队大臣。多庆工诗善画，爱惜人才。他聘请史善长为西席先生，二人关系十分密切。“画角齐吹八队行，南山百里亚夫营。弓开未许狐狸窜，炮响先教虎豹惊”描写了围猎的盛大场面；“来朝红日照平沙，令出军门静不哗”则是称赞多庆治军有方，军纪严明；“雕鞍扶上莫言孱，燕然勒就才知健”句浅显易懂，真实写出了诗人不会骑马且不服输、想要建功立业的雄心壮志。

史善长在新疆乌鲁木齐度过了三年谪戍生活，他对乌鲁木齐的感情很深。他一到乌鲁木齐就说：“到戍如到家，喜得息行李。况我病狼狈，九死一生耳。”而当时的乌鲁木齐“酒肆错茶园，不异中华里。驱车化成坊，店房高列几”，也给诗人留下了深刻的印象。为此，他不吝笔墨，热情讴歌新疆的自然风光，先后创作了《过瀚海》《至哈密》《火焰山》《过达坂》《到乌鲁木齐》《同彭桐庄员外、顾渚茶中翰、那晋堂、毓子敏诸公子游水磨沟》《夜驻古牧地》《至阜康》《古城》《奇台》《木垒河》《蒲类海》《到巴里坤》等极具可读性的作品。如《同彭桐庄员外、顾渚茶中翰、那晋堂、毓子敏诸公子游水磨沟》：

塞上山多却少水，听说水字心先喜。车马联翩五六人，路径逶迤三十里。青山露面远相迎，不曾见水先闻声。寻源乃出山之罅，银蟒千条自空下。自空飞下不肯留，放溜直欲奔东流。被沟束往流不及，怒撼青天白玉楼。谁触机心将磨置，雪花玉悄时盈器。从此无烦夜唯勤，橐囊月足给千军。添修台馆供游宴，六六阑干亭八面。我来七月未飘霜，只觉锦衣透体凉。酒醴本来携野榼，雁凫只要取家塘。兴酣喜傍板桥立，悔未戴来青箬笠。顾影同怜拱揖频，拭巾自觉须眉湿。胜地流连日易斜，雨骤风驰夜到家。客散闭门无语坐，耳边犹听响花花。

这首诗围绕水来写景、抒情，虚实相映，有动有静，诗人一行在青山、银蟒、白玉楼、亭台、板桥等环境里，无语静坐，倾听水声，表现了史善长尽情享受山水之乐、闲适自得的谪戍生活。

在史善长离开新疆返回家乡的路上，他还依依不舍，满怀深情的写下了七言古诗《望天山》：

天空地阔容横姿，巨灵醉倒腰身肆。划断白云不得行，羲和到此应回辔。但看天尽已连山，却疑山外原无地。屏藩西北限华夷，天险原非人力置。三箭空传壮士歌，一夫能使将军避。于今六合混车书，伊里和阗尽版图。从教插地撑天绵亘千万里，只得嘘云布雨随从岱华衡嵩拱一隅。

从来新疆的《上雪山》，到离开新疆的《望天山》，都表达了诗人对新疆的热爱之情。正是因为有这份特殊的感情，史善长的诗作才与众不同，自树一帜。

三、徐松及其《新疆赋》

徐松(1781—1848)，字星伯，直隶大兴县人。嘉庆十年进士，授翰林院编修，后在文颖馆充当提调官兼《全唐文》总纂，简放湖南学政。嘉庆十六年十一月二十日，礼科给事中赵慎畛以《奏为湖南考试收受钱文请敕下湖南巡抚详密奏明办理事》弹劾徐松，经工部左侍郎初彭龄会同湖南巡抚广厚调查相关人员，对徐松及其家人进行审讯、审查，以及广厚与新任学政汤金钊的覆查，徐松因刊刻《经文试帖新编》令生童购买获赃银四百七十六两，被革职、抄家，发往新疆伊犁效力赎罪。嘉庆十七年十月，徐松抵达戍地伊犁。嘉庆二十五年正月启程回京。著有《新疆赋》二卷、《新疆事略》十二卷、《西域水道记》五卷、《汉书西域传补注》二卷、《唐登科记考》三十卷等。

徐松专心考据，在戍期间撰写的《西域水道记》《汉书西域传补注》《新疆赋》(合称为“徐星伯先生著书三种”或“大兴徐氏三种”)是历史地理学的名著，广为流传。但其诗文作品散佚殆尽，仅有少量楹联、诗文传世。如为天山关帝庙所题楹联：

赫濯震天山，通万里车书，何处是张营岳垒；
阴灵森秘殿，饱千秋冰雪，此中有汉石唐碑。

李军博士认为“此联属对工整，笔力雄健，沉郁顿挫，为楹联中的精品之作,传世极广”①。这幅传世楹联确实是上乘之作。

徐松遣戍期满回京后,文名益盛,受到朝野名士的推崇。龚自珍、彭邦畴、魏源、俞正燮、沈垚、程恩泽、陈潮、张穆、张琦等对徐松评价极高,程恩泽甚至认为徐松所著《新疆赋》为千古奇作。《新疆赋》是徐松游历南北疆所见所感之作,分为《赋序》《新疆南路赋》《新疆北路赋》三部分,沿用赋体对话辩论的文体形式,虚构出葱岭大夫和乌孙使者二人,分咏新疆南北二路,讴歌了乾隆帝平定西域、开拓边疆的丰功伟绩。其中,《赋序》总领全文,交代了作者游历新疆的时间、行程路线,作赋的经过、原由、目的、构思等。兹录如下:

粤征西域,爰始班书。孟坚奉使于私渠,定远扬威于疏勒。语其翔实,必在经行。走以嘉庆壬申之年,西出嘉峪关,由巴里坤达伊犁,历四千八百九十里。越乙亥,于役回疆,度木素尔岭,由阿克苏、叶尔羌达喀什噶尔,历三千二百里。其明年,还伊犁,所经者英吉沙尔、叶尔羌、阿克苏、库车、哈喇沙尔、吐鲁番、乌鲁木齐,历七千一百六十八里。既览其山川、城邑,考其建官、设屯,旁及和阗、乌什、塔尔巴哈台诸城之舆图,回部、哈萨克、布鲁特种人之流派,又征之有司,伏观典籍。仰见高宗纯皇帝自始祃师,首稽故实。迄乎偃伯,毕系篇章。勒《方略》以三编,界幅员为四路。图战地以纪勋伐,志同文以合声均。在辰朔时宪之经,厘职方河源之次。备哉灿烂,卓哉煌煌!是用敷陈,导扬盛美。将军罢猎,脱长剑以高吟;刁斗无

① 李军著《论徐松的文学成就——兼论〈新疆赋〉的文学特点》,《江南大学学报》(人文社会科学版),2014年第1期,第81页。

声，倚征鞍而瞑写。辨其言语，孤涂撑犁之文；存其地名，的博蓬婆之号。设为主客，本诸见闻有道；守在四夷，不取耿恭之赋。劳者须歌其事，聊比葱女之词。徒中上书，非敢然也。采薇先辈，无或讥焉。

《新疆南路赋》借葱岭大夫之口，从六个方面论述新疆南路的历史沿革、城邑、山川地理、民居、集墟、节俗等内容，醇正典雅。《新疆北路赋》则由乌孙使者铺叙新疆北路的历史沿革、州府建置、屯田、驻防、边卫、马政、物产等情况，突出了北疆的军事战略地位。《新疆赋》继承汉大赋的创作传统，以作者的亲历调查为依据，查阅、征引各种史籍和文献资料，援古证今，内容翔实，文辞优美。如：

尔其蕺居芃处，桑枢柳樊。瓜庐凿牖，曲突当门。环鸦城之水驿，辟鼠壤于山村；带温汤而成聚，映古塔以缭垣。亭倚长杨之树，家临沙枣之园。其园则有榆槐接荫，松柏交柯，朱樱夏绽，丹若秋多。玉钉蜜父，碧缀苹婆。杏移巴旦，参种婆罗。木瓜垂枝于空谷，羌桃采缬于平阿。其圃则有豌豆蚕豆，胡瓜寒瓜，茉姜韭薤，葫葰瓠茄。翠拂浑心之竹，红分芭榄之花。簇鸡冠而翘秀，压狗尾而倚斜。

《新疆赋》以正文为主，自注为辅，骈散结合，虚实相间，“以全方位、多层次的视角再现了新疆的历史、人文、地理等各个方面，并将学术与文学、考据与经世进行了完美的融会，取得了可观的成就”①。

---

① 庞海东著《徐松及其〈新疆赋〉研究》，湖南大学硕士论文，2017年，第34页。

正因为如此,人们称《新疆赋》为百科全书式的文学作品,是一篇杰出的边疆舆地大赋。

徐松的《西域水道记》是一部记述清代新疆历史地理的经典之作,具有十分重要的历史价值与学术价值,一直影响着后人对新疆历史地理的研究。在《西域水道记》中,徐松主要记述了新疆主要山脉的地形和资源、十一个湖泊河流的源流与分支,以及沿途的城镇、人口、物产等内容,与《新疆赋》互证且相互补充。

《西域水道记》考据扎实,文笔优美,内容丰富翔实,处处可见文采飞扬的优美散文佳作。如:

> 乌兰乌苏河又东南流四十里,抵喀什噶尔城。引东岸渠二,北渠经喀什噶尔城北,复东至回城北,折由其东,入于河。南渠溉塞尔们庄,经城西,南入于河。自城西门外并渠行,至塞尔们庄。清流瀫瀫,交覆浓阴。余于役回城,暮春三月,新畴方罫,稊柳缘塍,柴扉映溪,红杏成雨。每日与武进刘曙、休宁许心田联辔纵游。彼土耆老,来饷果饵。枕流藉草,吟咏忘归。长公龄或款段来就,并坐小桥,使童子杂收花片,自上游放之,为御沟红叶之戏。斯亦域外稀踪,征人佳话矣。

乌兰乌苏河,因河水赤色,蒙古语谓赤为乌兰,所以称为乌兰乌苏河。维吾尔语谓赤为赫色勒,故又称之为赫色勒河。塞尔们庄位于喀什噶尔城西一公里处,今新疆疏勒县城所在地。徐松用细腻的笔触描写了塞尔们庄的美景,记载了他与友人联辔纵游、吟咏忘归的闲适生活,尤其是写长龄(字懋亭,萨尔图克氏,蒙古正白旗人。历任领队大臣,安徽、山东巡抚,陕甘总督,乌鲁木齐都统、伊犁将军等职）为御沟红叶之戏，既有生活情趣，又显示了戍守边疆将士的豁达胸怀，让我们从侧面认识了一个真实的浪漫的长龄。

四、和瑛及其《易简斋诗钞》

和瑛（1741—1821），原名和宁，道光元年避道光帝旻宁讳改名和瑛。字太庵，额尔德特氏，蒙古镶黄旗人。乾隆三十六年进士，授户部主事。历任户部员外郎、张家口税务监督、理藩院内馆监督、安徽太平知府、四川按察使、四川布政使、陕西布政使、西藏帮办大臣、驻藏大臣、理藩院右侍郎、工部右侍郎、户部左侍郎、山东巡抚、叶尔羌帮办大臣、喀什噶尔参赞大臣、乌鲁木齐都统、陕甘总督、礼部尚书、兵部尚书、工部尚书、刑部尚书等，道光元年六月卒，赐太子太保，谥简勤。著有《易贯近思录》《回疆通志》《三州辑略》《易简斋诗钞》《太庵诗稿》《太庵诗草》等。

嘉庆七年四月，山东济宁金乡县皂隶之孙张敬礼、张志谦冒考案被人告发，济宁州童生罢考，嘉庆帝下旨由时任山东巡抚和瑛秉公审办。而和瑛接旨后没有亲提审讯，误听济南知府德生言诬断此案，致使嘉庆帝认为他废弛政务，不能胜任巡抚之职，降旨革职。加上和瑛隐匿山东蝗灾不如实上报，嘉庆帝大怒，故将其发往乌鲁木齐效力赎罪。时任金乡县知县汪廷楷（1745—1831，字仰亭，号式庵）也因皂孙冒考一案被谪戍新疆伊犁，嘉庆十一年获释，有诗集《西行草》传世。嘉庆七年十二月，还未抵达戍所的和宁在哈密接到朝廷诏命担任叶尔羌帮办大臣。次年十月，调为喀什噶尔参赞大臣。嘉庆十一年十二月任乌鲁木齐都统。由此可知，和瑛先后在新疆南北疆为官长达七年，这为他编纂《回疆通志》《三州辑略》奠定了基础。

《易简斋诗钞》，现存道光三年刻本，共四卷，卷首有道光三年吴慈鹤序。全书按照年代编排，共收诗 576 首，其中卷三收诗 129 首，主要收录和瑛在山东和新疆期间的诗作。如《出嘉峪关》《戈壁喜雪》《风戈壁吟》《小歇吐鲁番城》《题路旁于阗大玉》《宿库车城》《叶尔羌城》《渡浑巴什河》《英吉沙尔》《河干采玉》《获大白玉》《观回俗贺节》《喀什噶尔巡边》《喀浪圭卡伦》《巡阿克苏城有怀松湘浦将军》《乌什城远眺》《题巴里坤南山唐碑》《巩宁城望博克达山》《轮台饯马行》等。兹录三首如下：

羌城古塔绿阴屯，名迹曾探和卓园。百战风霜沈义冢，九霄霜月护忠魂。呼鹰尽出桑麻里，戏马闲看果蓏村。镇抚羌儿高枕卧，双歧铜角听黄昏。

——《叶尔羌城》

斗大孤城四面开，能量千万斛牟来。地传依耐虚迁国，河绕图书任剪莱。万马悉从葱岭度，百花今傍柳泉栽。羌登衽席欢无比，娄鼓年年闹古台。

——《英吉沙尔》

百战经营漫负嵎，尉头几换古名区。泉开杨柳枝头水，城抱骊龙颔下珠。绝国牛羊今受牧，降王鸡犬昔全屠。叮咛旌节花开处，长使春晖入画图。

——《乌什城远眺》

和瑛利用在新疆任职的便利条件，在巡查各城之时，实地考察当地的历史古迹、风土人情，尤其是详细记载了吐鲁番城、库车城、叶尔羌城、英吉沙尔城、徕宁城、阿克苏城、乌什城、巩宁城等地理信息，可补舆图之阙。和瑛在诗中热情讴歌了新疆的统一，高度赞扬了少数民族首领阿克伯克，反复推介新疆的城邑、物产，促进了西域文化和中原文化的交流交融。

和瑛在新疆任职期间，特别注重学习借鉴历代中央王朝、古代先贤治理边疆的经验、方法和教训，想方设法加强清政府对西域的管控，为新疆的社会稳定、经济发展作出了积极贡献。如：

> 昔闻溯清流，饵鱼钩莫上。渺兹丈尺水，万斛诚难放。官声慕梁毗，边策戒任尚。滝予冰雪瓯，充君书画舫。
>
> ——《孤舟钓雪》

> 郭李同声世所罕，守边叔子惟轻缓。古贤志在推车行，别赠一言胜扑满。
>
> ——《寄别湘浦将军瘦石参赞四首》其一

正因为如此，和瑛"久任边职，有惠政。后其子璧昌治回疆，回部犹归心焉"①。

五、吴熊光及其《伊江笔录》

吴熊光(1750—1833)，字望昆，一字槐江，号伊江，江苏昭文

---

① 赵尔巽等著《清史稿·和瑛》卷三百五十三，第11284页。

(今江苏常熟)人。乾隆三十三年参加顺天乡试中举,三十七年参加会试考中进士。授内阁中书,历任刑部郎中、御史、直隶布政史、河南巡抚、湖广总督、湖北提督、直隶总督、两广总督等。吴熊光为人耿直,能诗文,著有《伊江笔录》《春明杂录》《葑溪杂录》。

嘉庆十三年,因英国舰船侵扰,时任两广总督的吴熊光认为"英夷以劫掠为事,自准入贡后,借天朝声势,垄断各国贸易,而彼国养兵之费,实从商税抽分。欲制其死命,莫若封关。封关则商税绝,商税绝则彼之兵费无所出。特不可轻与战,战必不敌,而东南沿海必受其害"①,因此便主张慎重用兵,未以兵战抵御。嘉庆帝认为吴熊光虽停贸易但未遣兵驱逐,属畏葸懦弱不识大体之举,遂传旨严行申饬,命其"密速调派得力将弁,统领水路官兵,整顿豫备,设该夷人一有不遵,竟当统兵剿办,不可畏葸姑息"②。冬十月初嘉庆帝再谕"吴熊光等仅令停止开舱,若延挨不退,即封禁进澳水路,绝其粮食,所办懦弱不知大体,当经降旨严饬"③,可见,吴熊光的应对之策不但没有赢得嘉庆帝的理解,甚至惹来嘉庆帝的极其失望,一再斥之为懈怠、糊涂、懦弱之举。十月末,吴熊光并未严格按照嘉庆帝的旨意驱除英人,以致英人舰船仍留澳门以持观望,登岸驻守两月有余。嘉庆帝认为前有严厉申饬,吴熊光理应亲赴澳门,躬亲督办驱除英舰,然而奏报显示吴熊光不但没有即时亲往设法驱除,又没有将派员筹办之法详细具奏,实不以海疆为重,是"因循废弛止知养尊处优"的行为,于是命着旨严行申饬之外,降为

① 吴熊光著《伊江笔录》,广雅书局刻本。
② 王先谦辑《东华续录(道光朝)》,光绪十年长沙王氏刻本。
③ 王先谦辑《东华续录(道光朝)》,光绪十年长沙王氏刻本。

二品顶戴，拔去花翎，交部严加议处，用示薄惩。同年十一月，吴熊光遭革职，十二月应命到南河效力。嘉庆十四年四月，经军机大臣会同刑部审讯调查，吴熊光在两广总督任上，英吉利商船带兵入澳属实，并占据东望洋、娘妈阁加思兰三处，虽有派兵把守，但与入侵无异。另据百龄查报，吴熊光在面对英人登澳甚至导致当地澳人四散乏食之后，仍只照常防守，并无亲往查办解决，过后也无实质突破性的驱除英人的举措。因此其在驱除英人一事上“示弱失体，其咎实无可辞，著照拟发往伊犁效力赎罪”①。吴熊光被发往新疆伊犁后，百龄又多次上疏弹劾，报其任期内多有失职，或未经奏明办结盗案、或逞其臆度改造米艇等事。第二年，即嘉庆十五年，吴熊光被特旨召回，但并未官复原职，只是以六部主事用。嘉庆十八年春，以病退职归籍。道光八年六月，受道光帝谕重赴鹿鸣宴赏四品卿衔。道光十三年二月二十七日卒于家。

吴熊光所著《伊江笔录》《春明杂录》《葑溪杂录》三本著作，纪所闻名臣言行，多可效法。现存仅《伊江笔录》（含上、下卷）一部，藏于南京图书馆。“伊江”即新疆伊犁的别称，正因为有此书名，个别学者误以为该书记载的是吴熊光遣戍伊犁期间的见闻，其实不然，据《伊江笔录》卷首作者的自序所记，早在乾隆年间，吴熊光任职于军机处时，得幸跟随阿桂将军，“谳狱治河，跋陕甘齐豫江浙等省，舍馆一定，阿每述国家掌故，遂得恭闻，列圣宏规暨名乡伟绩，心焉识之。”②嘉庆二年以后，随着一步步升迁，参与的政事越发盘根错节，也越发觉得阿桂将军当年的教诲尤其珍贵，充满了坐言行

---

① 王先谦辑《东华续录（道光朝）》，光绪十年长沙王氏刻本。

② 吴熊光著《伊江笔录》，广雅书局刻本。

起之道。被遣戍伊犁后，终于静下心来，将阿文成公讲过的内容，开始逐条记录下来，这便开始了《伊江笔录》的著述。但是这本书的创作始于伊犁，却终于他乡。嘉庆十八年，在经历了遣戍边疆的打击之后，吴熊光早已无心政事，身体状况也大不如从前，于是称病退职归乡。这一时期，他“念文成遗诲有系国计民生，且多记注所未载，湮没良为可惜”[①]，又一次开始了《伊江笔录》的创作。当然，《伊江笔录》除了记录阿文成公的遗诲之外，还兼记了吴熊光的个人见闻。除了他自己记述外，其子华基亦参与缮写，正如他所言，“（著此书）存留我子孙，将来倘不能继起，为国宣猷，即匹夫行善于乡，亦足资”[②]。所以书中除了记录听闻之事，还多有吴熊光对这些时事的议论和看法，成为鞭励后人之书。

这个时期，新疆还有一些流贬官员在积极地进行诗文创作。现将其中较有影响者列之如下：

汪光绪，顺天宛平人，举人。先后任福建福鼎县知县（乾隆五十七年任）、海防同知（乾隆五十八年署）、侯官知县等职。因其前后数任知县亏空或挪移官库款，导致民怨沸腾，乾隆六十年六月，乾隆帝下谕全部革职，交与督抚严审定罪。嘉庆二年，汪光绪被贬新疆。在新疆戍守期间，始撰《道德经注》。嘉庆六年为此书自序：“《老子》一书，包括先、后天之指，穷性命根源，为千古道法之宗者，玄妙之机，引而不发。自汉以来，注者不下百余家，多穿凿附会，无所折衷。纯阳吕真人逐句诠释，削其支难，归于至当。唯其言不尽

① 吴熊光著《伊江笔录》，广雅书局刻本。
② 吴熊光著《伊江笔录》，广雅书局刻本。

意者，限于字句之隔截，难以直达其辞。予于远戍之暇，复有解注，约其大指而会合之，于释义所未备，择其前贤之言而增补之。盖阅十数寒暑而始成，质诸作者之心，未知其有当焉否也。”正如序中所言，自古以来为《道德经》作注者众多，但汪光绪细读前贤之注，觉得在得《道德经》之真意等方面仍需要多下功夫。于是在新疆时着手整理前贤的注释，并进行增补，尤其注意“阐发吕注，将老子书前后连贯，说成丹诀”。汪光绪所作《道德经注》共计三卷，其中前两卷为汪注，第三卷为诸家注。

韦佩金(1752—1808)，字书成，一字酉山，江苏扬州府江都(今扬州市)人。乾隆四十三年进士。历任广西梧州府苍梧县知县、怀集县县令、马平知县、凌云知县。嘉庆二年闰六月，因“趱运军粮，心存推诿”被革职，留于军营效力。嘉庆四年四月十日被发往伊犁赎罪。次年抵达戍所。嘉庆八年释归，卒于嘉庆十三年。其熟于地理之学，一生著述较多，除诗词文集《经遗堂全集》二十六卷外，《嘉庆扬州府志》记载的《伊犁总志纂略》二卷、《地理指掌》二十卷、《西戍纪程》三卷等已散失。嘉庆六年(1801)，韦佩金在戍所编成《经遗堂全集》，今有道光二十一年(1841)江都丁光煦校刻本，南京图书馆、北京大学图书馆等藏。

汪廷楷(1762—1831)，字式奄，号仰亭，丹徒人。乾隆四十二年举人。历任山东费县令、黄县令、滨州知府、金乡县令、鱼台县令。嘉庆七年山东金乡童试罢考案发，山东学政刘凤诰向朝廷奏报济宁直隶州属金乡县考时，金乡生员李玉灿告发童生张敬礼、张志谦系皂隶曾孙冒考，知县汪廷楷并未详察，率准考送。经刑部审理，认为汪廷楷在金乡罢考案中，犯“袒庇张冠三酿成巨案”之罪，且奉旨解任后“不行质审，竟令其借捕蝗为名，回县协同署任提拏人证，报复搜求尤堪骇异”①，因此被革职，遣往伊犁充军。时任济南知府邱德生（1750—1817）谪戍乌鲁木齐。邱德生，字载之，号垕圃，乾隆四十三年进士，嘉庆八年正月抵戍，十一年释回，著有《轮台寄隐集》。嘉庆七年腊月廿八日，汪廷楷从济南起程，嘉庆八年四月廿一日抵达伊犁，嘉庆十一年秋获释。戍守伊犁期间，汪廷楷入将军松筠幕府，主奏稿，协修地志，教习官学，开始编撰《西陲总统事略》。汪廷楷在伊犁三年，并未完全完成此书，未完部分则由同是因事遣戍的祁韵士重加编撰，并厘清添补而成。据《（光绪）丹徒县志》载，汪廷楷在公务之余“著《西行诗草》，皆入塞出塞之作，相国阮元为之序”，后卒于家。

那彦成（1764—1833），字绎堂，章佳氏，满洲正白旗人。乾隆五十四年进士，选庶吉士，授编修，迁内阁学士。历任工部侍郎、户部侍郎、工部尚书、礼部尚书、两广总督、伊犁领队大臣、喀喇沙尔办事大臣、叶尔羌办事大臣、陕甘总督、直隶总督等职。那彦成任两广总督时，广东土匪勾结海盗为患，那彦成以四品衔守备及金银招抚盗首黄正嵩、李崇玉，巡抚孙玉庭劾其赏盗，被褫职戍伊犁。那彦成遇事有为，工文翰，善书工诗，著有《那文毅公奏议》八十卷。

颜检（1757—1833），字惺甫，又字岱云，号耘圃，广东连平人。乾隆四十二年拔贡，授礼部七品官。历任江西吉安知府、云南盐法道、江西按察使，河南、直隶布政使，直隶总督，河南巡抚，山东盐运使，浙江、福建巡抚，漕运总督等职。嘉庆十一年七月，因直隶官吏勾结侵吞帑项，被革职，遣戍乌鲁木齐。嘉庆十三年三月释回。道光十二年卒。颜检能诗文，《晚晴簃诗汇·诗话》称其诗：“不名一

---

① 王先谦辑《东华续录（道光朝）》，光绪十年长沙王氏刻本。

家，而忠孝友爱之言莫不从性情中流出。”著有《衎庆堂诗稿》十一卷。

铁保(1752—1824)，字冶亭，又字铁卿，号梅庵，满洲正黄旗人。乾隆三十七年(1772)进士，授吏部主事。历任翰林院学士、内阁学士、礼部侍郎、副都统、兵部侍郎、漕运总督、广东巡抚、两江总督、叶尔羌办事大臣、喀什噶尔参赞大臣、浙江巡抚、吏部左侍郎、礼部尚书等职。道光四年卒。铁保优于文学，词翰并美，长于书法，是清代著名的书画家，为《八旗通志》总裁。著有《惟清斋诗文集》《梅庵诗钞》《淮西小草》《回民风土纪略》《梅庵自订年谱》等。嘉庆十四年七月，铁保因失察山阳县(今淮安)谋毒冒赈案被革职，发往乌鲁木齐效力赎罪。在戍期间，铁保闭门思过，无所事事，除临摹唐宋人字帖外，多有诗作，出关后所作诗辑为《玉门诗钞》，描绘和记录了新疆的壮丽景色，凸显了其浪漫狂放的豪情和特有的审美情趣。

第三章　道光朝新疆的流贬文学

嘉庆二十五年(1820)七月初十日，白山派大和卓波罗尼都之孙张格尔发动叛乱，喀什噶尔、和阗、英吉沙尔、叶尔羌四城屡遭攻占，城墙、衙署、民房、商铺等被毁坏殆尽。道光六年(1826)七月，清政府调集伊犁、乌鲁木齐以及陕、甘、川、吉林、黑龙江满汉官兵共3.6万余人出征南疆，讨伐张格尔叛军。次年四月，全部收复喀什噶尔、英吉沙尔、叶尔羌、和阗四城。十二月二十九日，擒获张格尔。后将其押解至京师处死。张格尔之乱持续八年之久，虽被平定，但打破了新疆长达60年的稳定局面，造成了极其严重、极其恶劣的影响。在浩罕汗国等外国势力的支持下，新疆又先后发生了玉素甫之乱(道光十年)、七和卓之乱(道光二十七年)、倭里汗和卓之乱(咸丰二年)等多次叛乱，尤其是咸丰二年(1852)之后，铁完库里、迈买的明、克奇克、伊善罕等和卓接踵作乱，致使新疆特别是南疆地区的社会经济遭到严重破坏，连年用兵导致军费剧增，消耗了清朝的国力，造成国库空虚、财政拮据。

由于张格尔之乱、和卓之乱频频爆发，按例应发新疆的遣犯一度中断、中止。大量拟遣新疆各犯，羁留积滞在各省，遣犯愈积愈多，直隶总督那彦成于道光六年十一月奏清政府对于新疆发遣中断后的情况进行变通。后经军机大臣会同刑部议准，发往新疆条例中“改发极边足四千里充军者三十三条；发云贵两广极边烟瘴充军者二十四条；发各省驻防者二条；改回内地按犯籍发配者一条；暂行监禁者十六条；仍循旧例者九条”（《清宣宗实录》卷一百十“道光六年十一月丁未”条）。从此，应发新疆人犯被变通为发往极边烟瘴充军、各省驻防和监禁，道光时期新疆的遣犯数量急剧减少。

第一节　道光朝新疆的遣犯与贬官概述

从乾隆朝往新疆发遣犯开始，清政府就先后规定“老弱残疾不能耕作之人”和“年逾五十不能耕作之人”毋庸发往新疆，所以新疆各地遣犯均年轻力壮，其中材勇可用之人、健勇敢战者比较多。所以在平定和卓之乱的过程中，遣犯是一支重要的武装力量。

“道光五载回疆之役，将军长龄奏选新疆遣犯二千为前锋，每能黑夜劫营，严冬渡水，数百里侦探刻期往返，卒奏克复之勋。”①这是在新疆使用遣犯为前锋、参加军事行动的较早记载。道光六年六月，在喀什噶尔回子、布鲁特全行变乱的万分紧急情况下，和阗领队大臣奕湄随即选派绿营精壮兵丁、遣犯赴叶尔羌，听候调

---

① 魏源著《魏源全集 3・圣武记》附录卷十四《武事余记》，长沙：岳麓书社，2011年版，第567页。

遣，后又传集兵弁、商民、遣犯添补军械，巡查防守。面对南疆四城日益紧张的局势，为加强军事力量，时任直隶总督那彦成、伊犁将军长龄先后向道光皇帝奏言征调遣犯冲锋御敌。道光六年八月，道光皇帝同意了长龄的奏议，“准其挑选一二千名，并着派绿营员弁先管带五百名，赴阿克苏交常清等派充前敌”（《清宣宗实录》卷一百零四“道光六年八月甲戌”条）。自此，新疆各地纷纷征调遣犯、废员参加平叛行动。据《清宣宗实录》《平定回疆剿擒逆裔方略》《平定陕甘新疆回匪方略》等资料记载，道光六年，根据办事大臣常清命令，阿克苏封印魁带领遣犯姚必英等 62 人、参将存柱带遣犯音德布等 3 人防守要隘；办事大臣庆廉派乌什遣犯刘添柱、李荣昌等 20 人、充当苦差旗犯舒阿通等 3 人赴回庄查探，拿获贼匪数名。在柯尔坪之战、沙布都尔回庄和阿瓦巴特战役中，遣犯刚猛善斗，奋勇杀敌，为贼匪所畏。道光七年，道光皇帝同意伊犁将军长龄的奏议，谕令将立有军功的遣犯免罪释放，咨送原籍。部分废员也因办理军需、善后事宜出力，被清政府免罪释回。

据《清宣宗实录》等各种文献资料记载，清政府征调遣犯参加了新疆的各种军事行动，遣犯从征的积极性非常高，甚至有未经征调、情愿自备资斧、随营效力的遣犯。在道光朝，将立功遣犯释回原籍成为定例，每次平叛活动结束，就有数量不等的立功遣犯、废员被免罪释回。从道光七年至道光二十七年的二十年间，被免罪释回的新疆遣犯至少有 4 200 人。

道光八年四月，钦差大臣那彦成抵达南疆喀什噶尔办理平定张格尔之乱后的善后事宜。他提出将发给回城为奴之犯酌量拨给章京衙门役使，然后再分给大小伯克为奴，使发往南疆的为奴遣犯在分配上发生了变化，加强了南疆各城官府机构的力量。

在平定新疆和卓之乱的过程中，新疆遣犯、已入民籍的当差遣犯屡立奇功，他们或守护城垣、或协同防御、或刺探情报，均能奋勇杀敌，效命疆场；而废员或带兵打仗、或筹办粮饷，也多立有军功。他们在维护国家统一、抵御外敌入侵方面发挥了积极作用，作出了重要贡献。

道光时期新疆战事频繁，社会不稳定，发遣新疆的人犯大幅度减少，但仍有一些被革职的官员遣戍到新疆效力赎罪，如方士淦、马伯乐、庆辰、袁洁、牛坤、百寿、延凤、周廷芬、李鸿宾、刘荣庆、淡春台、黄濬、惠麟、楚镛、林则徐、邓廷桢、文冲、高步月、钱江等。

第二节　袁洁与《出戍诗话》

袁洁(生卒年无考),号玉堂,亦自号蠡庄,江苏桃源(今江苏泗阳)人。嘉庆六年拔贡,历任山西太原府知府、平原知县、乐安知县等职,在乐安知县任上因公务不慎至重犯李建刚脱逃而革职(亦有说曾任乐安摄篆)。《蠡庄诗话》载,嘉庆癸酉(即嘉庆十八年,1813年)九月山东曹县定陶(今山东菏泽)和金乡有教匪起事,"同中丞督师出省。余(袁洁)随营当差,抵曹营后甫两日,即奉檄之金乡县任"①,其时袁洁虽在任上坚守有功,但终因诬报,于嘉庆十九年被褫职。从金乡罢归后,袁洁一直居于济南大明湖畔,并名所居之室为"蠡庄",自号"蠡庄居士"。后道光二年,袁洁因事谪戍乌鲁木齐,道光六年戍满。道光七年三月,赦归,袁洁从新疆昌吉启程,回到济南。袁洁一生喜欢以诗会友,常与友人诗词唱和,著有《蠡庄诗话》《习静轩偶记》及《出戍诗话》等。

一、《出戍诗话》

蒋寅先生在《清诗话考》中说清代的诗话总数超过 1 500 种,据他当时掌握的资料,仅见存书目和亡佚待访书目就已得书 1 469

① 张寅彭主编,吴忱、杨焄点校《清诗话三编》,上海:上海古籍出版社,2015 年版,第 3620 页。

种(其中已知966种,亡佚待访503种),而袁洁的《出戍诗话》则是仅有的一本以作者谪戍的路线而形成的诗话。

现存的《出戍诗话》是道光八年刊巾箱本。袁洁的《出戍诗话》共分四卷,以其谪戍乌鲁木齐西行和戍满东归的路线、时间先后为序,“就整装之日始,记事,记人,记地,偶有吟哦及友朋投赠佳句,随时登入,仍以诗话名之”①。

对于《出戍诗话》,学界历来对其评价并不高,学者们对其诟病的主要焦点集中于两点:其一,认为袁洁借《出戍诗话》吹嘘自己,如星汉先生在论及《出戍诗话》时,曾列举当时一位秀才杨成勋游幕乌垣时赠与袁洁的一首诗,其中有句:“天边谪下大蛾仙,妇孺都将姓字传。”袁洁毫无谦逊之言,竟录于诗话之中,星汉先生认为“将此记录下来以抬高自己的身价,令后人读来当作三日呕”②;其二,认为袁洁《出戍诗话》所录诗句多泛泛之作,佳句不多。纵观《出戍诗话》卷一至卷四,这样的说法不无道理,袁洁在诗话中所录诗句大多与他本人有关,诗句的创作者多与其是相互欣赏、倾慕的好友,生活中常有唱和、互赠、答谢之事,诗句中也常有互相称赞甚至夸张之词,如:

> 古城永盛店李君鹤龄,山右人,工擘窠书,兼颜筋柳骨之胜。余抵古城,彼此倾慕,遂常相见。李君谓余曰:“古城明正元夕,张灯庆贺,太平灯上须纪以诗,闻君诗最工,通衢欲公乞五律八首、七律十六首,大书之,以垂永久。”余从其请。
>
> ——《出戍诗话》卷三

① 张寅彭主编,吴忱、杨焄点校《清诗话三编》,第3801页。

② 星汉著《清代西域诗研究》,上海:上海古籍出版社,2009年版,第265页。

哈密协镇倭胜奇，人最古道，爱余尤挚。屡次招引，且有拖骖之赠。余答以诗云：冷眼已空前度事，热心且看后来因。专城暂领三军戴，大纛宏开万里春。

——《出戍诗话》卷四

袁洁记述《出戍诗话》多赞友人，友人赠诗、和诗亦多有溢美之词，同时，袁洁对这些诗句并未进行严格的筛选，基本上所遇即录，不能确保其所录诗句的质量，这样的文风和做法确实令后人不敢苟同。

但是以傅璇宗、钱仲联、星汉等为代表的学者们并未贬低《出戍诗话》在清诗史上的地位，大家仍主张以更客观全面的视角察看其史学和诗学价值。

二、《出戍诗话》的史学价值

20世纪90年代，专于研究诗话学的蔡镇楚先生在其《诗话学》一书中曾结合中国诗话产生的历史和演变及今人郭绍虞等对其的研究，提出"'诗话'的本义，按其内容来说，就是关于诗的'故事'；按其形式来说，就是关于诗的'漫谈'；按其体制来说，就是关于诗的'随笔'"①。袁洁的《出戍诗话》从内容、形式、体制来看与此说恰好契合，在这部关于诗的"故事""漫谈""随笔"中，我们可以清晰地查知其出戍的缘由、路线、时间、经过及最后出戍归来的具体情形。

① 蔡镇楚著《诗话学》，长沙：湖南教育出版社，1990年版，第21—22页。

关于袁洁谪戍一事，前人的研究资料中鲜有定论，据其《出戍诗话》(卷一)所记：

> 余素性飒爽，轻于然诺，朋友咸知。曩以从幕友何鄰泉之请，偶为落笔，致罹于讼，亦数定也。

按照袁洁的介绍，何鄰泉在事前与其“订笔墨交十有余年矣”，当他被谪之后，何鄰泉经常对人说“我以无心之事，致误玉堂先生，诚终身之憾也”。可见，袁洁本是诚心帮助朋友，结果却不幸受到牵连，对于他来说，确实有些冤屈。那么此事究竟为何呢？星汉先生认为“当是嘉庆末清查山东亏空时落职”，吴华锋则根据第一历史档案馆所藏史料，道光二年五月十二日，琦善所进《奏为审拟沂州营已革千总何景钊嫌诬揭上司并金乡县参革知县袁洁能代作呈词等一案事》折和道光六年乌鲁木齐都统英惠所进《奏为废员前任山东金乡县参革知县袁洁效力期满请示回事》，确定其被谪戍的理由为：在沂州营已革千总何景钊案中，为其(即何鄰泉)“代作呈词情由”而受了牵连。这一说法与袁洁在《出戍诗话》中的陈述一致。

根据《西戍诗话》记载的先后顺序，我们可以整理出袁洁西戍和东归的大致路线：历城(济南)→聊城→濬城→临潼→长安→乾州→泾州(白水驿)→平凉县→瓦亭→隆德→六盘山→会宁→青岚山→安定→兰州→漳县→宁州→金县→凉州→肃州→酒泉→嘉峪关→玉门县→安西州→星星峡→哈密→巴里坤→木垒河→奇台→古城→济木萨→乌鲁木齐(轮台、迪化)→昌吉；昌吉→乌鲁木齐→阜康→济木萨→古城→奇台→木垒河→巴里坤→打板(天山绝顶)→哈密→星星峡→大泉→安西州→玉门县→嘉峪关→肃州→高台→甘州→凉州→古浪县→兰州。

袁洁到达谪戍之地乌鲁木齐后的任职情况在《出戍诗话》卷二、卷三均有详细记载：

> 余于癸未冬杪抵乌鲁木齐，即古之轮台，今之迪化州也。有满汉二城，满城都统驻之，汉城提督驻之。二城相去十里，往来车马络绎，毂击肩摩，居然都会。其中合抱之树，不可计数，俗呼为“树窝子”。
>
> ……
>
> 乌鲁木齐都统有印房、粮饷处、驼马处，每处均有司官及行走人员。于废员中奏派总办一人，其余随都统选择，分派各处当差。余到戍后，即蒙都统谕派印房，每逢二、五、八日，随众至公庙画稿回堂，如京都司员体制，旅进旅退，与现任官员异。戏成句云：“已经不是乌纱客，又向官衙听鼓来。”
>
> 余在印房当差未久，昌吉觉罗致培轩明府福招余入幕，佐理公事。乞假前往，署斋中有亭曰“四宜”，且流水弯环，树木茂荫，颇为雅静。
>
> ……
>
> 余于丙戌嘉平月戍满，都护具奏，丁亥三月，奉旨准回。……余由昌吉起身赴迪，一时营伍绅士以及商贾，载酒郊送者几数百人。

道光二年春夏之间启程，至次年冬，袁洁终于抵达戍地乌鲁木齐，先在都统印房处当差，后入昌吉觉罗致培轩幕府。从上文的叙述看，公务并不繁忙，闲暇时居多，因此以诗唱和、交游成了袁洁此间的主要生活，他和友人们互为欣赏，离开时才有了“载酒郊送者几数百人”的场面，实属罕见。

细读上文可以看出，《出戍诗话》的内容还涉及清光绪年间乌鲁木齐的行政管理体制和自然社会环境，亦是我们了解当时西域状况的第一手资料。值得一提的是，在袁洁的交游记述中包含部分同时期谪戍官员的情况，如张萝山“因所管夷民滋事”而谪戍轮台、陈湘帆“缘事谪伊犁”、方士淦“谪事伊江”、善芹泉“因事西遣伊犁”、张同庄“以事谪戍伊犁”、高松厓“由云南谪戍乌鲁木齐”、曹伟夫“西戍数载”，虽然这些记述都限于只言片语，却为充实该时期新疆流贬文学的研究提供了重要线索。从这一意义上来说，《出戍诗话》又是一部以袁洁为中心的清光绪年间官员的西戍简史。

三、《出戍诗话》的诗学价值

首先，《出戍诗话》收录了从道光二年至道光八年，袁洁及与袁洁有关的诗人群体创作的诗句，其中不乏许多孤句。

据统计，《出戍诗话》收录了袁洁 64 处诗，这些诗有的整录一首，有的单录一佳句，有的是偶感，有的是为录沿途见闻，有的为答谢友人、乡人，甚至有记梦事、留别等。其中流传范围最广、最为今人所欣赏的当属卷二所载的《戈壁竹枝词》四首：

> 戈壁荒凉寸草无，从来八站苦征夫。油盐米菜须筹备，莫漫匆匆便戒图。

腰站无多住站遥，到来店舍太寥寥。可怜漆黑烟熏屋，苦雨凄风度此宵。

又无棹椅又无床，入户尖风透骨凉。枵腹更兼愁内冷，熬茶先要著生姜。

尘沙填塞客肠枯，到处源泉问有无。格子烟墩真没水，嘱君早早制葫芦。

从安西至哈密期间，大部分区域都是戈壁荒滩，寸草不生，袁洁车过其间，对“苦八站”颇有感触，于是“戏成”以上四首竹枝词，此处的荒凉与艰苦尽收眼底。

除袁洁之外，《出戍诗话》所录诗句还涉及 208 人，其中 42 人录有诗句并对其诗句进行了评价，101 人录有诗句但未对其诗句作出评价，另有 65 人只是在记录诗事时涉及，但他们没有诗句被记录下来。这 208 人有的是袁洁为官在任时的同僚，如沂水刘子中、曲阜孔峻峰等；有的是与袁洁有深交的挚友，如“一见成莫逆交”的郭小陶，“爱余尤挚”的丁念芗；有的是其倾慕者，如吴人顾燦，虽与袁洁素未谋面，但听闻袁洁被谪，仅凭对其满心的钦佩，就“仗剑来投，欲从出关”，还有长清十三岁的童子贾梅儿亦欲跟随袁洁出关，无奈“为母阻，不果行”；有的是袁洁本人钦佩的诗人，如庆云诗人崔晓林，在长安相见的常州诗人王菱江，更有经过酒泉时想起的无人能匹敌的太白先生；当然还有很多是经友人介绍或在一路上遇到的诗词唱和和互赠之人，对其给予鼓励帮助之人。

《出戍诗话》录这208人的诗句共143处,大多数只录一句,录诗最多的也不过8处(因有时录一首完整的诗,有时只录一句诗,故以"处"称之),录诗数量多于5处的有:

姓 名	录诗数量(处)	姓 名	录诗数量(处)
赵鞠坡	8	恩兰士	8
张韩拙	7	苏九斋	6
陈佑亭	6	沈礼田	6
叶芸潭	6	张萝山	6
戴惜初	5	丁念芗	5

以武威孝廉赵鞠坡为例,袁洁对其评价为"工于诗",东归途中经过凉州,"屡相过从,投赠亦夥",《出戍诗话》卷四先记其投赠诗四处,后记其为诗话题诗四处:

(其一)见说古今才一石,如公全具有谁分?

(其二)君诗确比娲皇石,补得西天去复来。

(其三)玉堂先生天下才,天下尽是知名处。

(其四)我今虽乏束修羊,从公不断寻诗路。

(其五)曾随弱水向西流,底事身如不系舟。卷裹衙官呼屈宋,祁连山色亦低头。

(其六)玉关两扇为谁开,天前生还著作才。昨日中秋亲觅句,手招明月照诗来。

(其七)剑南而后复逢公,一代诗翁即放翁。深树坐题多艳体,满林秋色叶初红。

(其八)得入搜罗岂偶然,量来玉尺别媸妍,敦煌乐府西凉伎,鼓吹骚坛送谪仙。

以上八处是否为真正的佳句尚且不论,但基本可见《出戍诗话》中所录以袁洁为中心的诗人群体在诗作上的一些共同趋向以及袁洁录诗的基本标准。袁洁作为在中原小有名气的文人,遭贬西戍,友人在诗中多对其予以鼓励、夸赞,甚至有如赵鞠坡喻其诗为“娲皇石”,将其称为“谪仙”,不得不说这吹嘘确实夸张,但正是这些带有夸张气息的语词也赋予了这些诗句“诙谐”的意趣,正如袁洁在卷三曾言,诗话中所录为“诙谐清新”之句,因此,这一群体虽在诗歌的创作功底上让人不怎么满意,但他们的诗让人读来还是有意思的。如袁洁曾在乌鲁木齐水磨沟留诗云:

三载投荒却四秋,果然奇绝是兹游。红山处处都题遍,未了诗甫水磨沟。

——《出戍诗话》卷三

作为“边塞第一名胜处所”的水磨沟,但凡到这来游览的,无不赋诗以记之,袁洁所熟悉的张莲舫、沈理田、张萝山、范今雨、张粟园等都留下了佳句，无奈袁洁欲题诗之时，竟是未留一处给他独诵，看到这首诗，欲大开手笔却又无处落笔的袁洁浮现在我们眼前，让人忍俊不禁。

《出戍诗话》中所录的诗句创作的动机和留存的方式都是多样的，就创作的动机而言，有送别诗、唱和诗、题画诗、祝寿诗、论辩诗、怀旧诗、悼亡诗等；而就留存方式而言，有的书于纸上，有的得于友人吟咏，有的摘于石壁之上，有的书于扇面，有的书于画作之上……有一部分诗者如袁洁一般尤其爱诗，亦是费心编辑诗集或诗话，如吕九芸有《六红诗话》和《九芸诗略》、苏九斋有《友竹山房诗稿》（四卷）、孙云房有《秋燕巢诗存》、苏如兰有《纫蕙山房诗草》、郭小陶有《海内兼才集》、王述庵有《湖海诗传》、李勺洋有《十二笔舫杂录》、兰村有《中州新雨集》等。这些诗作所涉的空间和时间都比较广泛，展示了袁洁东至济南、西至伊犁近十年间的创作成果。

《出戍诗话》在记录和论及诗句时，体现了袁洁的诗学主张。除了前文所提"诙谐清新"之外，我们细看袁洁对大多数记录的诗句是没有评价的，其中仅 42 人的诗句才得到了寥寥数语的评价。这里试举数例：

> （叶芸潭）格律醇正，且文厚和平，深得风人之旨。
>
> （郭小陶）其为诗清新俊逸，不染尘氛，直一代隽才也。
>
> 诗用四书中语，易落腐气。……（周二南）转以用四书语见刻辣，言婉多风，可见诗贵清真也。
>
> （张雪林）盖用松雪写鹊华秋色，望公瑾速归意也。切地言情，可云工稳。
>
> （丁念芗）隽骨清姿，绝无尘俗气。

(小沧浪主人)其中摹写奇险之状,几于乾坤失色,骇目惊心矣……写戈壁苦站情形颇确切。

(张萝山)真足以状难显之景者……有《白山子风雪歌》一章,神肖太白,未得记录。

(纳尔胡善)为诗格调整齐,根底深厚,洵边塞中作手也。

(张韩拙)温雅工诗,出笔婉秀。余题其诗,有"秀丽句真同玉润,缠绵体更近奁箱"之句。

(苏九斋)集内大约言孝、言友、言慈惠,语挚情真,不假雕琢,是能不落前人窠臼,自成一家言者。

(孙云房)为诗天骨开张,力能纸透,一扫浮光掠影之习。

(白香山)诗平易自然,老妪能解。然如"正色摧强御,刚肠嫉喔咿"二语,又未尝不生辣也。

我们从中不难看出袁洁的诗学主张:清新脱俗、表情真切、格律纯正工整、富有骨力,如太白般富有恣意的想象等。张寅彭主编之《清诗话三编》在《蠡庄诗话提要》中曾有以下言论:

袁氏性情与袁枚近,论事亦服膺随园,即诗话之作,原亦拟删选随园诗话,以代自撰,后为友人所规,始有事编。故时论每有"前袁""后袁"相提并论者。

袁洁深谙袁枚"性灵"之道,这一点是毋庸置疑的。在袁洁对诗句的评语中随处可见"性灵"之说的痕迹,袁洁与袁枚在性情上也有许多相近之处。在《出戍诗话》中我们看到的是一位富有真性情、乐观而不受拘束的袁洁,他被贬西域,在诗话中几乎看不出有任何伤悲，除了以寥寥数语写明自己罢官后金尽裘弊的窘迫，他没有任何抱怨和失落，甚至借郭小陶赠诗中的“天边”“塞外”以及相士谓其猴精转世二事戏称自己命中注定要上西天“取经”，这在清代的西戍官员中当属首例。正因如此，才会有上文所言“前袁”与“后袁”，但是把袁洁与袁枚相提并论仍然值得商榷。袁洁在《西戍诗话》（卷一）中对此也表达了自己的想法：

近来论诗者，多以家简斋（袁枚）与余相提并论。名实难副，未免自惭。……以简斋先生游踪半天下，而塞外竟未一到，是以集中无出塞之作，亦是缺憾。

“名实难副”应是袁洁对自己与简斋先生之间的差距的清晰认识，但因其出戍一事，在诗作的内容上却有了简斋先生之未涉的领域。更重要的是，从诗学主张看，比之袁枚执着的追求性灵，任凭性情流露而自由地叙述，不愿受形式、格律等的束缚以达清新技巧，袁洁还在乎诗的形式工整与醇正的格律，似乎要在形式、格律与清新脱俗间找到一条平衡之道。《蠡庄诗话》中曾记有一段“中庸先生”的故事：

人不可为乡愿之人，尤不可为乡愿之诗。故雄浑之诗，令人惊心动魄；幽折之诗，令人释躁平矜；新艳之诗，令人怡情悦目。若徒字顺句适，平平无奇，套语浮词，令人望而生厌。尝见一老学究，久负诗名，及取其诗而读之，胆小气促，见浅才迂，绝无动人处，因号之曰“中庸先生”。

可见，袁洁在诗词创作上以清新脱俗和表现真性情为尚，但是在袁洁本人的诗作以及《出戍诗话》所录诗句中，我们只看见他努力的方向和足迹，却不能看到真正到达这一境界的佳作。

第三，在西戍和东归的历程中，袁洁除了随时载入各位友人的诗句之外，最浓墨重彩的便是记录这一路上的各种见闻，有自然的奇景，当地的人情风俗和一些趣事奇说等，因此《出戍诗话》又具有了一定的志人志怪小说的特性。

袁洁记录的沿途奇景风光，有将至会宁时途径的"七十二道脚不干"的峡谷、兰州北关外的"天下黄河第一桥"、肃州西七十里外的"天下第一雄关"嘉峪关等，还有关内罕见的戈壁飞沙、天山打坂、边塞第一名胜处所水磨沟等。此处列举两例：

> 由哈密至巴里坤，须北逾雪山。先一日，宿山之南口。次日穿山而入，石径迂回，却不甚险。然山头积雪，终年不化，有风则随之而坠，铺满道途。至三冬雨雪，往往深至属尺及丈余不等。有额设兵丁数十名，专管开除，以通车路。若值风雪交加之时，人力难施，行客稽留，动经累日。其下山打坂，尤为高峻。一路蜿蜒而下，势若盘蛇，乃出关后第一奇险处所。打坂，番语也。
>
> ——《出戍诗话》卷二

> 距迪城东北二十余里，有水磨沟。置水磨六处，以六协领分管之，磨面以供给满兵。其地山明水秀，曲折回环。迤东又有温泉，近则添建亭台楼榭，桥梁点缀，陈设色色俱全，为骚人觞咏之地。一交夏令，游客如云，乃边塞第一名声处所。游其

地者，莫不赋诗以志之。

——《出戍诗话》卷三

袁洁书写新疆风光，近乎白描的手法，间杂的情绪平和而婉转，全然不似一被贬之人，景色真切，尤其是对“水磨沟”的介绍清新而充满了生活气息，全属自然流露，这与其在诗学创作上的主张不谋而合，读来没有丝毫矫揉雕饰之感。

对于行过之处的人情风俗，袁洁也多有记述，有的展示了民情的淳朴，如热心的连搭沟部家妇“杀鸡为黍，款洽殷勤”，有的展示风俗的新奇，如哈密“秧歌”等。还有一些奇闻异说，如木垒河淫水之说、蒲海寒龙、关帝庙传说、蚌珠画催生等。

巴里坤城北有蒲海，海底有寒龙，是以严寒特甚。向来起更以后，只放头炮，不放二炮。俗传二炮一响，则寒龙蠢动矣。

曩在昌吉，曾为顾姓作画一帧，题七绝一首，有“蚌裹明珠涌出来”之句。或见之，戏曰：“蚌珠涌出，如妇人生产。”然适顾妇难产，即以此帧张之壁上，立时分娩。遂附会可以催生，争来索，余照样写题。昌吉、迪化、古城一带，家喻户晓，无不立应，是以奇矣。

——《出戍诗话》卷三

在新疆很多湖泊皆以“海”为名，该称呼源于蒙古语，意为湖泊水潭，蒲海即为巴里坤城北的一处湖泊，袁洁对“蒲海寒龙”的叙述毫无夸张之言，仅平叙之即显其新奇趣味。同样有趣的还有这“蚌珠画催生”一事，袁洁工于葡萄，《出戍诗话》记录有不少人慕名向他索要葡萄图，竟没想到偶尔绘一蚌珠图竟生如此奇效，虽然今天的我们都明白这纯属巧合，但袁洁娓娓道来的简短情节却令我们倍感新奇。这也正是袁洁选诗作文的美学趋向，诙谐有趣更增文字的生命力。

第三节　方士淦　黄濬

一、方士淦与《东归日记》等

方士淦(1787—1849),字莲舫,号啖蔗居士,安徽定远县人。曾经从内阁学士鲍桂星(姚鼐弟子)受词章之学。嘉庆十三年召试举人,官内阁中书,后出为江西德安丞。嘉庆二十三年,选授湖北德安府同知。嘉庆二十五年,补授浙江湖州知府。道光五年,方士淦"因德清县案,巡抚程月川(含章)参奏,革职,军台效力"①,被遣戍新疆伊犁效力赎罪。道光六年,方士淦抵达伊犁。道光八年,因在平定新疆张格尔之乱中出力,免罪释回。

从西域归来之后,方士淦归隐田园,建立家族支祠,著书立说,教诲子女,他的三个儿子方浚颐、方浚师、方浚益才华出众,先后中举,著作颇丰,并有大量诗文流传后世。方士淦平生博涉群书,著作甚丰,尤喜为诗。所为诗宗法杜、韩,晚乃出入东坡、山谷。著有《啖蔗轩诗存》三卷(凡《生还小草》一卷、《古錞于斋吟稿》一卷、《抚松成屋唱和诗》一卷)、《东归日记》一卷、《蔗余偶笔》一卷,又有《啖蔗轩自订年谱》一卷。

(一)《东归日记》

道光六年六月,和卓后裔张格尔第三次潜入南疆作乱。清朝

① 王芸五主编,方士淦撰《新编中国名人年谱集成》(第十辑),《清方莲舫先生士淦自定年谱》,台湾商务印书馆,1978年版,第26—27页。

政府派伊犁将军长龄、陕甘总督杨遇春等率领大军征讨，于道光七年底平定了这次叛乱，活捉了张格尔。方士淦在伊犁参与办理军需，立有军功。他在《东归日记》中记载："余丙戌八月随杨宫保（按：即杨遇春）大军过此，军书傍午，人马万千，宫保每下车，必先遣人看水，所用不竭，识者已卜为师贞之兆。"在平定张格尔之后，由伊犁返回西安。《东归日记》就是方士淦从伊犁惠远城到西安这段行程的记录。其取道，自惠远城至乌鲁木齐一段，与祁韵士前去路同。而乌鲁木齐至哈密一段乃走天山北路，即由乌鲁木齐向东北经今米泉（清古牧地）、阜康、济木萨、奇台、木垒、巴里坤，东南过天山而抵哈密，与祁韵士之走天山南路，取道不同。哈密以东至西安，又与祁韵士取道同。《东归日记》备载其沿途所经之地、山川道里、回汉地名、风景形势、物产土俗、明贤轶事等，都可与祁韵士《万里行程记》印证互补；所记乌鲁木齐循天山北路抵哈密一途虽是早已有之，而沿途台站、里程向缺少记载。其后，袁大化、王树楠等纂《新疆图志》多有采取，足见此篇之见重于时。此书先有同治十一年两淮盐运署刊本，后有《啖蔗轩全集》本，《小方壶斋舆地丛钞》本，《古今游记丛钞》本及《古西行记选注》本。

道光八年，方士淦结束了新疆的谪戍生涯，踏上了返归的旅程。万里归途的心情十分开朗，他当日赋诗云："龙沙春雨细，催我上征车。不觉星河远，偏惊岁月除。生还万里客，胜读十年书。且喜传双鲤，先堪慰倚闾。"（《戊子三月望日自伊犁首途》其一）心情好了，作者笔下的伊犁也充满了生机，"三十里流水潺湲，冰雪初消，沙土带润。""林河草地，群山围绕"。作者还饶有兴致地记载了伊犁西南卡伦外神奇的"碑"："海沿有碑，相传汉张骞立。松湘圃相国（筠）遣人摹拓，字在有无间，不可辨识。昔有笔帖式某，随大员经过，见一石矗立，略具人形，遂用笔戏写眉目鼻口，有顷，暴风大雨，人马难行，大员望山祷祭。有心者潜往看石，则墨戏已被雨淋净如拭矣，奇哉！”

在这里，伊犁的一草一木都可爱有趣，“伊犁有草生石面上，红花，娇艳可爱，家家用衣线悬于窗槅间，见水则萎，名曰‘湿死干活’”。“伊犁白颈鸦，十月从南路飞来，乌鸦飞去。二月乌鸦北来，白颈鸦南去，谓之‘换班’”。“果子沟两山矗立，松树参天。中有涧溪一道，迤逦盘曲，小桥七十二道。石壁巉岩，青绿相间，人在画中行。山景之佳，甲于关外”。

除了自然景物，作者还描写了城市之间的贸易，对我们了解当时新疆的贸易情况提供了非常珍贵的资料。“十七日，九十里至古城，有满汉大员，汉之渠犁也。地方极大，极热闹，北路通蒙古台站。由张家口到京者，从此直北去。蒙古食路，全仗此间。口内人商贾聚集，与蒙古人交易，利极厚。口外茶商，自归化城出来，到此销售，即将米、面各物贩回北路，以济乌里雅苏台等处，关系最重。茶叶又运至南路回疆八城，获利尤重。十八日，九十里，住奇台县。俗名‘金绥来，银奇台’，其沃壤可想见也。四十里，腰站，地方不大，而旅店颇佳。山环水绕，草场肥美，牧畜尤旺。五十里山路，住木垒河。居民铺户极多，大河一道围匝，树木好。”

如果说上面一段路程，一派热闹繁荣的景象，接下来，作者笔锋一转，画面瞬间一变：“过此以东至巴里坤，计八站，尽戈壁，地无青草，上无飞鸟。尖、宿各站，按程计里，大略相同。但旅店寥寥，仅能栖止，米面草料，一无所有，所以谓之‘穷八站’也。”

作者还记载了巴里坤八景，即“天山松雪，蒲海鼍城，岳台留胜（我朝岳大将军驻兵山上），尖山晓日，镜潭宿月，黑沟藏春，龙宫烟柳，秋稼堆云”，以及流传于当地的一些神奇的故事传说：

> 出城四十里，路旁石人一座。相传我朝岳大将军带兵过此迷路，夜间有两人引出山口至大道。天明视之，则两石人也。此后，不解何时一人移至奇台城外道旁，现亦完好，略为短小。此间石人，高五尺许，头大，而面上有眼鼻形象，乃天生，非人工也。近年，土人因其能行动，践踏田禾，乃建小墙以限之。往来车夫经过，必以蘸车油渍其面，云车无损折，殊为可笑。汉敦煌太守碑在镇西府关帝庙，石质年久，直如黑玉。桐轩多赠数张，相传能避风，船上携之吉。

从这些记载中，我们可以了解到两石人引迷路的岳大将军出山口至大道的传说；往来车夫蘸车油渍其面来求平安的民俗；汉敦煌太守碑拓能避风，船上携之吉的民俗。

过了巴里坤进入哈密境内，作者还为我们详细地描述了一块神秘的古碑：“二十里，由山脚十余里折曲盘旋而至山顶，关帝庙三层，深岩幽邃，灵显最著。旁有小屋，系唐贞观十九年姜行本征匈奴纪功碑，自来不许人看，看则风雪立至。”

为了证明其碑的传奇性，作者还记载，丙戌九月，他经过这里，曾经进到屋子内看到过碑文，约四五尺高，字字清楚，不甚奇异。但庙祝说“不可久留”，旋即出屋，“顷刻间果起大风，雪花飘扬，旋即放晴，幸未误事”。

另外，作者还补充了一件奇事：“今年二月，伊犁领队大臣某过此，必欲看碑，庙祝跪求，不准，强进屋内。未及看完，大风忽起，扬沙走石。某趋马下山，七十里至山下馆店，大雪四日夜，深者丈余，马厂官马压死者无数，行路不通，文书隔绝数日。吁！真不可解也（旁有福郡王碑一座，乾隆年间立。此间，《汉书》之祁连山也，唐之“三箭定天山”也）。”一块古碑，在作者的笔下，神秘莫测，充满了神奇的色彩。

过了神奇的天山庙，作者继续前行，至安西州十余站，又到了所谓的“穷八站”，这里与巴里坤以西同。“中有苦水等处三站，无甜水，须携带而行。即苦水素亦不旺，夏秋天热，行人尤为竭蹶。土人凿地引泉，仅足供用，若遇差使较多，即形短绌。”作者途经的红山、苦水、沙泉、星星峡、马连井子、大泉、红柳园子、白墩子等驿站，今天仍然沿用旧名。作者还形象地说“吐鲁番之热，巴里坤之冷，安西之风，三绝也”。

此后的行程就比较简单，直到邠州（今陕西彬县）城外“方见树木，初听蝉鸣，亦清趣也。过此以东，渐入佳境（邠州西门外有范文正公旧治碑，东门外有太王公刘庙）”，至此，东归的行程到西安就结束了。他在乾州与鲍沧碧刺史一谈，以诗记心迹，《长安旅次喜晤鲍沧碧刺史》：“独怜羁客滞天涯，且喜逢君近酒家。胸有渭川千亩竹，手栽潘令满城花。已知陈迹随流水，况复离情怅落霞。愁绝程门风雪杳，那堪回首忆京华。”

《东归日记》翔实记载了所经地区的自然环境、人文风俗等情况，尤其是新疆部分的记载，详细而具体，具有很高的文献价值。

（二）《伊江杂诗十六首》

方士淦在戍地所作主要是律诗，主要有七律《道光戊子三月望日东归，奉呈容静止安参帅，兼怀布子谦彦泰领戎五首》、五律《伊江杂诗十六首》、五律《怀人十三首》。其中“《伊江杂诗十六首》对于伊犁的屯田、出产、风景、风俗、历史人物等，多有描述，实则是五律体的'竹枝词'"①。

新疆的屯田,历史悠久,西汉王朝最迟在元封六年(前105)就在伊犁河谷地区的胘雷屯田。之后在轮台、渠犁、伊循、赤谷、车师、焉耆、姑墨等地进行屯田,并设置地方官吏管理。汉人屯田新疆地区,兴修了大量水利设施,带来了中原先进的生产工具和技术,促进了新疆农业、手工业的发展。清王朝在新疆的屯田,始于康熙五十四年(1715)。开始以兵屯为主,后逐渐发展到旗屯、犯屯、民屯、回屯等,屯田规模不断扩大,取得了显著效果。屯田为清王朝统一新疆提供了强有力的后勤保障,为巩固边防、统治新疆提供了可靠的人口资源,更是促进了新疆农业生产技术的提高,促进了新疆城镇的兴起,促进了新疆贸易的发展。乾隆二十五年,伊犁设屯,规模较大,是北路兵屯的主要地区。方士淦的《伊江杂诗十六首》,其中有两首写到了伊犁的屯田事业。其一:

浩浩伊江水,春来浪拍天。南山插云里,北岸近城边。沃土原宜谷,疏流可溉田。岂烦权子母,多费水衡钱。

权子母:衡量本钱与利息。作者在诗后自注:"伊犁水土肥美,雪山春融,泉流甚旺。若筑坝分渠,开垦无数,何必河工岁修款算生息。"

安得赵充国,屯边尽力筹。稼通秋塞迥,水引雪山流。烽燧虽云息,仓箱尚可忧。荒垣多旷土,使者亟须谋。

① 星汉著《清代西域诗研究》,第355页。

这一首是说经过平定张格尔叛乱的战争，消耗了大量历年积存的军粮，所以屯田之事不可稍有懈怠。

除了对屯田的关注，《伊江杂诗》还描写了新疆丰富独特的物产：

有鸟能知气，飞从两地分。冬来同白雪，春至似乌云。星月还栖树，风霜自乐群。防边依圣世，真不愧鸦军（十月白鸦自南路飞来，乌鸦换去。春二月亦然，名曰换班）。

在这首诗中，作者写了伊犁的乌鸦换班的情形，这点与其《东归日记》中的"伊犁白颈鸦，十月从南路飞来，乌鸦飞去。二月乌鸦北来，白颈鸦南去，谓之'换班'"相印证。

恶湿偏宜燥，孤高性独成。托根从石骨，结缕挂雕楹。野烧不须畏，春风应有情。爱居下流者，污辱总偷生（草名湿死干活，人家从石上采来，系于窗户间，开花颇好）。

这首诗中，作者对伊犁的"湿死干活"作了生动形象的描述，并赞扬了其"孤高性独成"的"出淤泥而不染"的高尚品格。同样的记载，在《东归日记》中也有描述："有草生石面上，红花，娇艳可爱，家家用衣线悬于窗槅间，见水则萎，名曰'湿死干活'。"

尔岂通黄教，偏将祸福兴。圆身工宛转，捷足任骞腾。爱极称如父，清修或偶僧。关门未许入，砂碛竟何能（八叉虫如土蜘蛛，长脚善走，啮人便死。见之者用黄纸收裹，送入庙中。

亦有呼为八爷者。外夷人见之，卧于地上，任其行走，以为祈福，如见喇麻一样。关门外到处有之，一入关门，绝不见矣。纪文达公《滦阳消夏录》言：“乾隆中京师相惊以虫，图形相示，然究未见虫也。逮至乌鲁木齐，见所谓八蜡虫，乃即昔所图者。每逐人，噀之以水，则伏而不动。亟嚼茜草根敷伤口即愈，迟则不救。南路每移文北路，取茜草以备秋获者救急。”盖即此虫也)。

作者对八叉虫作了形象的描述，“圆身工宛转，捷足任骞腾”，同时，还写了其一定的药效功能，以及人们对八叉虫的崇拜。

果子沟位于新疆伊犁霍城县城东北的 40 公里处，又名塔勒奇沟，全长 28 公里，是丝绸之路新北道及草原丝绸之路的交通要道，是进出伊犁河谷的必经之路。果子沟景物丰富多彩，以地势险要而著称，许多文人墨客路过此地均留下了脍炙人口的诗文作品。方士淦被遣戍伊犁时，经过果子沟时正值寒冷的十一月，“大雪弥漫，半夜始到二台”，“但见松林茂密，野兽奔驰，冰塞长河，雪满群山，为平生所仅见”(《东归日记》)。道光八年，他遇赦释回，在 3 月 18 日的日记中写道：“果子沟两山矗立，松树参天，中有涧溪一道，迤逦盘曲。小桥七十二道，石壁巉岩，青绿相间，人在画中行。山景之佳，甲于关外。”他在《伊江杂诗》也对此景作过描述：

海色浮青岛，松涛满碧沟。两山排闼入，一水带云流。峻坂曾停马，归心不系舟。羊公碑尚在，遗爱总常留。

这首五言律诗。先说果子沟一片葱绿，就像无边的大海，一座座山头恰似海上的小岛；松涛阵阵，满山满沟都是雄浑的声音。两边的山峰扑面而来，山涧的清清溪水带着云彩的倒影滚滚而下。下半首回忆两年前来时曾在陡峭的山坡上驻马祭拜前贤，现在获释回乡，归心似箭，犹如顺水之舟。最后两句表达了对前人修路功绩的缅怀。“羊公碑尚在”是借用孟浩然《与诸子登岘山》中的成句：“羊公碑尚在，读罢泪沾襟。”羊公即羊祜，西晋人，都督荆州，驻节襄阳，绥怀远近，甚得民心，死后襄阳百姓在砚山为他建碑立庙，“望其碑者莫不流涕，杜预因名为堕泪碑”（《晋书·羊祜传》）。方士淦诗中的“羊公碑”指的是伊犁将军保宁（谥号文端）修整果子沟山路的纪功碑。他在日记中曾提到：“保文端公相修平山路，利赖至今。……十九日出果子沟，上达坂，有伊犁前巡抚顾谟立碑一座，纪保公功绩。嘉庆三年立，往来行人过达坂者，无不下马而拜，撒掷钱文，口外之俗如此。”

作为一名关心时事的废员，方士淦在《伊江杂诗》中还记载了许多历史人物与英雄事迹：

义烈媲睢阳，英风镇异方。三朝膺钱券，两代沥忠肠。碧血山河壮，丹霄日月光。辉煌天语渥，读罢泪沾裳（扎义烈公乾隆年间在叶尔羌殉难，褒封世袭罔替。公子保宁谥文端公，孙庆祥字云峤，两世镇守伊犁，有政绩。庆公帅于道光丙戌，在噶什喀尔殉难。天语褒嘉，恤典尤重）。

承平五十载，耕凿六千家。回纥常栖寺，汾阳此建牙。独将苛政去，尤沐圣恩加。绳武推英嗣，勋名讵有涯（阿文成公移回民六千户于伊犁，另筑回城，立庙曰金顶寺，以栖之。每岁交粮十万石，以供军食。服教畏神，至今不辍。丁亥，公之曾孙容静止参帅到任，革除弊政，抚恤无微不至）。

草泽浩无边，山环大海圆。驻师李广利，留碣汉张骞。路可移瓜戍，川敷引马泉。巡防两无碍，经画仰前贤（伊犁西南卡伦外曰那林河草地，有大海，万山围绕，距喀什噶尔千余里。向例伊犁派赴喀城换防兵三百名，因冰岭行走甚难，奏改由此路缘海沿行至喀城，经行外夷哈萨克、布鲁特地面，寓巡边于换防之中，立法最善。近因军务，停止两手矣。相传海沿有张骞碑一座。又案：哈萨克即汉之大宛也。浚师按：霍罕是汉大宛，观《陈汤传》可见。哈萨克是唐突厥王庭，即康居地也）。

（三）《蔗余偶笔》

今存稿本、清同治十一年刻本。“内容多随笔记录，较驳杂，包含君臣轶事、自然灾异、诗话类故事、鬼神怪异等。多数篇幅简短，文笔雅洁，不假雕饰。如前半部分多记清前期帝王及大臣轶事，附录论史随笔、云圃读书笔记十六则，故事性稍差。……又记杨忠武公轶事、入疆见闻及族内祖父辈故事，叙事多简短，数语以尽之，信手随录，谓之‘偶笔’，可谓确当。”[①]《蔗余偶笔》中的有关论述，在其他人的作品中，也常被提及引用，如方浚师在《蕉轩续录》中说：“先世父《蔗余偶笔》曰：‘王子安《滕王阁序》、范文正《岳阳楼记》，胜地高文，江山生色。我朝凌泉庄廉使、翁覃溪阁学书《序》，张文敏书《记》，皆刻诸屏风，信三绝也。’”

清人陈康祺所撰《郎潜纪闻初笔》卷十中则引用了《蔗余偶笔》

① 张振国著《清代安徽稀见文言小说补录》，《淮北师范大学学报・哲学社会科学版》，2011年第3期，第29页。

中的两则故事：

> 嘉庆癸亥，三省军务告竣，方伯积由蜀臬入觐，睿皇帝垂问军务甚悉。并谕：朕亲政初，宫中祈卜，占者云，三人同心，方奏朕功，殆应经略额勒登保、参赞大臣德楞泰、总督额保也。见定远方士淦《蔗余偶笔》，方伯盖其族人云。
>
> 坊局官僚升转定例：洗马名次讲、读后。长沙刘文恪公权之官洗马十六年而后迁，时称“老马”。嘉庆初，戴尚书联奎擢此官，召对垂问资俸，戴以实告，始奉与讲、读诸臣一体较俸之谕，由是洗马无久淹者。见《蔗余偶笔》。康祺初入京，尚闻有“一洗万古”之谑，盖取杜句嘲之，以见升迁迟钝也，殆嘉庆以前旧语。又按：京官谚语，“一洗万古”与“大业千秋”并称，盖谓司业升阶，与洗马同一濡滞，故词臣均视为畏途。

另外，俞樾在《右台仙馆笔记》卷十六也论述道：“偶阅定远方莲舫太守《蔗余偶笔》，载其家文敬公轶事云：文敬之封翁居钱唐江边，每子午潮退，将沿岸数十里水族，亲扫入江，自少至壮无间。一夜潮极大，巡江武官见火光一团，涌入徐氏，叩门以告，适文敬公生，因以潮名。”可见，《蔗余偶笔》在同时代人中流传还是颇广的。

二、黄濬与《倚剑集》等

黄濬(1779—1866)，字睿人，号壶舟，又号古樵道人、四素老人，台州太平县(今浙江温岭城南)人。“濬”同“浚”，故诸多史料记其名为“黄浚”，下文统一写作“濬”。黄濬幼时聪慧，青年时代曾四处游历，嘉庆十三年中省内秋试中式（恩科），之后也曾入幕霸州，先后于嘉庆十四年和嘉庆十九年在京参加春试，均不第。道光二年作为殿试三甲（恩科）及进士第。先后在江西萍乡、于都（雩都）、赣县、东乡、临川、彭泽任知县。道光十一年因客船遭风失银，黄濬因“并不速行审详，亦未起获全赃，办理已属玩延，且该事主等控系多人上船抢劫，而县详则称船遭沉侧，数人凫水捞摸，显有化大为小，讳匿轻纵情事，至被控书差包庇分赃，尤难保其必无”[①]，遭革职。革职后的黄濬失去经济来源，无力偿还之前欠银钱店主卢祖耀的钱财，被卢祖耀诬告。江西巡抚裕泰遵旨查办此案，道光十七年十月判“黄濬从重发往新疆当差，戍期十年”。道光十八年遣戍新疆，次年夏抵达戍所乌鲁木齐。

在戍所，黄濬担任过阅卷官，后管理城郊乌鲁木齐铁厂。按《大清律例》规定，流放官员派管铁厂，准其于十年之内酌减三年。道光二十二年五月初三至初五，新疆巴里坤爆发了大地震。道光皇帝极为重视赈灾工作，打破惯例令乌鲁木齐都统惠吉即饬镇迪道酌带银两亲往巴里坤确查散赈，重用镇西知府吉昌、宜禾县知县嵩山、奇台县知县博忠阿等 12 名官员，起用王承庆、惠麟、高步月、秦华曾、朱起豫、黄濬、李增厚、高振等 8 名废员办理巴里坤地震救灾工作，派拨济木萨等营兵共计士兵 450 名、遣犯 50 名参加巴里坤地震后重建工程。黄濬主要负责筹办抚恤、督修城工、弹压兵遣，道光帝对其评价是“始终其事毫无懈驰”，着准其释回。道光二十四年十二月十四日，黄濬得旨释回，第二年四月初十日，携弟黄

① 江西巡抚吴光悦《奏为特参彭泽县知府黄濬抢案轻报意存讳饰请革职留辑事》（道光十一年五月二十日）。《清实录》转录档案记载此事。《清实录》，北京：中华书局，2008 年版，第 37728 页。

治从乌鲁木齐启程东归，道光二十六年春抵家。释还归乡的黄濬，治学于萃华书院、宗文书院、鹤鸣书院，期间有各类诗作问世，直至同治五年卒。其一生著述尤多，后人合为《壶舟诗存》《壶舟文存》等，另有由其主修的《萍乡县志》《于都县志》若干卷。

（一）黄濬在新疆的文学活动

道光十八年闰四月间，黄濬与弟黄治从南昌滕王阁启程，历经艰辛，最终于道光十九年夏抵达乌鲁木齐，到道光二十五年接旨释归，在新疆长达七年之久。在此期间，他不仅创作了大量诗文，还参加了诸多文学活动，是道光时期乌鲁木齐诗坛、文坛的领军人物。

初到新疆，边地苦寒，物资匮乏，连文人平时惯用的文房四宝都属稀罕物件，这让黄濬极不适应，偶尔得友人相赠一二，他便会欣喜异常，“真如天上彩云之堕”。其弟黄治也曾在《庭州杂诗，追次杜少陵秦州杂诗二十首韵（辛丑）》十四中说：“风云凭放浪，书籍少流传（地百货屯集，独书肆缺然）。”除此之外，黄濬的心情也比较悲观，“余自策蹇来庭州，交游寥落，所可问诗法者数人而已”；常发出“三年征戍阮囊空，万里难期马首东”“我老伏枥无时还”的感慨，可见其心中对东归的绝望。但昌吉、绥来、济木萨等地官员都重用黄濬，“先后聘司幕，务刑钱书记”。从《都院试士，派充阅卷官口占》《都院阅卷次东坡催试官考较韵》可知，黄濬很快就融入当时当地人的生活之中，他与时任迪化直隶州知州成瑞结识并有唱和，不再“嗟余亦有悬弧地，争及维桑早赐环”，而是“为拓边庭眼界来”，“可识中华天宇阔，却来塞外阅风尘”，积极参加诗社的吟诗等一系列文人雅集活动。

黄濬到戍第一年，成瑞即聘其为阅卷官，后与成瑞比邻而居，两人交往交流更加密切，唱和之作颇多，两人还相互为对方诗文集作序跋、题辞。道光甲辰成瑞完成《薜荔山庄诗文稿》请黄濬评阅并作序，黄濬还为成瑞《春云集》及《霜塞联吟诗》题诗。成瑞也为黄濬的《倚剑诗草》作序、《倚剑诗谭》题辞。成瑞对黄濬十分敬仰、推崇，如《题黄壶舟明府倚剑诗谭》云："我爱壶道人，超超有仙骨"，"诗窟惟君能独探，酒狂如我倩谁匡"，"我从子岁莅庭州，与君相见心相投"等。

黄濬还常与惠吉、图璧、姚心斋、叶方汜等集会、唱和，与林则徐也有交往。道光二十二年十月十三日，林则徐路经乌垣时，黄濬随成瑞等拜访林则徐，两人结下深厚的友谊。黄濬有多首诗寄林则徐，林则徐均有回应，如《金缕曲 · 寄黄壶舟》《壶舟以前后放言诗寄示，奉次二首》等。道光二十五年秋，林则徐在《壶舟诗存序》中说："方壶舟迁谪乌垣时，余亦屏逐伊江，往往相逢戍所，辄剪烛论文，连宵不息，各出其丛残相评骘，商略去留，不存行迹。"道光二十九年，林则徐应黄濬之请为其重修的宗谱作序、为其父作传，在《黄二峰封翁传》末云："其长君濬，字壶舟，以诗名海内，余耳熟之，未由见，后乃晤于西域，觉其胸襟浩然有东坡惠琼间意，知其有得于庭训者，深矣。"由此可见林则徐对黄濬的看重，也从侧面反映了黄濬在道光时期诗坛的地位和影响。

黄濬素来喜欢诗词，谪戍时也因这一嗜好参加了乌鲁木齐定舫诗社的许多活动。"定舫诗社"集结了当时乌鲁木齐一带众多有名的文人，如成瑞、惠吉、图璧、云麟、玉符、玉岱等，他们一起饮酒吟诗，赏玩山水，尽各种文学风雅之事，成为道光年间乌鲁木齐最有代表性的诗人团体。黄濬和其弟黄治亦因诗学上的才华，很快得到诗社的认可，成为其中重要的成员。此外，黄濬还参加了一些宴集唱和活动，如雷家水榭宴集，成瑞是召集人，黄濬与诸人饮酒赋诗，切磋诗艺，作有《癸卯立秋日，成辑轩刺史觞云兰舫观察于雷家水榭，招同江镜庭、侯深斋、彭松泉、王载堂与余及家弟今樵为长日之饮，刺史嘱以诗纪之，即赋三律》，成瑞、云壁均有和作。这是一次文化盛会，其中成瑞作诗 6 首，黄濬作诗 13 首，黄治作诗 6 首。宴集唱和使黄濬的才华得到更多人的认可，也使黄濬获得了一种满足、一种成就感，从而丰富了他的谪居生活。

黄濬的仕途不顺，早年间为知县辗转各地，后谪戍乌鲁木齐，这样的经历对他产生了沉重的打击，但是他并没有变得沉沦。黄濬和许多文人一样把苏轼作为自己的精神偶像，推崇备至，他曾经在诗中写道“我携坡翁集，束里来塞外”。苏轼一生在政治上也是充满了波折，一再遭贬，但他一直保持着一颗旷达之心，不仅在文学艺术上取得了少有人能企及的成就，还在所贬之处留下了许多造福百姓的政绩。黄濬把自己被贬经历比附苏轼，很快融入当地人的生活之中，创作了大量和苏诗。据史书记载，嘉庆道光年间京师一带士大夫在冬季流行“为东坡寿”，黄濬在京师游历多年，深谙其中意旨，在新疆至少三次“为东坡寿”。如《十二月十九日坡翁生日，设供常华书屋，次翁寿乐泉先生生日韵》1 题 2 首，就记载了道光二十年十二月十九日在常华书屋“为东坡寿”的情景和感受。

（二）黄濬在新疆期间的诗文创作

《壶舟诗存》卷七至卷十一为《倚剑集》，是黄濬在戍期间创作的诗歌，大致可分为吟咏西域自然风光之作，唱和、赠答之作，和韵之作。

黄濬的诗才甚高，曾得到很多文人的称赞，最有名的莫过于王菜所说:“太平黄壶舟先生终身好吟咏,其诗当为吾台本朝第一。”[①]虽然这“本朝第一”的评价有些过高,但足以显示黄濬在道光年间诗坛上重要的地位。林则徐曾经为黄濬《壶舟诗存》作序,对他的诗也有一段中肯的评价:“其为诗若文,能浑涵万有,不主故常,汪洋恣睢,惟变所适。窥其意境,若长江之放乎渤澥,竹木鳊鲈,不遗巨细,而无乎不达。”[②]可见,在林则徐看来,黄濬的诗“文质彬彬”,既有宏大的意境,又有丰富的内容,精辟地展现了黄濬诗词的艺术特色。据黄濬在《倚剑诗谭》中记录:“余出关后,车行甚速,颠簸殊甚,不克触处成吟,故自玉门至哈密中间一千二百余里。荟萃成一诗。由哈密抵乌桓一千六百馀里,亦荟萃成一诗。”也就是说,黄濬自踏上西戍的路途,就一直笔耕不辍的将身边的人、事、物述写于诗中,除了在诗中和友人唱和、赠答、吟咏悲欢离合、抒发各式情感,他还作为新疆风光的欣赏者,挥毫记录了许多具有独特魅力的西域风景,正如其在《倚剑诗谭》所记:“余抵乌鲁木齐后,追忆出关一路风景,乃有《塞外二十咏》,其目曰:《玉门晚照》《西台朝旭》《柳园初月》《天山快雪》……”这 20 首诗作于道光十九年乌鲁木齐,有四首所记为赴戍途中的见闻,即《玉门晚照》《西台朝旭》《柳园初月》《猩峡夕风》,其余描写的都是地道的西域风光,如《天山快雪》:

皑皑万古此天山,我到飞霙绕鬠鬟。山意欲联新旧雪,天

---

① 黄濬撰,吴小谦、王敬、肖红飞整理《壶周文存》,香港:国际炎黄文化出版社,2014 年版,第 11—12 页。

② 林则徐全集编辑委员会编《林则徐全集》(第五册文录卷),福州:海峡文艺出版社,2002 年 10 月版,第 414 页。

心不阻去来关。马蹄笃速翻银盏，蟾魄分明吐玉环。自喜年来犹健在，不同韩老畏跻攀。

在新疆境内，很多地方都可以看到天山雪峰，这对一直身处淮河以南的黄濬来说尤其新奇，恰逢大雪，此时他并未觉得寒冷难耐，反倒觉得新旧雪景分外妖娆，正如其在此诗的序文中所记"霁景豁开，快雪时晴，爽人心目矣"，这种开阔的意境与天山雪景浑然天成。

不过，《倚剑集》中绝大部分是唱和、赠答之作，如成瑞生日，黄濬作长诗《寿迪化州牧成辑轩先生，腊月二十日，四十有九生辰》；同乡旧友徐时遣戍乌桓，黄濬作《赠乡友徐雨田(时)亦以戍新至者》赠之，等等。在星汉看来，这样作诗会束缚住黄濬的才情、手脚，降低诗歌的艺术价值，很显然了解这一点有利于我们从一个客观的角度看待黄濬在诗歌创作上取得的成就。

黄濬在新疆时还创作了诗话《倚剑诗谭》和笔记《红山碎叶》，以及已经散佚的《漠事里言》一卷、《东还纪程》二卷、《梅初录》一卷。

《倚剑诗谭》吟诗谈艺起于黄濬从南昌出发之际，一直延续到他在新疆戍守期满，集中展示了黄濬的诗学观点和主张，同时也是他西行路上赏阅诗文的心路轨迹。《倚剑诗谭》记录了不少当时的诗人及其诗作。如惠吉曾出示《兰岩诗稿》给黄濬品评，黄濬阅诗稿后称"其诗大约以清新为主，自抒胸臆，不屑步武前人"，并摘录其中几十句佳句："曲径客来花历乱，小窗风打玉丁冬"，"红叶白云山向背，夕阳衰草路东西"，"笛吹黄鹤楼边月，人倚晴川阁外秋"等。《倚剑诗谭》也有作者对诗歌艺术的品评，如"国朝孔淇谷《桃花扇传奇》题词无虑数十家，惟田山姜六绝寄托幽深，别成风韵”。此外，《倚剑诗谭》还记载了一些西域的特产，如“外一种草花，似鸭脚草而小异，亦青色，俗呼翠娥，而呼凤仙花为海蒳。余乡细切腌菜作菹，谓之腌菜花，皆前人所未经用者，沙枣花，南人亦罕见”；“金棒瓜，状长，皮黄，肉作淡红色，味胜哈密，出自吐鲁番王子家”等。由此可知《倚剑诗谭》是一本以记录性为主的地域诗话，具有以诗存人、以人存诗的征献功能。

在乌鲁木齐期间，黄濬对红山情有独钟，撰写了许多与红山有关的诗词，如《望红庙次韩昌黎山石韵》《迪化州红山》《二月十三日赴汉城过红山嘴》《红岫迭霞》《晴雪戏占》《辛丑花朝过汉城途中口占》等。在《红山碎叶》序中，黄濬介绍了写作此书的缘由以及主要内容：新疆自从乾隆帝开辟以来，数十年间已经逐渐繁华，具有了中华气象。历来戍守此地的文人，都喜欢记录此处的山川风俗，例如《西域闻见录》《三州辑略》《新疆志略》等书，黄濬模仿前人随时记录在新疆的见闻，又因在新疆戍守时，没有逾越红山周边地区，所见所感皆属此地风情，所以这些记录的文字结集成册即称为《红山碎叶》。

在《红山碎叶》中，黄濬详细记载了乌鲁木齐满汉两城的元宵灯火、药铺、戏班，以及瓜、鱼、麦、玉等情况，尤其对乌鲁木齐的红庙、红山、智珠山、水磨沟等进行了浓墨重彩的描写，如记水磨沟：

> 水磨沟，离满城十余里。头磨至六磨皆官磨，七八九则民磨矣。西山佳木，一道清渠。每磨各有亭轩，夏月宴客最妙。四磨尤幽雅，有镜池，有汐突，有柏树一株，如悬盖，有箭亭可饮射，令人忘归。头磨有石龙，首泉从龙口出，注于二磨，顺流

而下。三磨亭台亦秀爽，惜司磨者皆旗官，不讲文墨，满壁俗字俗画，殊污目耳。又有建昌徐四等磨，不一而足，皆可宴会。建昌水磨一室如船，夏木阴森，余额之曰“绿云舫”。

水磨沟离满城十余里，为低山丘陵地带，属于山沟地貌，泉水资源丰富，无数泉眼喷涌而出的水汇集成河，四季长流。清政府利用这里的天然水利资源，先后修建铁厂、磨坊、制币厂等。乾隆三十三年河上就建有水磨，利用河水推动石磨加工面粉。除了官磨，私人也纷纷沿河建磨，渐成规模，这条河也因水磨得名，所在山沟亦被称为水磨沟。水磨沟拥有的山水树林构成天然的风景区，在乾隆时期就以风景优美闻名遐迩，成为著名的游览胜地，倍受文人墨客青睐，一些内地官员、废员来新疆，在乌鲁木齐停留时都游览过水磨沟，如纪晓岚、史善长、黄濬、林则徐等都有不少吟诵水磨沟的诗篇。

道光年间，水磨沟在农历六月六日举行乡社之会，黄濬在《六月六日水磨沟乡社之会，于岁中为最盛，地有林泉之美，同人招游，辞不往因成》中写道：“六月六日凉如秋，同人约我郊原游。笙歌正沸红山嘴，士女如云水磨沟。水磨沟压红山景，水木清华花掩映。衣香鬓影况联翩，塞外风华推绝境。”在乌鲁木齐诸景中，黄濬认为水磨沟胜于红山，且三磨四磨为最优。

《红山碎叶》既是黄濬在新疆乌鲁木齐生活的纪实，又非常全面地介绍了乌鲁木齐的历史沿革、山水地势、城垣官府、风景名胜、方物特产、宗教信仰、文化娱乐，风俗习惯等，称得上是道光年间乌鲁木齐社会生活的百科全书。

第四节 林则徐 邓廷桢等

一、林则徐及其《回疆竹枝词》

林则徐(1785—1850),字元抚,又字少穆、石麟,晚年自号竢村老人、七十二峰退叟。福建侯官(今福州市)人。嘉庆元年,林则徐因在当地俊秀童生中文章优于他人,被择优录取充任为孔庙佾生。次年应府试获第一。嘉庆三年中秀才,嘉庆九年中举。嘉庆十六年四月,林则徐以殿试二甲第四名、朝考第五名中进士,改庶吉士,习清书。自此,林则徐正式踏入仕途,历任翰林院编修、国史馆携修、撰文官、翻书房行走、会试或乡试考官、江南道监察御史、浙江杭嘉湖道、浙江盐运使、江苏按察使、江苏布政使、陕西按察使、江宁布政使、湖北布政使、河南布政使、河东河道总督、江苏巡抚、两江总督、湖广总督、钦差大臣、两广总督、云贵总督等。

道光十九年四月二十二日,林则徐在广东主持虎门销烟,22天之内公开销毁鸦片2万余箱,共230多万斤,震惊中外。道光二十年九月初七,道光帝迫于英国鸦片战争和朝廷内部主和派的压力,亲下谕旨,对林则徐加以"误国病民、办理不善"的罪名并革职。随着鸦片战争的失败,清廷为了给满洲贵族官员脱罪,谕旨严惩林则徐等人,道光二十一年五月初十,林则徐被冠以"办理殊未妥协,深负委任"的罪名,"革去四品卿衔,从重发往伊犁效力赎罪"。十五日后,林则徐在浙江镇海接到遣戍伊犁效力赎罪的上谕,第二天便乘船出发北上。同年六月，位于河南开封三十一堡的黄河堤坝决口，灾情迅速蔓延至沿线三十三个州县，被清政府委任主持治河的重臣王鼎极力推荐林则徐参与治理黄河决堤。七月初三，道光帝谕旨"林则徐着免其遣戍，即发往东河效力赎罪"。十五日，已经抵达扬州的林则徐接到此谕，迅速启程转向开封。从八月十六日到达开封，至次年二月初八日东河河工竣工，林则徐为黄河决口治理之事日夜奔波、尽心操劳，但并未改变遣戍伊犁的命运。林则徐只得西行赴戍伊犁。道光二十二年十一月初九日，林则徐历时四月有余，终于抵达戍地伊犁惠远城。在伊犁时，林则徐居住在惠远城南街鼓楼东边第二条巷的一处平房，伊犁将军派其掌粮饷、协理屯垦和水利事务，后在伊犁镇的设裁、加强新疆边防、强边御俄、建操防制、屯垦荒地、安置少数民族百姓、兴修水利等方面颇有建树。道光二十四年十一月林则徐又奉命到南疆库车、阿克苏、乌什、和阗等地勘办开垦事宜。此次勘田途中，林则徐亲历各处，前后历时将近一年，行程近两万里，据统计，共丈量和查勘土地 68.9 万亩。在南疆各地，林则徐除了力行勘田之事，还为减轻当地百姓的徭役、惩治欺压百姓的"回王"、调解为争夺水源的维吾尔族农民、推广坎儿井和纺纱车、引进树苗造绿洲等做出了贡献，至今新疆各处依然保留有"林公渠""林公井""林公车"等，以纪念林则徐造福新疆百姓的功绩。

道光二十五年十一月初六日，身在哈密忙于勘测之务的林则徐接到清廷谕旨，以四、五品京堂启用，谪戍的生活终于要结束了。在正式委派新任之前，由于新任陕甘总督不能立时到任，按照道光帝的安排，林则徐以三品顶戴署任其职。再次得到起用之后的林则徐，在生命的最后几年，还担任过陕西巡抚、云贵总督、镇压广西天地会的钦差大臣，但终因官场沉浮给其身心造成的巨大伤害和在各处任职时的奔波劳累积聚成疾，即使告病还家尽心医治调养也未有良好的效果。道光三十年十月十九日，一生政绩与著述颇丰的林则徐不幸卒于赴任钦差大臣的途中。

林则徐在新疆期间留下了大量文字资料，主要分为四类：一是信札，林则徐在新疆三年余两个月，期间给友人、亲人、同僚等就自己的流放见闻、感受以及在新疆的事务写过许多信件，如新疆大学周轩教授 2009 年编写的《林则徐新疆资料全编》根据《林则徐全集》（海峡文艺出版社 2002 年版）和杨国桢《林则徐书简》（福建人民出版社 1985 年版）等，辑录了林则徐在新疆期间的 197 封书信。二是日记，林则徐在新疆期间的日记有三册，道光二十二年七月初一至十二月二十八日（1842 年 8 月 6 日至 1843 年 1 月 28 日）的壬寅日记，即《荷戈纪程》；道光二十三年正月初一日至七月二十九日（1843 年 1 月 30 日至 1843 年 8 月 24 日）的癸卯日记；道光二十五年正月初一日至七月初八日（1845 年 2 月 7 日至 1845 年 8 月 10 日）的乙巳日记。三是诗词，林则徐在新疆期间撰写的诗词作品大多收录在《林则徐全集》（第六册）和《云左山房诗钞》（卷六和卷七）中。四是文录，主要是林则徐在新疆期间的公牍和少量奏折。这些文字资料包括的内容十分丰富，是我们研究当时新疆历史、民情、地理等情况的重要史料。

从文学的角度我们最应该关注的是林则徐作于这一时期的诗词，学术界对林则徐在新疆期间诗词的研究取得了丰硕的成果，大多数人认为林则徐的西域诗体现了林则徐流放期间的心路历程、见闻以及爱国的情怀等，很多诗篇显示了他虽然身遭流放但依然心忧天下，特别是对当时东南方向的战事时时保持着深度的牵挂；

也有很多诗篇体现出他宽广的胸怀，不因流放而心生怨念，而是不以个人得失为念，继续关注着最劳苦的百姓，为他们诉说心声。根据来新夏编著的《林则徐年谱长编（上）》（上海交通大学出版社2011年出版）所示，林则徐的第一首流放诗作于道光二十一年（1841）六月间，其时林则徐正为与英国的鸦片战争而忧心忡忡，寄托于清廷在打击英国方面有所建树，无奈却得到遣戍伊犁的谕旨。赴戍途中，他在杭州见到故友张珍臬，此人于道光七年在山西猗县任上以失察罪被搁置流放新疆，林则徐有感于自己惨遭遣戍的悲愤心情，为其题《伊江萝月听诗图》：

谪宦东归已十秋，玉关怀旧感西州。从戎大漠追狐尾，惜别将军揖马头。诗梦俄惊梁月坠，边心遥逐塞云愁。谁知卷里濡毫客，垂老凭君问戍楼！

诗中气魄宽宏，人尚未到新疆，即用新疆特有的大漠、玉门、西州、马头、戍楼等营造出空旷的气氛，颇有豪迈的气概，然而在这宏大的空间里充塞的不仅于此，更多的是初遇谪戍时满腔的悲愤，自古边关多戍客，林则徐与张珍臬颇有同病相怜之感。然而林则徐心中的悲愤并不是挥之不去的，在很多情况下，他将这些个人的小情绪深藏心底，以心中坚固的爱国情怀表达自己忧国忧民的意愿。道光二十二年七月初六（1842年8月11日），林则徐在西安医病结束，即将启程奔赴伊犁，此时对自己的家人诵出了以下诗句：

出门一笑莫心哀，浩荡襟怀到处开。时事难从无过立，达官非自有生来。风涛回首空三岛，尘壤从头数九垓。休信儿

童轻薄语，嗤他赵老送灯台。（其一）

力微任重久神疲，再竭衰庸定不支。苟利国家生死以，岂因祸福避趋之。谪居正是君恩厚，养拙刚于戍卒宜。戏与山妻谈故事，试吟断送老头皮。（其二）

——《云左山房诗钞》卷六

林则徐携三子聪彝和四子拱枢一同西行，没有丝毫忧愤，反倒以豁达的诗句劝慰家人，其中"苟利国家生死以，岂因祸福避趋之"两句最能体现林则徐达观而心系天下的过人胸怀，素来为文人们所推崇。

道光二十二年九月初八，林则徐一行在嘉峪关暂作停歇。此关历来被称为"天下第一雄关"，虽是明朝依山而建，但自古便是出入西域的交通要塞，有多少豪迈男儿出入此关，戍守边疆建功立业，其中不乏终其一生化作一抔忠骨的人，林则徐立足关上，感触颇深，赋诗四首：

严关百尺界天西，万里征人驻马蹄。飞阁遥连秦树直，缭垣斜压陇云低。天山巉削摩肩立，瀚海苍茫入望迷。谁道殽函千古险，回看只见一丸泥。

东西尉候往来通，博望星槎笑凿空。塞下传笳歌敕勒，楼头倚剑接崆峒。长城饮马寒宵月，古戍盘雕大漠风。除是卢龙山海险，东南谁比此关雄。

敦煌旧塞委荒烟，今日阳关古酒泉。不比鸿沟分汉地，全收雁碛入尧天。威宣贰负陈尸后，疆拓匈奴断臂前。西域若非神武定，何时此地罢防边。

一骑才过即闭关，中原回首泪痕潸。弃繻人去谁能识，投笔功成老亦还。夺得胭脂颜色澹，唱残杨柳鬓毛斑。我来别有征途感，不为衰龄盼赐还。

嘉峪关的雄奇在林则徐的笔下一览无遗，作为一座万古雄关，它见证了历史轮回，秦汉时抗击匈奴等壮烈之事似乎历历在目，林则徐不由感叹“何时此地罢防边”。此时一跨过嘉峪关，即离身中原进入西域，他更是在悲壮的吟咏中垂下泪痕，对中原纵有千般留恋，也只能“唱残杨柳鬓毛斑”，在这种情境下，他依然没有忘却心中的责任感，一句“我来别有征途感，不为衰龄盼赐还”表明此一去虽是废员的身份，也终要把它当作人生的另一段征途，为边疆尽一份心力。

林则徐进入新疆之后也留下了许多脍炙人口的诗句，其中最著名的是道光二十五年二月至六月间作于南疆的《回疆竹枝词》。“回疆”，是清代时对现将境内天山以南的地区的称呼，是少数民族的聚居地。清代新疆的流贬官员中，也有一部分人仿效竹枝的格调创作出七言绝句，如乾隆年间的纪昀、庄肇奎、曹麟开等，嘉庆年间的祁韵士，而林则徐的《回疆竹枝词》是清代新疆竹枝词中的典型代表。

林则徐的《回疆竹枝词》，在清光绪丙戌福州本宅刊本的《云左山房诗钞》(卷七)中记为 24 首，但在《林则徐全集》(海峡文艺出版社 2002 年版)第六册中记有 30 首，《林则徐全集》中的内容与《云左山房诗钞》中的内容相较,不仅增加了六首,另涉10处诗句有不同。下文以《林则徐全集》中收录的30首为准论述之。

《回疆竹枝词》三十首在语言上最大的特色莫过于维吾尔语词的运用,林则徐在20首竹枝词中运用了39处维吾尔语词。这些语词有的是在诗句中对其维吾尔的名称作介绍,如第19首“冷饼盈怀唤作馕”,介绍维吾尔语称这种冷饼为“馕”;有的在诗句中与汉语的同义语词并列,如第5首“字名哈特势横斜”,“字名”与“哈特”分别为汉语和维吾尔语,意义相同;更多的则是直接在句中运用,与汉语语词搭配语义,共同书写回疆的生活,如第18首“村落齐开百子塘,泉清树密好寻凉”,“百子塘”为维吾尔语,表示“涝坝(蓄水池塘)”的意思,此处与汉语的搭配浑然天成,与第二句的“凉”竟达成了押韵的效果,同时在表达淳朴的乡村景观方面发挥了很好的效果,尤显清新自然。所以,这些维吾尔语词的适当使用,虽然让不了解维吾尔语的读者产生了一定的阅读欣赏的障碍,但确实成为林则徐真实地反映回疆少数民族生活状态的有效助力,其实但凡到过新疆了解新疆的人对这些语词也会有所了解,因为在这些多民族聚居的地方,各民族语言之间的融合通用本也是自然现象,林则徐尊重当地的语言现象的事实,在自己的竹枝词中以维吾尔语词与汉语的巧妙组合如实反映这种现象,亦增强了这些诗句作为历史语料的价值。

其实,维吾尔语与汉语的组合在林则徐的笔下还有一个更为重要的民俗文化价值,林则徐《回疆竹枝词》三十首,每一首都在有限的字数中尽可能具体地再现当时南疆地区在节气、历法、宗教、行政制度、文化艺术、建筑、医疗、衣食起居、婚丧嫁娶礼仪等方面的面貌,如:

不解耘锄不粪田，一经撒种便由天。幸多旷土凭人择，歇两年来种一年。（其四）

太阳年与太阴年，算术斋期自古传。今尽昏昏忘岁月，弟兄生日问谁先。（其七）

厦屋虽成片瓦无，两头椽角总平铺。天窗开处名通溜，穴洞偏工作壁橱。（其十四）

亦有高楼百尺夸，四周多被白杨遮。圆形爱学穹庐样，石粉围成满壁花。（其十五）

豚彘由来不入筵，割牲须见血毛鲜。稻粱蔬果成抓饭，和入羊脂味总膻。（其十八）

宗亲多半结丝萝，数尺红丝发后拖。新帕盖头扶马上，巴郎今夕捉央哥（男名巴郎，女未适人名克丝，子妇名央哥）。（其二十）

河鱼有疾问谁医，掘地通泉作小池。坦妇儿童教偃卧，脐中汩汩纳流斯。（其二十二）

以上所引七首，分别描绘的是林则徐在南疆各处所见的农事习俗（其四）、历法（其七）、建筑样貌（其十四、十五）、饮食习惯（其十八）、婚假习俗（其二十）、医疗（其二十二），从文字中可见每一处都与林则徐原处的中原地区的情况不一样。对于他来说，这一切都是新奇的，在他通俗流畅的笔下，充满了意趣，就连抓饭膻味不断，作为吃食可以看出他的不习惯，但依然在字里行间饱含着活泼的氛围。其二十二中描写的治疗肚子疼的方法，对于今天的我们来说是不科学的，但在林则徐的笔墨中我们也看不到丝毫对这种愚昧的鄙夷，倒是于诙谐中饱含着深切的同情。当然，《回疆竹枝词》三十首也并不是每一首都这般轻松洋溢，如其二十三中有“赤脚经冰本耐寒”，其二十七中有“荒城迢递阻沙滩，暑月征途欲息难”，这些又让我们看到了南疆少数民族百姓生活环境的恶劣和生存的艰辛，林则徐亲眼看见，感同身受，充满了人文关怀，读来让人颇有感触。

林则徐《回疆竹枝词》三十首，共计 120 句，840 个字，内容浅显易懂，意义丰富而深厚，如一幅线条清晰、色彩多样的连轴画，向我们较为全面而明丽地展示了南疆风情，对林则徐的遣戍生涯来说，亦是意外的收获。

二、邓廷桢及其《双砚斋诗钞》

邓廷桢(1776—1846)，字维周，号嶰筠，晚号妙吉祥老人，又号刚木老人，江苏江宁(今南京)人。嘉庆六年进士，选庶吉士，授翰林编修。历任延安、西安知府，湖北按察使、江西布政使、安徽巡抚、两广总督、闽浙总督、甘肃布政使、陕西巡抚等职。道光二十六年三月卒于任上。邓廷桢出身于书香门第，自幼嗜学，性耽风雅，精于音韵之学，是一个有独特思想的诗人、词学家。著有《诗双声叠韵谱》《双砚斋笔记》《嶰筠文集》《双砚斋诗钞》《双砚斋词话》《双砚斋词钞》等。

道光十五年秋，邓廷桢迁两广总督。在任期间，他改变之前赞成弛禁鸦片的主张，开始主持广州前期的禁烟活动。道光十九年，支持并协同钦差大臣林则徐严禁鸦片，二人合作创造了虎门销烟的壮举，举世震惊。鸦片战争爆发后，为换取英军退兵，道光帝将已调闽浙总督的邓廷桢革职，与林则徐一起交部严加议处。道光二十一年五月，道光帝以广东战败、虎门失守，归咎邓廷桢废弛营务，林则徐办理广东事件深负委任，将二人从重发往伊犁效力赎罪。

《双砚斋诗钞》十六卷，现存有清咸丰间刻本，国家图书馆有藏；清光绪间石印本，山东省图书馆有藏。共存古今体诗 1 132 首。其中卷十六收录邓廷桢谪戍伊犁后创作的一批表现爱国主义精神的边塞诗，如《伊江中秋》《伊丽河上》《出门有作》《天山题壁》《宿安西州》《宿玉门县》等。兹录三首如下：

> 今年绝域看冰轮，往事追思一怆神。天半悲风波万里，杯中明月影三人。英雄竟污游魂血，枯朽空余后死身。独念高阳旧徒侣，单车正逐玉关尘。
>
> ——《伊江中秋》

> 万里伊丽水，西流不奈何。驱车临断岸，落木起层波。远影群鸥没，寒声独雁过。河梁终古意，击剑一长歌。
>
> ——《伊丽河上》

> 叠嶂摩空玉色寒，人随飞鸟入云端。蜿蜒地干秦关远，突

兀天梯蜀道难。龙守南山冰万古，马来西极石千盘。艰辛销尽轮蹄铁，东指伊州一笑看。

——《天山题壁》

《伊江中秋》是邓廷桢的一首怀乡诗。与《万竹园旧居作四首》《金陵杂忆十首》不同的是，这首诗写得很悲壮、苍凉，“绝域”“冰轮”，以及“天半悲风波万里”“英雄竟污游魂血，枯朽空余后死身”等表现的是诗人沉郁、悲凉的个人感情。但邓廷桢没有沉浸在这种个人情感的宣泄之中，“单车正逐玉关尘”彰显了他的特定身份和效力赎罪的决心。《伊丽河上》是诗人在伊犁河畔送别友人的即景生情之作。“伊犁”原为部落语或部族语，因河得名，对其音译历代各不相同，“伊丽”“益离”“亦列”均为伊犁的同音异写。伊犁河全长1 500公里，是一条向西流入巴尔喀什湖的国际河流。所以，诗人开篇就写河水西流，描写了伊犁水源充足、土地肥沃的优越自然条件。结尾“河梁终古意，击剑一长歌”两句，表现了诗人豪迈的英雄气概。《天山题壁》是邓廷桢奉召东归，途经天山之作。“叠嶂摩空玉色寒，人随飞鸟入云端”写的是天山奇峭的景观和诗人上天山的感受。天山作为边塞风光中最具有代表性的山川植被，是新疆的象征，也是诗人咏唱的对象。对于渐行渐远的邓廷桢来说，天山给他留下了终身难以磨灭的印象。“艰辛销尽轮蹄铁”既是写天山艰险难行的恶劣环境，也是写艰难困苦的谪戍生活，淋漓尽致的写出了诗人肉体和精神所遭受的磨难。但邓廷桢是乐观的，“东指伊州一笑看”写尽了诗人获释东归的喜悦心情，增加了诗的曲折感和层次感。

邓廷桢绩学好士，所以创作了大量的题序诗、题画诗及赠答、唱和诗。众所周知，邓廷桢与林则徐关系密切，尤其是在戍期间患难与共，时有唱和，留下了不少的唱和诗、唱和词（详见《邓林唱和诗词合刻》三卷）。如邓廷桢作《立春前一日雪》，林则徐即依韵和之，作《和嶰筠〈立春前一日雪〉韵》；邓廷桢又作《人日复雪》，林则徐则又和一首《又和人日雪诗》。邓廷桢先后作《少穆尚书将出玉关先以诗二章见寄次韵奉和》《岁除志感兼呈少穆尚书四首》《奉和少穆尚书元夕步月原韵》《赠鹤和少穆》《偶成呈少穆》《少穆偕厚莽榷使载酒游药园余以病不能奉陪作此呈少穆》《少穆馈鱼口占志谢》《癸卯七夕少穆一飞厚莽集小斋为瓜果之会绝句三首》《寄怀少穆》《少穆被命还朝以诗二章迎之》等诗，从中可见二人在日常生活中相互关心关照，在患难时的相互支持和鼓励。这里举一首以示：

> 得脱穹庐似脱围，一鞭先著喜公归。白头到此同休戚，青史凭谁定是非。漫道识途仍骥伏，都从遵渚羡鸿飞。天山古雪成秋水，替浣劳臣短后衣。
>
> ——林则徐《送嶰筠赐环东归》其一

道光二十三年闰七月十七日，邓廷桢自伊犁东归，林则徐除作此诗送行外，还特地写家书嘱咐夫人在西安出城迎接邓廷桢一行。在诗中，林则徐为老友的赐环东归感到由衷的高兴，同时也表达了对革职流放的不平之意。

对于林则徐“青史凭谁定是非”“天山古雪成秋水”的诘问，邓廷桢在《少穆尚书将出玉关先以诗二章见寄次韵奉和》中回应：

> 天山冰雪未停骖，一纸书来当剧谈。试诵新诗消酒盏，重

看细字对灯龛。浮生宠辱公能忘，世味咸酸我亦谙。闻道江乡烽燧远，心随孔雀向东南。

相从险难动经年，莫救薪中厝火燃。万口褒讥舆论在，千秋功过史臣编。消沉壮志摩长剑，荏苒风光付逝川。惟有五更清梦回，觚棱只傍斗枢边。

林则徐有“宠辱皆忘”印章，所以邓廷桢说“浮生宠辱公能忘”，而“千秋功过史臣编”则是对林则徐“青史凭谁定是非”的最好回答。道光二十五年十一月，当得知林则徐获释，以四五品京堂回京候补的消息后，邓廷桢欣然作《少穆被命还朝以诗二章迎之》：

高皇拓地越乌秅，圣主筹边轶汉家。拟向轮台置田卒，特教博望泛秋槎。八城户版输泉赋，千骑旃裘拥节华。载笔他年增掌故，羁臣乘传尽流沙。

夔蚿心事最怜君，燕羽差池惜暂分。宣室忽闻新涣汗，霸陵真起故将军。春风远度天山雪，卿月重依帝阙云。往岁诗篇盟息壤，道周相候慰离群。

道光二十六年三月二十日，邓廷桢在陕西巡抚任病逝。此诗就成为邓林唱和的绝笔诗，邓廷桢、林则徐二人的交谊由此成为载入史册的佳话。

这个时期还有一些被革职遣戍到新疆的官员创作成绩相对突

出、且有作品流传。如：

牛坤，生卒年不详，字次原，直隶天津人。乾隆五十一年举人，嘉庆四年进士。历任翰林院侍读学士、云南提督学政、户部主事等。道光八年十月，因宝华峪地宫浸水，时任总监督的牛坤被革职发往伊犁效力赎罪，监督百寿、延凤发往乌鲁木齐效力赎罪。著有《读史杂咏》《花隐庵诗草》。

淡春台，生卒年不详，字星亭，广安州（今四川广安）人。嘉庆十五年举人，嘉庆二十五年进士。嘉庆二十五年五月，嘉庆帝谕旨淡春台等新科进士，交吏部分发各省以知县用，第二年即任嘉定县知县，后曾任吴江县知县。道光九年因筹饷擢升河南督粮道。道光十四年七月，吏部书吏孙清远“买官买缺诓骗听选官吏”舞弊一案案发，牵连出淡春台，其在查案过程中曾嘱托郎中董作模查出原案缺册后，“于未奏之先，抄写稿内出语”供其阅看，明显违规，后为表谢意，又向董作模等赠谢银一百两，朝廷查明真相后，同年九月，道光帝命将淡春台发往新疆效力。道光二十三年，林则徐要淡春台捐办屯垦，共为戍边效力。道光三十年释回，官复河南督粮道。66岁卒于家。赠中宪大夫。据《巴蜀历代文化名人辞典》记载，淡春台著有《嘉定赈灾条例》一卷、《拟办新疆屯田事状》三卷、《星亭文集》二卷、《杂著偶存》二卷。

第四章　咸丰朝至宣统朝新疆的流贬文学

咸丰元年(1851),太平天国运动爆发。太平军势力迅速扩展,声势浩大,造成南北道路受阻,各省道路梗阻,清政府将应发往南方极边烟瘴地区的人犯改发新疆种地、当差,后改发陕甘安置。同治元年(1862),陕甘地区爆发回民起义。同治三年,新疆地区又爆发叛乱。次年,浩罕汗国(今乌兹别克斯坦浩罕市一带)军官阿古柏趁乱入侵新疆,先后占领喀什噶尔、和阗、叶城、阿克苏、焉耆、吐鲁番、乌鲁木齐等地,并建立了侵略政权“哲德沙尔国”,新疆地区社会经济遭到严重破坏。

鸦片战争以后,沙俄对新疆地区的侵略更加肆无忌惮。咸丰元年八月,强迫清政府签订了《中俄伊塔通商章程》;同治三年十月,又签订了《中俄勘分西北界约记》;同治十年七月,侵占伊犁之后,惠远城,巴彦岱、霍尔果斯、绥定、拱宸、瞻德、广仁、塔勒奇诸城城垣大都被摧毁,倾圮殆尽,官署民舍、仓库兵房等被夷为平地,水利农田悉成荒废。阿古柏和沙俄入侵新疆,导致新疆地区原有军政机构几乎全部瓦解,各族民众人亡家破、流离失所,土地荒芜,生产力水平严重衰退。

同治九年,清政府进行了最后一次修例,将二十五条应发新疆种地、当差以及为奴遣犯改发极边烟瘴充军，例载八条情罪重大应遣新疆为奴遣犯改为暂行监禁。从同治元年至光绪九年(1883)，按例应发往新疆的遣犯不得不中止发遣。

光绪二年至光绪四年，督办新疆军务的钦差大臣、陕甘总督左宗棠率领湘军西征，克服军费不足等种种困难，指挥清军迅速平定阿古柏叛乱，收复了除伊犁以外的新疆地区。光绪七年二月，清政府与俄国签订《伊犁条约》，收回伊犁。经左宗棠、谭钟麟、刘锦棠的不懈努力，光绪十年十月，清政府任命刘锦棠为甘肃新疆巡抚、魏光焘为甘肃新疆布政使。十一月，下诏设新疆行省，省城定在迪化(今乌鲁木齐)。新疆建省后，将内地实行的地丁合一制度推广到新疆，允许内地人民移居新疆，加上郡县制代替了伯克制，促进了社会经济的恢复与发展，也推动了新疆城市的重建、恢复和发展。

新疆建省后，社会经济亟待恢复，需要大批劳动力。于是，清政府又开始向新疆发遣人犯和官犯。但受当时国内外形势变化和发展的影响，向新疆遣犯的数量不多、时间也不长。宣统二年十二月(1911 年 1 月)，清政府颁布《大清新刑律》，彻底废除流刑和遣刑，自此以后中国历史上再也没有流人。

第一节 咸丰朝至宣统朝新疆的遣犯与贬官概述

为解决新疆劳动力不足的问题，刘锦棠呈请清政府批准将例载暂行监禁八条人犯发往新疆屯田，并于光绪十三年，制定了《新疆屯垦章程》。清政府同意将直隶、山东、山西、河南、陕西、四川、甘肃七省秋审减等之犯发往新疆,也批准了《新疆屯垦章程》。规定发遣新疆人犯和招募种地的农民一起安置,编入新疆当地民册,给地耕种纳粮。第一批人犯有1 064名,分别安置在乌鲁木齐、昌吉、阜康、奇台等地。光绪十五年,清政府颁诏大赦天下,所有发遣新疆人犯一律免罪入籍为民。这些遣犯大多是无赖之徒,入籍为民后恶习不改,贻误屯田,甚至欺压平民,成为当地社会的不安定因素。于是在光绪二十年,根据新疆巡抚陶模的奏表,清政府停止向新疆发遣人犯。而此时内地各省的流放也是名存实亡,基本处于停滞状态。

当时清朝的流放制度受到西方国家刑罚体系的冲击和西方国家刑罚理念的挑战,弊端重重,越来越不适应社会的发展。迫于国内外严峻的形势,清政府不得不宣告实行"新政",于光绪二十六年十二月颁布"变法"上谕。光绪二十八年四月,根据张之洞、袁世凯、刘坤一三人的联衔上疏,清政府同意"着派沈家本、伍廷芳,将一切现行律例,按照交涉情形,参酌各国法律,悉心考订,妥为拟议,务期中外通行,有裨治理。俟修定呈览,候旨颁行"①。清政府的变法修律使中国法律近代化终于迈出了第一步。经过数年的努力,宣统二年五月,清政府颁布《大清现行刑律》,用罚金、徒刑、流刑、遣刑、死刑取代传统的五刑。遣刑从流刑中分出来,成为降死一等的法定刑。遣分二等,一是极边足四千里及烟瘴地方安置,一是发新疆当差,犯人不论工作与否,俱收各省习艺所,织带编筐,工作十二年后释放。以上对流放制度

---

① 朱寿朋编《光绪朝东华录》(五),北京:中华书局,1958年版,第4864页。

的改革引入了西方惩治教育的思想，但修订法律大臣沈家本认为在交通日便的情况下，流刑渐失其效。光绪三十三年八月，沈家本在《奏刑律草案告成分期缮单呈览并陈修订大旨折》中提出："兹拟改刑名为死刑、徒刑、拘留、罚金四种，其中徒刑分为无期、有期。无期徒刑，惩役终身，以当旧律遣军。有期徒刑三等以上者，以当旧律三流，四等及五等，以当旧律五徒。"①宣统二年十二月，数易其稿的《大清新刑律》正式公布。这是中国历史上第一部近代刑法典，其中第三十七条规定，刑罚分为主刑及从刑。主刑之种类及重轻之次序为死刑、无期徒刑、有期徒刑、拘役和罚金五种，从刑分为褫夺公权和没收财产两种，彻底废除流刑和遣刑，废止了沿用历史悠久的流放刑罚。

这个时期，发遣新疆的贬官有李庆什、郑祖琛、冷震东、程矞采、龚裕、曾芝荃、谢洪恩、杨殿邦、但明伦、张昶、黄德坊、朱璐、胜保、达魁、达谨、陈孚恩、英秀、阿弼善、庆英、乐斌、章桂文、炳善、岳广、赓音图、乌仁泰、王履谦、瑛棨、赵沃、载澜、李端棻、岳钟麟、苏元春、杨炳堃、雷以諴、朱锟、张荫桓、裴景福、陈一山、郭子芳、凌杏如、马仲篪、吉通、惠恭、谢智夫(即谢永谦)、宜麟、王正堃、马振芳、邓廷璧、马世芳、胜亮、刘起瑞、恒喜、江起龙、荣和、岑盛霭、李春意、王同仁、王地山、李得缤、刘芳池、祝鸿标、马绍星、韦京、刘春集、王瑞联、赵贵华、徐绍垣、马福兴、申瑞琳、王得贵、罗桢、明立、王丰田、刘攀龙、李成金、张忠祥、刘士清、刘鸿烈、马振江、陈桂林、刘荫琛、穆秉文、李振声、董遇清、张成濂、赵赓云、陶鼎、彭诒孙、高

① 故宫博物院明清档案部编《清末筹备立宪档案史料》(下册)，北京：中华书局，1979年版，第848页。

万选、邓廷忠、王绍谟、高尔嘉、钟镛、顾埙、侯锦云、刘鹗、忠孝、姚学镜等，他们在戍地安分守法，“或襄理巡警，或勘查矿务，或供差书局，或帮办屯防，无不黾勉从公，力赎前愆”①。下面以其中能诗文者分别予以论述。

① 周轩著《清末新疆的最后一批流人》，《西域研究》，2002年第4期，第44页。

第二节　裴景福与《河海昆仑录》

裴景福(1854—1926),字伯谦,号睫阇,安徽霍丘县新店埠人。光绪五年中举,光绪十二年进士,授户部主事。光绪十八年改官广东知县,先后补陆丰、番禺、潮阳、南海四县县令。任南海知县时,才干出众,号称"广东能员"。光绪二十九年,岑春煊密奏任南海知县的裴景福为贪吏之首。慈禧太后下旨革职查办,最终被定数罚款12万元。光绪三十年七月,慈禧下旨,将裴景福发往新疆充当苦差,永不释回。光绪三十一年三月,裴景福从广州出发,于次年四月抵达迪化(今乌鲁木齐)戍所,行程中始著《河海昆仑录》。宣统元年,给事中李灼华为其申雪,经复查,同年七月得赦归。民国十五年去世。著有《河海昆仑录》六卷、《睫阇诗钞》六卷,辑有《壮陶阁书画录》二十二卷,镌有《壮陶字帖》六十四册。

一、裴景福谪戍乌鲁木齐考

光绪二十五年四月,裴景福任潮阳县令。十二月,调署南海县。光绪二十七年,仍在南海任县令的裴景福受到两广总督弹劾,丢了乌纱帽。其中缘由,主要有两种观点:

其一是"牵连说"。金天翮在《裴大中景福传》中云:"方谭钟麟督粤,岑春煊以功臣子特简广东蕃司,锐欲有为,与钟麟议不合,至抵几相诟。而景福事钟麟谨，不附春煊。春煊怒，欲劾之。会奉诏入觐，值义和团倡乱，八国联军入京，以扈驾功授晋抚。癸卯，两广总督德寿保景福以道员用，送部引见，未行。春煊移督两广，至即檄藩司撤景福任，而密电劾景福赃罪，夺职下狱。”谭钟麟为两广总督时，广东布政使岑春煊“锐欲有为”，想要在各方面大刀阔斧地进行改革，因此与钟麟政见不合，进而发生矛盾，几乎达到“相诟”的地步。当时“景福事钟麟谨，不附春煊”(《皖志列传·裴景福传》)。裴景福作为保守派的官员，赞同谭钟麟，惹得岑春煊大怒。岑春煊正想要弹劾景福，以减弱谭钟麟的势力，不料有诏令其入觐。岑春煊一时没有得逞，就静待时机上奏弹劾。

其二是“报复说”。《睫阁诗钞·陈序》:“先生之任南海也，廷旨捕南海康有为，籍及家，括尝所往来书，廉其党。先生奉檄偕知府王君存善往。西林(岑春煊)方为布政使，与康交，惧事泄，令择要人书藏之。先生察其书皆通候往来，任王君持以献粤帅，固为达也。而西林则大恨。未几，(西林)移陇藩，擢疆帅。及是，移督粤疆。甫至，辄檄司撤(景福)任，劾为赃吏，夺其官，奏永戍新疆。”岑春煊持有维新派的观点，与康有为相交甚好，“百日维新”后，慈禧太后下旨捉拿康有为，岑春煊因为书信害怕受到牵连，想找裴景福索要信件，裴景福上交粤帅，岑春煊因此对裴景福怀恨在心，势必要打击报复。

光绪二十九年四月，两广总督德寿保裴景福以道员用，送部引见，未行。闰五月丁未，岑春煊移督两广，一到任即以“夙怨挟嫌檄藩司撤伯谦任，而密电劾其赃罪，深文周纳，誓必杀之”。同年八月，裴景福收监，情绪低落。传讯时，执事者曰:“大帅谓尔贪赃。”裴景福说:“然，随夷溷兮跖跻为廉，东汉党人、东林党人，国朝陈恪勤、张伯行、蓝鹿州，当时上官皆指为贪赃，何况区区？”[1]光绪三十年，岑春煊派的官员查裴景福赃案没有实际的证据，于是就让裴景福缴纳罚金十二万元。同年二月，裴景福缴罚金四万元，又凑缴股票衣物三万元，已经家徒四壁，岑春煊犹穷索不舍。三月，裴景福逃到澳门，想请律师为他辩护。奈何岑春煊早已了解他的行踪，就派军舰向澳督要人。裴景福生气极了，想跳海而死。父亲浩亭公骂他：“逃则永为异域之鬼，死则必加以畏罪之名。尔昏乱至此，平日读书何在？速归，祸福听之可也。”裴景福省悟，即向澳督报到。六月，回到广东的监狱，每天习字吟诗，把一切置之度外。十二月，在狱中作《甲辰十二月十九日岭南寿东坡》，想要学习苏东坡的旷达精神。光绪三十一年正月，岑春煊奏请慈禧将裴景福谪戍新疆，永不释回。

宣统元年，给事中李灼华上疏为裴景福鸣冤，旨交粤都张人骏查覆，无果，得恩赦。赦归后，裴景福居住在无锡，以金石书画自娱，收藏甚丰。

二、裴景福赴戍所路线及交游考

光绪三十一年三月二十七日，裴景福从广州出发，根据《河海昆仑录》所述，其赴戍路线如下：广州—自南雄至梅岭，入江西界（四月十七日）—吉安府庐陵县（五月二日）—与金陵来之诸弟会于南昌，夜登滕王阁（初十）—自九江德化县渡江，至隆德镇，入湖北界（六月初二）—自黄梅县至宿松县，入安徽境（初四）—

① 李兴盛著《中国流人史》，哈尔滨：黑龙江人民出版社，1996年版，第898页。

桐城县(初八)—至舒城县北五十里梅花降,与自金陵单身徒步来之胞弟景绥晤(六月十五日)—合肥—永城县,入河南省界(七月初九)—开封(七月二十六日)—至郑州,望黄河(八月十二日)—洛阳(十八日)—函谷关(二十一日)—潼关(三十日)—至西安(九月初七)—泾州(二十七日)—登六盘山(十月初六)—兰州(十月十六)—第二年正月,滞兰州—甘州(二月初二)—游酒泉,至肃州(二月十九)—登嘉峪关楼(二月二十六)—至玉门关(二月二十九)—星星峡(三月初十)—哈密(三月十六)—至迪化(四月初八)。

裴景福从广州启程后,度过大庾岭,经江西、河南入陕西,然后西行入甘肃而至新疆之乌鲁木齐,全程11 720余里,从光绪三十一年三月二十七日始,至三十二年四月初八日止,共370余天。

光绪十二年春,裴景福中三甲第四名进士,同榜知名者有新城王树枏晋卿、金坛冯煦梦华、富顺宋育仁芸子、贵阳陈夔龙筱石、胶州柯劭忞凤孙、天津徐世昌卜五。新疆省台宪与裴景福同榜,视裴景福为上宾,委其代理电报局长,委其子为迪化县令。七月十八日裴景福入抚署居西厅之南屋。不久,同年好友王树枏就任新疆布政使,到任即开“省志”“舆图”两局,空暇时与裴景福互访,杯酒论文,裴景福视为西来第一快事。

光绪三十年四月,裴景福好友苏元春由斩监候改为遣戍乌鲁木齐。经过新任命的两广总督张人骏的查覆,同年七月,二人均得以赦归。于是二人相约,一同入关。不料,至十月下旬,苏元春因病卒于戍所,裴景福悲痛不已,写有挽联云:“铜柱镇南关,薏苡明珠,太息长城真自坏。玉关劳北望,创瘢血斛,伤心敞盖盼君恩。”①

三、《河海昆仑录》的版本与内容

裴景福在《河海昆仑录》序中言:“盖自去年三月二十七日发广州讫此日到迪化,历时年余,行程已一万一千七百余里矣。凡道途之所经历,耳目之所遭逢,心思之所接斗,逐日为记,悉纳之囊中。其长言之不足者,更缀之以诗,以道其志,事之所寄,书成都十七八万言,厘为四卷,名曰《河海昆仑录》。”《河海昆仑录》全书约十八万字,一共分为四卷。《河海昆仑录》于1907年刊刻,后中华书局传有影印本,又有注释本行世。1973年台湾文海出版社出版,收入《近代中国史料丛刊》(正编第3辑)本。

关于《河海昆仑录》书名的由来,裴景福说:

> 纪文达为人题图云:“何当痛饮黄羊血,一上天山雪打围。”洪北江为人题图云:“便欲办鞋三百两,径从山胁上昆仑。”未几,俱谪西域。丙戌秋,余留都门有句云:“难从碧海求神药,再溯黄河问女牛。”及官番禺令,吟旧靴句云:“一笑何时便脱去,芒鞋蹑起到昆仑。”今亦逾岭海而西,渡江泝河,步二公后尘,放乎昆仑之墟。言为心声,几之先动,有莫之为而为,莫之致而致者,因举途次所得,汇为一编,取前诗之意,眉曰《河海昆仑录》云。

① 李兴盛著《中国流人史》,第901页。

裴景福西征行程，始于岭海，中经黄河，最后达到昆仑，所以叫《河海昆仑录》。《河海昆仑录》为裴景福抵达戍所后整理出来的文集，内容主要是记录一路的行踪与感受，所经之地的风光景色，土俗物产，乃至地理沿革、人物古迹等。如：

戈壁皆粗沙杂石，无田土，无草树，无人烟，禽兽亦少。自安西至哈密，偶有二三雀鸟。所可见者，天光云气日月星斗而已。天色无青蓝，惟白暗朦胧，亦无片云浓雾，日色昏昏淡白。

裴景福也在书中记事，如他曾有一个仆人叫李芬，因家道中落，流落关中，裴景福遇见他了，便带他一路同行，到木垒河时，李芬在壁上题诗，裴景福不知李芬也会写诗，不胜感慨，也题了一首在墙壁上，表现了西行气候的恶劣和路途的艰辛。如《宿木垒河》：

大旗翻落日，破帽抗行尘。鞭影当头喝，峦容没骨皴。村荒狼负豚，沙迥鬼呼人。夜半胡笳动，明灯照棵轮。

裴景福光绪乙巳（1905 年）九月丙戌入潼关，一路向西往天山，时时要经历“风沙之域，焦侥之野”，但他几乎是“移步换景”地在观察，“移步换景”地在抒写。凡遇名胜古迹，即赋诗题咏，如《玉门早发》等。裴景福在书中抒发自我情感，因遭贬远戍而西征，心中抑郁可想而知，西行途中的艰难困苦也是历历可见，但他所行之处，总能励精图治，弘扬先贤，感发友人，启迪自警。如《生还·阜康道中》：

生还偶遂莫非天，一棹江南去渺然。傥傍要离坟畔死，定穿高冢象祁连。

杏花春雨是归期，倦鸟孤飞意自迟。万里相携定何物，三年风雪百篇诗。

五年乌帽抗边尘，比似东坡少二春。无数青山犹识我，归来且喜是陈人。

裴景福将自己与东坡作比，学习苏东坡的旷达，也是警示自己，表达他最真挚的情感，从而深化了咏叹的主题。

四、《河海昆仑录》的价值

《河海昆仑录》的价值有二，一是史料价值，主要在于它记述了近代史的若干断片和晚清政治腐败，以及对某些历史人物的侧记。二是从地理学的角度来看，它记载了万里征途中很多自然景观和文化现象，使它具有人文地理野外考察记录的价值、文学价值和文献价值。

（一）文学价值

裴景福利用日记的形式，在书中既有短文叙事，也附有诗歌抒怀，短文隽永，诗歌颇有唐朝遗韵，如《哈密》：

天山积雪冻初融，哈密双城夕阳红。十里桃花万杨柳，中原无此好春风。

唐人边塞诗，的确有如岑参、高适亲历西北边塞之作，而更多的则如《从军行》《出塞》《塞上曲》《塞下曲》一类乐府旧题，诗人写作或古题古意，或古题今意，黄沙、白草、边城、落日、大漠、孤烟，往往成为边塞的象征，苦难的虚拟，正如裴氏感叹："关外景象荒寒，唐宋诗人多浑写，不能曲尽。"当裴景福身临荒寒时，其景、其物、其事、其情，耳闻目睹，而他又善于化用唐人诗意呈现目睹情景，诗情画意，古今"穿越"，加强了诗歌的历史感，大大扩大了诗歌张力。而这首《哈密》是写新疆的佳作，裴景福极力歌颂哈密的美景，"十里桃花万杨柳"认为是中原没有的景色，让人耳目一新。

裴景福在路途中也采用了六言诗的形式抒发喜怒哀乐之情，如《对酒》：

> 压鬓风霜吹白，惊心烽火飞红。对酒忽思年少，铜琶铁板江东。

六言诗，在中国古典诗歌史上，可谓凤毛麟角，唐代著名的有王维《田园乐七首》(《辋川六言》)、张说《破阵乐词二首》。王维七首，六言四句体；张说二首，六言八句体。二体均见于唐教坊舞曲。据任半塘先生《唐声诗》所录，六言四句体用于《回波乐》《三台》《舞马辞》《轮台》《塞姑》。六言八句体用于《三台》《破阵乐》《谪仙怨》。裴景福《玉门早发》一诗采用六言八句，节奏鲜明，铿锵之声，犹如在耳。《对酒》一诗采用六言四句，节奏更为鲜明，追忆年少，感叹年华不再，情绪更加饱满。

《河海昆仑录》文笔流畅，抒情、叙事、议论均恰到好处，颇富文采，有些章节可称得上是绝妙的游记文学，是一部不可多得的优秀文学作品。

（二）文献价值

裴景福曾对王树枏说："我辈此行，于西域风雅文献，饶有关系。欧风东被，旧学将亡，此会恐不可再得。"《河海昆仑录》所做记录，也成为了敦煌学、地理学等考据的文献之一。

据伯希和《旅途行记 1906—1908》中记述，在 1907 年 12 月 30 日伯希和面见吐鲁番官员曾炳熿时，谈及曾氏所撰《新疆吐鲁番厅乡土志》，伯希和在此指出该书与裴氏《河海昆仑录》对坎儿井的认识犯了同样的错误。这些都是伯希和在到达敦煌之前阅读并研究过裴著的例证。

此外，伯希和与裴景福还曾就《河海昆仑录》所记载的敦煌写本和绘画的年代问题进行过认真的讨论。伯希和回忆裴景福早先对他讲述所见叶昌炽收藏的写本绘画时那些推断和初步的论证，并用裴氏的观点与手中的真迹相互印证。裴景福在品评叶昌炽所获敦煌绘画时说："佛像立幅用绢，红绿灿然，俗匠所绘，不如书经之古。"[①]裴氏没有确切记录所见叶氏所藏敦煌画卷的题名或者内容，叶昌炽的日记则记载自己出示"佛像三帧"请裴景福鉴赏时的细节，鉴于裴景福《河海昆仑录》上并无叶氏藏画不早于明代的记录，故可推断是裴景福与伯希和当面讨论时所说，而非伯希和阅读《河海昆仑录》原稿后的记忆。

敦煌写本为唐代写本的观点，裴景福在《河海昆仑录》中确有提及，这是 1906 年与叶昌炽见面后记下的，他从字体、卷幅形制、

---

① 裴景福著《河海昆仑录》卷二，迪化官报书局，清宣统元年（1909），《近代中国史料丛刊》初编影印本，台北文海出版公司，1967 年版，第 205—206 页。

纸张质地等方面作出鉴定，断定所见写经为唐代写本；而叶昌炽于1903年得到这些写本之后已经判断为唐代写本，与裴氏相同。叶氏所获的敦煌佛经写本主要是1903—1904年敦煌知县汪宗翰和敦煌人王宗海赠送的，叶氏《缘督庐日记》光绪二十九年十一月十二日（1903年12月30日）定为唐写本。可见，《河海昆仑录》具有一定的文献价值。

第三节　杨炳堃　张荫桓

一、杨炳堃与《吹芦小草》

杨炳堃(1786—1858),又名炳坤,字蕉雨,浙江归安县(今湖州市)人。嘉庆十八年(1813)拔贡。历任河南密县知县、信阳知州、湖北汉阳知府、云南迤东道、湖南盐法长宝道、署湖南布政使等职。道光二十九年,湖南南部水灾,米价昂贵,官绅乘机盘剥,民心愤怨。游民李沅发组织"把子会",劫富济贫,蓄发抗清,聚汉瑶农民300余人起义,攻占县城,杀县官,砸监狱,并建立起义军的各级组织。杨炳堃随湖南巡抚冯德馨围城攻剿,收复县城后因冯德馨奏报失实,进剿不力,被湖广总督裕泰弹劾,杨炳堃也随之一并发往新疆。咸丰元年正月,由汉口启程,有其弟小瀛、姨甥王一斋偕行。次年四月,抵乌鲁木齐。咸丰三年十月,释回。后卒于乡。著有《中议公自定年谱》,后附有《吹芦小草》。

(一)《吹芦小草》的创作与版本

《吹芦小草》附于《中议公自订年谱》后,年谱八卷,《吹芦小草》一卷,现流传的多为清光绪十一年归安杨氏刻本。《中议公自订年谱》又被列为清代史料,名为《杨中议公自订年谱》,于咸丰四年修订。该谱为日记体年谱,卷首自序云:"甲寅,予自塞上归来,戚友辈以予外任年久且远行还家,生平事实不可无所传述,道取历年日记,择其稍有关系者摘录成帙,定为年谱。"该年谱共八卷,以时为序，收集了杨炳堃人生任职期间的大事记，条款、呈文、记等，有序帖录。此年谱年代久远，内容丰富，所记内容皆为杨中议公“身之所经，心之所寄”，也记载了杨炳坤主持兴修水利，调解民事纠纷，禁赌倡廉等政绩，是研究清代历史的宝贵资料。杨炳堃另有《西征往返纪程》（又名《西行纪程》）一书，谪戍新疆的经历可与《中议公自订年谱》相互参校，《吴丰培边事题跋集》有关于二者的记载：

余酷嗜新疆史地之图籍，五十年来，公私藏所，偶有所见。已刻之本，则设法购取。稿本抄本，则借得手抄，积有数十种。今取其记程之作，成《甘新游踪汇编》，得三十余种，此书亦为四十年前手抄之一种。书较罕见，余初见抄本，既又见著者杨炳堃著有《中议公自订年谱》八卷，而此记程则全部录入年谱之中，因取而校之。著者生平不见于史传，就书中所记，始知炳堃字蕉雨，浙江归安人，以拔贡考取一等，以知县分发。道光十三年，由河南信阳州任内，升为湖北汉阳知府，在任七年，升为湖南盐法长宝道。因新宁会匪李沅发滋事之案，围捕不密，发往新疆军台效力，乃于咸丰元年二月二十六日，自湖南省城出发，登舟至汉口，车行至许州，转陕甘而入新。其自序云：“所历之区，山川古迹，风俗好尚，以及路之险夷，地之饶瘠，风腑露毂，触目皆成景物。”①

《西行纪程》为杨炳堃谪戍新疆时所作日记，《中议公自订年

① 马大正等整理《吴丰培边事题跋集》，乌鲁木齐：新疆人民出版社，1998年版，第192页。

谱》将它全部纳入(见于卷六、卷七),《吹芦小草》为著者谪戍新疆所作诗集,内容和著者经历之事吻合,有助于知人论世。根据年谱记载的流贬路线,可见《吹芦小草》的诗作名称按照作者路线编排,浓墨重彩地描绘出一幅西行图画长卷。

根据《吹芦小草》诗作名称,可见杨炳堃西行和返乡路线:途经湖北,有《滠口道中口占》(二首)。行至甘肃,有《仲冬十四日过六盘山口占》(四首)、《秦陇道中杂诗》(十首)、《山丹道中》(二首)、《旅次安西州三道沟,和壁间韵》《小湾旅次再叠前韵示一斋》《次马莲井和韩玉符刺史(赐麟)韵》(四首)等诗。进入新疆,有《别署哈密别驾韩玉符刺史同年行次南山口却寄,仍用前韵》(二首)、《与小瀛弟、一斋甥登天山顶》《望天山作》《过天山达坂》《出得胜关抵松树塘宿》《望蒲海》《过木垒河》(四首)、《滋泥泉遇雨》(四首)等诗,共计 39 首。返乡途中,写于新疆的有《十月朔日,自乌鲁木齐起程回南,重过三台口占》《住芨芨台,大风雪,呈乐彦亭将军》(二首)、《乌兔水途次阻风,简徐雨田》《道经巴里坤,寄宿郡斋,留驻一日》《过奎素梁》《重过天山,和萨湘林将军壁间韵》等。写于甘肃境内的有《宿惠回堡》《明日进嘉峪关迟大车不至》《仲冬十一日,进嘉峪关》(二首)、《甘州道中》(二首)、《山丹县》《宿余家湾》《三月二十二日重过青岚山》(二首)、《静宁道中口占》等。写于陕西境内的有《长武公馆庭中,牡丹数丛,含蕊未开。口占》《成辑轩太守来晤见示游华山绝顶诗赋赠》《立秋后一日,偕同人至小雁塔,送白熙亭观察(维清)赴任陕安》(三首)等,共计 23 首。杨炳堃西行时,往来归去之线路,单看诗名便一目了然,可见,《吹芦小草》因作者为记录西行所感所经之事而作。

(二)《吹芦小草》的内容与特点

《吹芦小草》收诗起自道光三十年十月（1850 年 12 月），即赴戍上路前四个月，作于湖南长沙，止于咸丰四年七月（1854 年 8 月），即抵家前一个多月，作于陕西西安。根据诗作内容，主要分为三类。一类为交往酬和诗，多记载作者与官员、朋友、亲人之间的交往与西行生活；二类为边疆风俗诗，记载了西行和返乡途中所到之处山川景色，风俗人情；三类为个人感怀诗，作者蒙冤被贬，在路途中多抒发思乡之情和流贬的淡然，以平静的心态面对谪戍。

1. 交往酬和

杨炳堃因“连带责任”谪戍新疆，受到同人们的同情，但杨炳堃有必然释回的决心，他写诗安慰因他获罪回乡探望的两位弟弟：“预想迎门话季昆，玉关天远不须论。山川跋履吾经惯，他日归来好课孙。”此去新疆虽然路途遥远，但是我早已习惯长途跋涉，你们无须担心我。在西行途中，杨炳堃又写诗给两位弟弟：

> 川南楚北费平章，齐上兰舟返故乡。怪底老渔相问讯，欲报平安问此君。日夕相呼谊转亲，暂时分手易伤神。簪萸插菊浑无赖，懒作登高落帽人。
>
> ——《吹芦小草·再寄两弟》

重阳节，杨炳堃与自己的弟弟们分隔，他孤身一人不愿意登高望远，以免徒留悲伤，自怜之意，溢于言表。

杨炳堃赠予亲朋好友的诗作，多是表达自己的思乡和西行路上的感慨，也向朋友们送去祝福表达谢意，更多的是“报平安”。如《送王一斋甥赴汴梁》：“两世交情数纪群，鸰原曾与话殷勤。澜清霜落归期近，欲报平安问此君。”在交往酬和诗中，数量最多的是写给亲朋好友的赠诗；少量和各级官员的酬和诗，内容以歌功颂德为主。如：

尘世劳劳一局棋，喜占来复见亨衢。手持万里宣风节，大慰三军挟纩思。俭德未闻豚掩豆，豪情更乏酒如池。鲰生别有临岐感，阙月重圆世所稀。

——《驻巴里坤赠孟定轩大臣保》

杨炳堃竭尽词汇赞扬官员们的政绩，也表达官员们对他盛情款待的感谢，更多的是对朋友们的依依不舍之情，如：《道光庚戌孟冬，同人设饯公谳，赋谢二首》、《辛亥春仲，同人饯别，再叠前韵赋谢》（二首）。

2. 风景习俗

《吹芦小草》中有诗60余首，主要描写大西北异于内地的气候环境、高山大漠和风尚民俗。杨炳堃在释罪回乡后的总结中，谈到“此去观风兼问俗”，这类诗歌中多为描写西北风光和民风民俗作品。杨炳堃在《与小瀛弟、一斋甥登天山顶》中以“插汉嵯峨孰与齐，此身浑已上丹梯”来描写天山的气势，因为旅途常常能看见天山，又写《望天山作》诗：

好与天山结净缘，时时相见马头前。上留太古难消雪，长做人间不涸泉。苜蓿春深朝牧马，畚畲岁熟旧屯田，边疆生计资滕六，合建零祠祀几筵。

作者描写天山常年不化的积雪，溶化后滋润了天山周围的牧民，维持边疆牧民的生计。因为看到天山的风景，而感慨边疆牧民生计不易。作者也描写旅途艰辛，因为西北气候的变化而带来的不便：

惊沙扑面受风欺，草草征衣尽化淄。好雨如丝真入扣，洗尘将届到来时。

紫塞风光阅历多，最难甘泽应时和。瓜畦麦陇青如毯，遍听茅檐喜雨歌。

剪烛深宵话未阑，白杨河外雨声残。他年重过来时路，记取披裘五月寒。

——《滋泥泉遇雨》(四选三)

西北植被稀少，风沙扑面，因为一场及时雨，让瓜田变得更绿了，雨后，气温下降，到了五月仍然需要穿厚衣服。西北风景不同于关内，作者因为难得一遇的适宜的雨天而欣喜，也间接地写出了西北气候的恶劣。

在西行途中，木垒河是去往乌鲁木齐必经的站点，前人谪戍时经过此地留下了大量的诗篇，杨炳堃也即兴赋诗四首：

回首云山飘渺中，几时重见马头东。朝来木垒河边过，欲访边情试采风。

烟火千家接市廛，踏歌声里奏神弦。缠头家住垂柳下，齐绾同心唱小年。

——《过木垒河》(四选二)

杨炳堃写出了新意,在吟咏木垒河的诗作中,大多直接描写这里的风光,这里外部风沙走石,内部是难得一见的河流,滋润一片绿洲。诗人们大多心情抑郁,主要是因为谪戍,边关条件恶劣,旅途辛苦。杨炳堃的诗充满欢乐,是因为他到这里正好赶上了古尔邦节,大家欢庆节日,一片欢歌笑语。身心疲惫的杨炳堃在感受到欢乐祥和的节日气氛后,不由得换以一种轻松愉快的心情来了解当地的民风民情。

在杨炳堃的诗作中,描写边疆风景、习俗的诗成就最高,韵律和谐,以景写情,少了谪戍的抑郁和怨念,多了一份淡然和"出门采风"的轻松愉悦。

3. 个人感怀

《吹芦小草》中有少量的感怀诗,主要表达诗人谪戍时的孤独,思念家乡、回乡后对边关的不舍和忠君爱国的思想,"吾既以身许国,无所避罪"①。杨炳堃即使无端获罪,也无怨恨,而是表现出一种豁然大度的胸怀。当有人问:"以此获罪,得毋芥蒂于心乎?"杨答曰:"否。夫人臣身与戎行不克事事固无所逃罪,且夫有功则争赏,有罪则辞罚,非纯臣也。"杨炳堃在《述怀》中,也表现出了他的这份豁达:

万里长征后,心情海样宽。回思戈壁大,愈宽旅居安。失

① 杨炳堃著《中议公自订年谱》,归安杨氏刻本。

马原无惜，亡羊那足叹。鉴观惟止水，古井息波澜。

杨炳堃在新疆生活了三年，回乡后再次回想起这次旅程，觉得戈壁宽广，人的胸襟也该如此。对过往概不追究，继续平安生活，平静地生活。作者回乡，用"风利帆轻江水平，蓬窗历历数归程。相思远道无多事，更从何处卜穷通"来表现自己真的释怀了。

作者在旅途中数次梦见自己回乡，如《偶作》一诗所写："梦到家山近，时闻欸乃声。一江新涨水，万里已归人。稚子抠趋肃，闺中笑语频。觉来犹是客，尚尔滞风尘。"自己回到山水宜人的地方，孩子们一片欢声笑语，自己怡然自乐，醒来时才发现自己仍然身在异乡，十分失落。杨炳堃所作感怀诗，情感充沛，多采用五言，韵律和谐，读来值得回味。

（三）《吹芦小草》的价值及影响

清代官员流放新疆，他们赴戍途中或在戍期间，大都会在诗作中吟咏所经历各地的风土民情。尽管杨炳堃在清代诗人里没什么名气，官方史料中也少有记载，其诗与纪晓岚、洪亮吉、林则徐等人的诗作相比，稍逊一筹，但杨炳堃诗中关于新疆史地的内容，是值得我们珍视的。

虽然《清诗三百首》里没有收录杨炳堃的诗，但在《吹芦小草》159首中也不乏佳作。如：

平生南北惯长征，西望岧峣梦不成。垂老竟思投袂起，冲寒翻作荷戈行。飘零书剑常随镫，绵邈关山好纪程。剩有吟怀消未得，夜阑时见墨纵横。

——《秦陇道中杂诗》其一

这首诗诗律严格，抑扬顿挫，用韵稳妥，颇有老杜遗风。首联尾联为实写，颔联颈联为虚写。“征”“成”“行”“镫”“程”“横”的使用，成功表达了作者年岁已老，依然向往着投袂荷戈、书剑随身、策马奔腾的壮志豪情。杨炳堃善用五言诗述怀，《偶作》中用“一江新涨水，万里已归人”一句，描写出作者迫切想要回乡的心情，离家万里回到家的欣喜；又用“稚子抠趋肃，闺中笑语频”简单的十个字描写了天伦之乐的美好，不写思乡，用梦境的方式来描绘场景，让自己的思乡之情越发浓烈可感。

杨炳堃写了三首五律诗《去乌桓后，途中偶忆杂事，率尔成吟，用代琐记》，概括了三年的谪戍生涯，文学价值较高，也是他五言诗的代表作。其风景习俗诗，热情歌颂了边疆壮丽的山河，记录了边疆的风土人情和物产；其交往酬和诗，记载了自己流放时期平静的生活，真实反映了清政府在边疆的统治情况；其个人感怀诗，语言简练，音律谐美，表达了身处逆境却乐观积极的人生态度。杨炳堃的诗作以丰富的内容、优美的韵律、饱满的感情丰富了清代新疆诗坛。

二、张荫桓与《荷戈集》

张荫桓(1837—1900)，字樵野，别号红棉主人，广东南海佛山镇(今广东佛山市)人。历任知县、安徽徽宁池太广道、署理安徽按察使、太常寺少卿、直隶大顺广道、右副都御史兼署礼部右侍郎、户部左侍郎等，工诗词，善外交。因博学多识、精通西学、深谙洋务，光绪十一年，充任清政府驻美国、西班牙和秘鲁三国公使，著有《三洲日记》八卷，成为研究晚清外交以及当时国外风俗民情的珍贵资料。在光绪二十四年的戊戌变法中，张荫桓将康有为、黄遵宪等维新派人士引荐给光绪帝，同时参与变法新政的制定与实施。同年八月十四日，慈禧以一系列“莫须有”的罪名将张荫桓发配新疆，交新疆巡抚严加管束。光绪二十五年二月二十一日，张荫桓抵达新疆乌鲁木齐。光绪二十六年义和团运动爆发后，张荫桓被赐死在戍所。著有《铁画楼诗文集》六卷、《铁画楼诗文续钞》（又名《荷戈集》）二卷。

（一）张荫桓谪戍新疆的缘由及路线

戊戌变法之前，在处理停止向俄国借款、接待德国亲王等事宜上，张荫桓已经为朝廷一些官员所诟病，屡遭弹劾。戊戌变法中，张荫桓力挺光绪帝进行维新变法，成为变法的主力，并将同乡康有为引荐给光绪皇帝，同时负责维新人士与光绪之间的联络，一时成为保守大臣们抨击的对象。最终为张荫桓招致祸患的导火索是安排伊藤博文与光绪帝的会面。张荫桓在流放途中回忆道：“我之祸亦由于此，此次伊藤系自来游历，我因与彼有旧，至京时来见我，我遂款以酒筵。伊藤觐见，又系我带领，时太后在帘内，到班时，我向伊藤拉手，乃外国礼，而太后不知。上殿时挽伊之袖，对答词毕，又挽伊袖令出就赐坐，太后皆见之，遂疑我与彼有私。”[①]张荫桓安排伊藤博文与光绪帝会面的事让慈禧十分不满。光绪二十四年八月初六日，慈禧宣布训政，发动政变，下令捉拿康有为。变法重要人物张荫桓也成为“后党”的众矢之的，张荫桓于初八日被捕，拟判处死罪，后由于日英美等国的干涉，张荫桓得以免除一死。在谭嗣同等六君子被害的次日，即光绪二十四年八月十四日，张荫桓被以

① 孔繁文、任青整理《张荫桓集》，北京：中华书局，2012年版，第303页。

"居心巧诈,行踪诡秘,趋炎附势,反复无常"的罪名谪戍新疆。

光绪二十四年八月十五日,时任候补知县的王庆保、曹景郕二人奉旨护解犯臣张荫桓由直隶前往山西。由于张荫桓是刚刚被革职流放的朝廷要员(未被取消二品顶戴),因而此次护解任务非同寻常,不得有丝毫疏漏。为防止途中出现不测,二人将张荫桓流放时的言行举止悉数记录下来,整理成《驿舍探幽录》,以便向朝廷汇报。当时对张荫桓流放过程的文字记载极少,因而这份记录便成为研究这一历史事件以及张荫桓的政治活动的珍贵资料。

结合收录在《荷戈集》中的诗作,可知晓张荫桓的流放路线:八月十五日,出京。八月十九日,抵首站良乡,由良乡入直隶境,途经涿州、正定等地。于九月初二日出直隶境,入山西境。途经平定州、祁县等地,出山西境,入陕西境。经渭南、西安等地,出陕西境,入甘肃境。经皋兰、凉州、肃州、安西等地,出甘肃境,入新疆境。途径哈密、吐鲁番等地,于光绪二十五年二月廿一日到达新疆乌鲁木齐。

(二)《荷戈集》的创作与版本

张荫桓天资聪颖,入仕后更努力提升个人的文学造诣,骈、散、诗、文兼善,其作品颇受时人好评。同僚李岳瑞评价张荫桓"骈散文诗皆能卓然成家"①。《荷戈集》收录的是张荫桓在流放途中感念时事所做的各体诗文,共计 237 首。许玨在《荷戈集跋》中评价张荫桓诗"跌宕自喜,玲珑其声,绛霞万里,澄波一碧"②。

《荷戈集》又名《铁画楼诗文续钞》。"铁画楼"一词缘起于安徽

---

① 李岳瑞著《春冰室野乘》,《近代中国史料丛刊》(60),台湾:文海出版社,1967年版,第 259 页。

② 孔繁文、任青整理《张荫桓集》,第 303 页。

芜湖的一种名叫“铁画”的工艺。张荫桓任安徽徽宁池太广道时居住在芜湖，而芜湖从明末开始便以“铁画”这种工艺而闻名，张荫桓十分钟爱铁画，因而便将自己的住所和诗文集都以此来命名。相对于《铁画楼诗文续钞》这个名字，这部诗文集的另一个名字“荷戈集”则更为人所熟知。“荷戈”一词最初写做“何戈”，最早出现在《诗经·候人》中“彼候人兮，何戈与祋”，其中，“何”通“荷”，“戈”“祋”均为古代的兵器。《荀子》也提到“置戈于身上谓荷戈也”，由此可知，“荷戈”即身负兵器之义，后用为革职流放、发配充军的代名词。张荫桓这部诗集中收录的诗作为他谪戍新疆所作，故而称为《荷戈集》。

国家图书馆现藏有《荷戈集》光绪二十八年观复斋校刊版，此本版式为 14 行 25 字，小字双行，黑口，四周双边。诗人创作《荷戈集》中的诗作时，正值其诗文创作的黄金时期，却突然被赐死于戍所。由于时局动荡，张荫桓在任时既与各国有过交往，又是支持维新变法的主力，身份特殊且敏感。张被谪戍之后，官方极少记载其信息，而康有为有意淡化二人之间的关系，使得张荫桓的形象从人们的印象中渐渐淡出戊戌变法这一历史事件，因而政变发生后少有人提及张荫桓，这也可能是导致《荷戈集》原刊本鲜有传世的原因。王贵忱在《张荫桓其人其著》中提到“（《荷戈集》）原刊本传世不多，笔者藏有白连史纸初印本和毛边纸较后印本各一部”。另外，文中提到王贵忱先生将所藏张荫桓的骈文、日记、诗文集等汇编成《张荫桓遗书六种》。2011 年 3 月，上海古籍出版社出版《清代诗文集汇编》，收录张荫桓集（包括《荷戈集》）。2012 年 4 月，中华书局出版了由孔繁文、任青整理的《张荫桓集》，《荷戈集》被收录其中。2013 年 12 月，上海古籍出版社出版由曹淳亮、林锐选编的

《张荫桓诗文珍本集刊》(全五册),《荷戈集》也被收录其中。

(三)《荷戈集》的内容与特点

张荫桓的《荷戈集》分为上下两卷,创作时间始于光绪二十四年,止于光绪二十六年(1900)。纵观上下两卷的诗作,《荷戈集》所述内容大致可分为戍途风物、酬赠亲友、拟古抒怀、感怀时事四类。

第一,戍途风物。从光绪二十四年八月初五到次年二月廿一,张荫桓的谪戍线路可以说是横亘中国北方。从京城至新疆,沿途各地地形、气候、景致、物产、风俗差异殊甚。《荷戈集》中有许多写景状物、记录各地风俗的作品,读来仿佛在观赏一幅从东到西描绘中国北方各地风物的水墨长卷。如《华山云歌》描述了华山之上云雾之千姿百态。《齐克达坂》则描绘了齐克达坂苍茫萧瑟的边塞风光,一句"触轮石丑恶,疑有鬼物凭"将环境之恶劣展现在读者的脑海之中。《哈密王沙木胡索特馈哈密瓜》则在字里行间流露出诗人对哈密瓜的赞美与喜爱,兹录如下:

> 托根已近天山麓,惜哉得气惟甘瓜。九龙老树尚蟠屈,回部渐喜躬桑麻。名王雅馈颇矜重,窖藏秋蒂斑如花。春宵剖啖味殊薄,名实或以非时差。殊方却幸蝇不集,沈浮水玉良足嘉。海帆囊过五身毒,冬日食瓜美无度。欧罗巴洲诩奇产,持较哈密谁比数。惟期得地善滋植,汉家久已宽贡赋。旧典邮递三百枚,甘州军门慎将护。陇首艰驱蒲鸽青,荔枝置驿嗟来暮。诸天仁爱逮边廷,尽涤烦苛起枯瘠。佳果宜留去后思,客路镇心勿他顾。

第二,酬赠亲友。在《荷戈集》中,诗人与亲友、同僚的酬赠之诗占了很大比重。其中是与陕西布政使赵尔巽的酬赠之诗就达25首。赵尔巽，号次珊，因此诗中张荫桓以“次珊”相称，如《华山万年松歌简次珊方伯》《十三日宿辟展，闻次珊已渡疏勒河郤寄一首》等。另有写给樊增祥、王懿荣、周式如、藩侄、常弟、垲儿等人的诗作，如《甘肃新疆交界处名咬牙沟，藩侄有诗，和作一首》《正月晦日常弟、垲儿赶至哈密随戍》《二月廿一日抵戍，示常弟藩侄垲儿》等。这些诗作记录了张荫桓在戍途的生活，也记录了他一路的情感波折和对世事人生的感悟。下面且引两首以示：

岂悟重相见，崎岖劫外身。天山初霁雪，戈壁尚逢春。逐客行吟涩，名王礼意真。勿言家国事，暂免泪沾巾。

——《正月晦日常弟垲儿赶至哈密随戍》

戊戌八月中，骤脱白云狱。减死戍新疆，兵司点行速。缇骑蹲车沿，暮投萧寺宿。室家竟重见，呜咽不敢哭。五营兵弁集，纷若狐鼠伏。赖有功德池，涤垢聊栉沐。仓卒凑行资，衣囊曲且鬻。榆囹皮骨空，已卖东华屋。亲故多慨慷，脂秣幸取足。吉语宽羁愁，更赠白环玉。屏当尽一夕，金吾眴严促。夙昔苔岑契，泥涂眯心目。落职还乡人，倏尔八州督。刘庐亲串同，自诩机先烛。殷勤特枉存，似惜逐臣逐。京华冠盖客，蓦地判凰鹄。时有旧曹司，唏嘘重欵曲。危难倍相怜，侍行书一束。襆被展别悰，贤哉徐太仆。西邻祭酒王，盘飧实粱肉。鹡鸰金石交，调护付尺牍。感兹急难情，几忘铁衣蹙。挥手谢儿女，依母侨沪渎。揽辔就柴车，旅夜匪幽独。远送两三人，昏镫写遗属。畿疆沙蜮繁，出险自获鹿。迤逦皆坦途，已度天山麓。禁锢仍边廷，井石忍加酷。藉草憩劳筋，漫拟蘧庐蹴。理乱暂不闻，余生甘窘辱。

——《二月廿一日抵戍，示常弟藩侄坒儿》

第三，拟古抒怀。在戍途之中路遇古迹，张荫桓都会前往凭吊，抒怀言志。如《骊山温泉歌》《哈密谒左文襄公祠》等。左宗棠（谥号文襄）在任钦差大臣督办新疆军务时，驱逐阿古柏侵略军，为收复新疆做出了巨大贡献。在他病逝后，新疆迪化（今乌鲁木齐）、哈密修建左公祠以志纪念。哈密左公祠建于光绪二十一年夏，由哈密直隶厅所建，位于今哈密市老城宗棠路北侧，坐北向南，进前门为卷廊，有后堂三楹。堂内供奉左宗棠塑像，高30余厘米，外罩以玻璃匣，供于后堂正中。堂前两侧各有隔门四扇，刻有左宗棠咏怀诗八首。祠堂修成后，在辛亥革命前，每年春秋两季，哈密地方文武官员都入祠祭奠。1931年以后渐次破败。张荫桓到哈密即去谒拜左公祠并赋诗一首："崇祠香火彻青霄，万里花门挞伐遥。冰雪极天曾驻节，山河如旧此回镳。直过蛮诏勋名外，更迈祈连学术饶。长忆江南从事日，石船烟柳水西潮。"这首诗记录了当时盛极一时的哈密左公祠，充分肯定了左宗棠的功勋，表达了诗人对左宗棠的敬仰之情。

第四，感怀时事。张荫桓为官多年，又长时间从事外交工作，对时事政治以及民间疾苦十分关注。这一点，即便是被流放之后也并未改变，可以说是"处江湖之远而忧其君"，从一些戍途所作的诗中便可看出。例如《五月三日率成三十二韵》，这首诗的创作背景是义和团运动爆发，清政府利用义和团对抗列强。远在新疆的张荫桓听闻此消息，知道是有奸佞之臣在背后挑唆，恐此事激化中外矛盾，酿成惨剧，在焦急与无奈中创作此诗，诗人在诗中将战事的紧急、百姓的痛苦、内心的焦虑及对和平友好的企盼等内容上下串联，一气呵成。此诗最终成为诗人的绝唱，不久后，张荫桓即被赐死于戍所。

《荷戈集》在艺术上还有几个较为突出的特点，分别为：风格上效法唐诗、内容上用典丰富、情感上充溢羁旅之思。

第一，风格上效法唐诗。朱育礼称张荫桓“诗宗三唐”，纵观《荷戈集》，可以看出诗人确实受唐诗影响较大。首先，张荫桓的戍途之作中于甘肃、新疆两省描绘塞外图景的诗颇具唐代边塞诗的气魄。其诗中描绘的塞外风光之苍茫雄奇，一方面表现出诗人丰富的想象力，另一方面，从中也可以看到唐代边塞诗的影子。其次，诗人受杜甫诗影响颇深。杜诗“沉郁顿挫”，张荫桓的诗风受其影响，且诗人也常化用杜诗的诗句进行创作。另外，诗人关注现实，关注时事，这种“诗史”的观念也可以看出张诗受杜诗的启迪与影响之大。

第二，内容上用典丰富。纵观《荷戈集》中的作品可以发现，诗人十分喜爱用典。无论是在描绘华山云霞之时，还是在联想万年青松成长历程之时，抑或是在描述戈壁环境恶劣之时，诗作中的典故运用都十分的丰富且恰当。诗人之博学，也可以从中窥见一二。

第三，情感上充溢羁旅之思。无论是戍途纪行、拟古抒怀，还是酬赠亲友、感念时事，诗人的情感始终贯穿于诗作之中，且真挚饱满。但无论何种内容，总会包含有一种情感，那便是诗人的羁旅之思。一方面，西北地区气候干旱、地形复杂，戍客行路多艰，身心俱疲，诗中难免流露出一种漂泊无奈之感；另一方面，诗人流放之时并未被取消顶戴，且当时时局纷繁复杂，诗人心系国家的内政外交，时常表露出希望有朝一日能重返京城、为朝廷效力的思想。

（四）《荷戈集》的价值及影响

张荫桓是晚清“合文学政事以一身兼之者”，《荷戈集》更是诗人创作的巅峰，其中佳作良多，为读者展现了一幅西北风物长卷，《荷戈集》能够流传于世，实为晚清文坛之幸事。由于张荫桓被流放之后，官方记录几乎没有什么记载，因而这部诗集为后世之人了解这一历史事件，了解晚清政治，了解诗人在流放时的内心情感留下了珍贵的研究资料。

第四节　雷以諴　刘鹗等

一、雷以諴及其《雨香书屋诗续钞》

雷以諴(1806—1884),字春霆,号鹤皋,湖北咸宁人。道光三年进士。历任刑部主事、礼科给事中、内阁侍读学士、太常寺少卿、左副都御史、刑部侍郎、江苏布政使、陕西按察使、光禄寺卿等职。光绪十年卒。著有《雨香书屋诗钞》和《雨香书屋诗续钞》。

(一) 雷以諴谪戍伊犁缘由

咸丰六年四月,江北大营崩溃,太平军攻克扬州,雷以諴被革职查办。《清史列传》载:"咸丰六年,托明阿兵溃瓜洲,扬州复陷,诏责以諴等拥兵不援。又疏辨冒功,为德兴阿所劾,褫职戍新疆。"

赴戍途中,雷以諴依然关心时事,同时反思江北大营失守的原因,"蒿日悲往事,无由竭寸衷。调琴应有术,胶柱故难通。"到了伊犁,他甚至创作《杂咏四首》发泄不满。虽然有些情绪,但雷以諴没有消沉下去。他把此次贬谪看作是一次锻炼,希望有朝一日能平安归去,东山再起。

雷以諴的遭遇得到了朝廷部分官员的同情,所以他在赴戍途中受到沿途官员的礼遇,在伊犁两年即获重新起用。《清史稿·雷以諴传》载:"以諴在戍所,呈请将军扎拉芬代奏,言江北军事。寻赦还,赐四品顶戴,授陕西按察使。迁布政使,入为光禄寺卿。"

(二) 雷以諴伊犁诗作的内容

雷以諴著有《雨香书屋诗续钞》,现有同治五年武昌江汉书院刻本和同治七年广陵刻本两种。雷以諴为清代进士,诗作较为正统,因雷以諴为官多关心国家财政,甚至首次提出厘金制度,因此,诗作中不乏描写边疆财政的内容。雷以諴谪戍新疆,心中抑郁不平,因此多借边疆风景抒发自己的愤懑。这两者,构成了雷以諴伊犁诗作的主要内容。

1. 心系财政

根据清律,流放官员除连坐发遣外,严禁携眷。雷以諴谪戍伊犁,却携"妻冯氏"同戍。其《杂咏》九首其一颔联为:"不怨携家累,还缘假馆来。"说明雷以諴带有家属。在戍地授陕西按察使后的归途中,雷以諴有《宿乌兔水有感》一律,其尾联云:"却忆烹鸡墙角下,空教百里泪盈眶。"句下自注:"去时宿此,妻冯氏手自烹鸡。"亦是明证。可见,雷以諴在谪戍时,身份仍然是"朝廷大员"。

雷以諴在朝为官,接受幕僚钱江的建议,制定和推广厘金制度,已经具有了一定的影响力,雷以諴因为没有直接犯罪,相信自己能快速重获官职,再加上谪戍时的特殊待遇,这一系列的因素对雷以諴诗作的内容和情调,必然有所影响。雷以諴关心财政,这样的心情在赴戍途中随处可见,如"地力由人尽,兵需为国收。养民如有术,协饷免持筹"(见《雨香书屋诗续钞》卷二)。他认为当时的西域应当自保自养,不用内地已经是捉襟见肘的"协饷"。如《木垒河行馆》:

客心胡自慰,尘眼复谁揩。供帐新开馆,荒芜不满阶。百家饶鬻物，十字有通街。八站方先富，聊堪寄雅怀。

几日穷戈壁，风光木垒开。土番瓜上市，秋圃麦成堆。食宿随人便，科征有吏催。明朝驱马去，雉堞望奇台。

雷以諴本来是写木垒河景色，因为心情抑郁，所到之处十分“荒芜”，到处是“穷戈壁”，直到了木垒河风光才渐渐好起来，有了新上市的甜瓜，麦子也获得丰收，一扫之前的荒芜，人们的生活井井有条。雷以諴关心财政，也注重用财政的方式来描写这里的生活，作者只用了“科征有吏催”就表现出了作者对这里财政的关注。作者在《富八栈》中也表现出了对当地经济状况的关心，如“八栈胡云富，端缘水草丰。市多刍糗备，馔喜菜瓜充”。作者在诗集中极力描写当地的财政状况，致使诗歌空洞少了些韵味，这一类诗难免落入下乘。

2. 观光遣怀

雷以諴也有不少诗作是以途径的地名为诗名，如《登云龙山》《燕子楼》《范增墓》《望子房山》《王陵母墓》《望沛怀古》等等。这类诗歌多借途经之地表达自我情感，兼写自己旅途所经风光。

谪戍新疆的诗人到达天山后，都会写诗吟咏，已成惯例。雷以諴也有《天山歌》古诗一首，但是雷以諴却不写天山的雄奇壮丽，见到的是衰飒凄清，字里行间透露出自己罢官后见到的世态炎凉。如：“终古不改此面目，无花无草无树木。岩岩惨淡殊笑颜，懒与世界争荣辱。”尽力表现被贬后的心灰意冷。又有“漫言肃杀绝生机，一片冰心世间稀”。“农田无菜且无麦，可知世间俗眼多。炎热堪亲冷则呵，天山天山奈众何？”在西域诗人中，以这种笔调来写天山的，“仅见雷以諴一人”①。

雷以諴并非所有诗作都以一种不同的角度来写，在描写西北风光上也有十分“规矩”的诗。如他谪戍次年秋天路过果子沟，写了三首诗。一首是《二台旅馆》：

旅馆深秋客暂停，峰峦四面耸天青。最宜雪里松攒簇，千仞当门列翠屏。

二台旅馆在果子沟中段，四面峰峦包围，满眼松树簇拥，开门见山，抬眼遇树。青松当门，恰似翠绿屏风；白雪映衬，分明天然画图。雷以諴对此地大力赞扬。离开二台时，他又写了两首五律《发二台》：

孤馆寒惊梦，山高日到迟。沟流随曲折，栈道总逶迤。石乱防轮曳，坡斜勒马驰。以兹当出险，前路不嫌卑。

——《发二台》其一

逼仄几无地，高觇欲小天。晴开千雪岭，青接万松烟。杂树秋成锦，奇峰迥插莲。渐随飞鸟出，诗思忽悠然。

——《发二台》其二

《发二台》其一写果子沟中夜寒日迟，水急路险，但是离开二台以后，山路渐趋平缓，心情也就慢慢放松。《发二台》其二专写果子

① 星汉著《清代西域诗研究》，第376页。

沟的斑斓秋色。沟中十分窄狭,简直没有容脚之地,由于山高,头上的天空也缩小了。但是,阳光下雪山闪亮,松林中雾霭冉冉升起,青松与果树的红叶织成彩色的锦缎,高远的奇峰如朵朵盛开的莲花。这一切都美不胜收,让人目不暇接。人马跟随鸟儿飞出了山沟,叫人心情开朗,诗兴大发。咸丰九年秋,雷以諴获释东归,又写有一首《过果子沟》:

> 逼仄一沟锁钥严,两山耸峻万峰尖。初闻径辟雪冰泮,忽值云屯风雨兼。坡陡轮蹄惊滑突,石坚坎陷复危阽。三台五日冲寒度,休讶归旌岁月淹。

诗中除了描写果子沟山势的险峻,道路的艰危,还强调了沟中气候的变化无常。尽管归心似箭,但是由于路上山拦水隔,云遮雾罩,致使行程迟滞。这一切,对于心情愉快的归人来说,也算不得什么。雷以諴写果子沟的诗作都比较明快,心情愉悦,描写了边疆的奇美风光。心情因为风景也随之变化,因事因境地抒发自我情感,融情于景,又借景言情。

雷以諴归途中又作《巴里坤途中口占》:"良玉难成藉功磋,他山攻错近如何。谁知造化心犹苦,不是金刚不肯磨。"可以看出,雷以諴以为此次流贬是上苍有意的安排,是上天对他的历练,所以此诗表现出的情绪和出关以后的心情就判若两人了。

(三) 雷以諴伊犁诗作的价值

雷以諴在《清史稿》中有传,主要是因为在政务上的影响,推行的厘金制度一定程度上解救了清朝末年的财政危机。《雨香书屋诗钞》及《雨香书屋诗续钞》在文学上的影响并不显著,其中的伊犁诗作在西域诗学的影响上也不及纪昀、林则徐等人。雷以諴作为晚清进士，诗作中竟然有韵律不合，平仄不对的情况，出现了不少犯孤平的诗句，如“上现蔚蓝一片天”“逼仄一沟锁钥严”“有瞻凤阙时”等。用韵也有混押之处，如《杂咏四首》其三将平水韵“八庚”中的“盈”“争”和“十一真”中的“人”“均”混押，颇不正规。这在西域诗中颇为少见。

雷以諴关心财政，在伊犁诗作中，大力将财政内容融入诗歌，诗歌韵味减少，更像是韵文。若以诗的评判标准，将雷以諴的诗作放在西域诗人的诗作中一起比较，属于下乘之作。大量与描写财政有关的诗作价值不高，但是伊犁诗作全篇，依然有几篇佳作，《杂咏》可以堪称雷以諴的代表作。九首选其二，如下：

才过吉木萨，晓策马蹄忙。绿树炊烟合，黄云晚稻香。沿溪瓜满架，近屋镜开场。寄宿当何处，归鸦点夕阳。

旅馆滋泥辟，天山气象新。峰高云掩雪，树暗雨清尘。苦乐还由我，寒暄共听人。莫嫌供亿淡，得地且安身。

《杂咏》中这两首诗韵律和谐，描写内容清新，情感到位，写出了新意，读起来琅琅上口，不失为佳作。又如《宿桃源县次日早行》诗中“黄鹂暖语如相送，一路还闻布谷声”一句，也彻底没有描写财政时的那种俗感，给予人春光明媚的感觉。雷以諴离开西域后，西域所有的美景也不在了，陷入了长时间的战乱，直到三十多年后才有遣员再次来到西域，但是新疆已经不是原来的新疆了。雷以諴所作财政诗，虽然在文学价值上有所欠缺，但对后来的经济学人研究新疆清末时的经济状况具有一定的史料参考价值。

二、刘鹗及其《人寿安和集》

刘鹗(1857—1909),原名孟鹏,字云抟,后更名鹗,字铁云,又字公约,自署“洪都百炼生”,江苏丹徒人(今江苏镇江境内)。历任候选同知、知府等职。刘鹗熟谙机器、船械、水学、力学、算学等,长于治河,通晓洋务,学术渊深。著有《勾股天元草》《弧角三术》《历代黄河变迁图考》《铁云藏龟》《铁云藏陶》《铁云藏货》《铁云藏印》《老残游记》等。

刘鹗少时好读书,但放旷不羁,颇为人所轻视。后自悔,闭户读书,行医、经商。光绪十四年,刘鹗以同知投效于吴恒轩中丞,得到吴中丞的赏识,遂投身黄河治理之事。因治河有功,声誉鹊起。光绪二十九年至光绪三十三年,刘鹗撰写的现实主义小说《老残游记》出版。这期间刘鹗还潜心研究甲骨文,留下《铁云藏龟》《铁云藏陶》《铁云藏货》《铁云藏印》四部著作,成为我国近代以来研究甲骨文的奠基之作。

光绪三十四年(1908)六月十九日,清廷外务部发急电致两江总督兼南洋大臣端方,列述刘鹗三条罪状(一是戊戌垄断晋滇矿利,二是庚子盗卖仓米,三是丁未走私辽盐),命端方“密饬查拿、先行看管”。次日,刘鹗被捕。二十二日,军机处遵录谕旨:“革员刘鹗违法罔利,怙恶不悛,着发往新疆永远监禁。片交外务部、度支部、法部及两江总督、新疆巡抚办理。”二十五日,端方派员登乘福安官轮押解刘鹗赴鄂,取道河南陕甘,赶赴新疆。

关于刘鹗被捕、流放新疆的原因,众说纷纭,各学者参考的史料不同，得出的结论也不同。南开大学吴振清教授对庚子年盗卖仓米获罪、浦口购地致祸、借外债开办山西矿务，袁世凯、世续等报复宿怨，端方构陷，派系之争致祸六种说法进行分析后，认为“这六种说法都存在不能使人完全信服之处”。限于当时资料的不足，刘德隆提出“刘鹗之谜”，认为清政府逮捕刘鹗的真正原因，至今并不完全清楚。现根据近年整理发表的外务部档案和台湾学者刘素芬、日本学者泽本香子的研究成果，梳理、探讨刘鹗被捕流放的真正原因。

（一）刘鹗流放新疆的缘由

光绪三十一年八月，刘鹗与日本人、曾任日本驻天津领事郑永昌签订合同，计划在东北炼制精盐运销日本。为此，刘鹗亲赴东北沈阳等地活动，到将军署呈文并往见赵尔巽、史念祖、钱绍云等进行疏通。但盛京将军赵尔巽驳回了刘鹗的盐务合同，并致函外务部强调盐务为中国利权，不能给予外人。辽东半岛的盐滩归中国所有，俄国人、日本人均不得占买，也不得与中国人合股开晒贩运、出售。但刘鹗仍然与郑永昌合办海北公司，在奉天旅大租界内的貔子窝生产和贩运辽盐到朝鲜。由于貔子窝一带盐滩产量有限，且为垄断韩国所需食盐的进口，郑永昌通过日本公使内田康哉、林权助等向清政府施压，提出借运天津长芦盐、严禁山东沿海渔民到韩国出售腌鱼剩盐等要求。光绪三十二年八月，在日本统监府的支持下，郑永昌在韩国汉城发起成立韩国盐运会社，刘铁云（即刘鹗）、刘大章父子均为发起人。刘鹗、高子衡（即高尔伊）赴日、赴韩，均与筹办、成立盐运会社、运销食盐有关。日本人贩卖中国的辽东盐、长芦盐，激起了在韩华商和东北、山东民众的抵制和反对。

光绪三十三年六月二十九日，驻韩总领事马廷亮向外务部禀报调查韩国盐运会社的详细情况。清政府才知韩国盐运会社是中国人刘鹗与日本人郑永昌等合办的私营公司，且掌握了刘鹗勾结郑永昌越境走私贩盐的书证，于是决定秘密逮捕刘鹗。由于刘鹗与日本人关系密切，外务部担心逮捕刘鹗会引起日本人的干涉、干预，便以晋矿案为由将刘鹗革职，同时于十二月二十六日电询东三省督抚关于刘鹗的行踪，等待合适的时机捕惩刘鹗。

光绪三十四年一月四日，广东水师在澳门九洲洋查获日本商船二辰丸走私军火，当即予以扣押，引起日方严重交涉。在中、日交涉过程中，外务部官员高子谷（系刘鹗妻舅）和钟笙叔（系刘鹗密友）向日本人泄露"政府秘不宣要件"等机密，导致清政府外交大失败。同年二月十六、十七日，钟笙叔和高子谷先后在京被捕。二十五日，钟、高二人即由陆军部官役押送发往新疆，"高永远监禁，钟监禁二十年"。五月二十四日，外务部召集各国公使签订《改订枪弹进口新章》，改订后的新章于六月三日实施。各签约国一致承认中国领海权，袁世凯正是根据生效的《改订枪弹进口新章》行使领海管辖权，于光绪三十四年六月二十日以违禁购运辽东盐出境贩卖等罪名迅速逮捕刘鹗并将其迅速发往新疆。高子衡（即高尔伊）也因为与刘鹗一起违禁贩盐被捕、流放新疆。

综上可知，刘鹗是因为勾结日本人郑永昌走私贩盐、违法罔利、贻患民生、肆无忌惮，才被革职、发往新疆、永远监禁。

（二）刘鹗流放新疆的经历及创作

光绪三十四年六月二十日，刘鹗在江宁（南京）被捕。鉴于刘鹗与日本人关系密切和日本驻沪总领事永泷致电干涉刘鹗案的实际，两江总督兼南洋大臣端方于二十五日派员押解了刘鹗赴鄂，并致电时任军机大臣、政务大臣、外务部会办大臣兼尚书袁世凯，建议由外务部电知湖广总督、陕甘总督、河南巡抚、陕西巡抚、新疆巡抚“预派妥员，一俟该犯解到，迅速接护押解前进，以期妥速而免枝节”。外务部同意端方的建议并于二十七日发电致鄂甘豫陕新的二督三抚，命令他们“于该犯解到时，迅速接护，妥慎押解，勿稍延误为要”。七月初二日晨，刘鹗自宁被押解到鄂。“七月初，历鄂境，昼夜兼行，天气炎热，表式表高至一百十五度之多，再五度水则沸矣”[①]，由此可知七月的湖北是异常的炎热。“表式表高至一百十五度之多”相当于摄氏46度，已经远超人体所能正常承受之范围，不宜在外行走，但押解刘鹗的清兵并未停歇，“即时起解由驿赴豫”，不难想象当时西行路上刘鹗的身心正在遭受什么样的煎熬。在湖北、河南境内更是连想给家中寄封信都成了奢望，与家中处于失联状态。历时一个多月后，八月十五日，刘鹗被押解到甘肃平凉。虽然一路辛苦，但仍然操心表弟仕途，为其谋划。八月二十七日，至兰州。因制服食物等，获准在兰州停留十日。期间去电局向家人报音讯。兰州以西，没有邮局，也没有饭店，甚至有三四站无法屯水。玉门关外，千里无人烟，甘肃境内很多地方缺水。一路恶劣的环境、艰难的生活让刘鹗备身心备受折磨，请看他写的《宿秤钩驿》：

> 乱峰丛杂一孤村，地辟秋高易断魂。流水涔涔咸且苦，夕阳惨惨淡而昏。邮亭屋古狼窥壁，山市人稀鬼叩门。到此几疑生气尽，放臣心绪更何言。

---

① 周轩著《刘鹗在新疆的最后一封书信》，《故宫博物院院刊》，1997年第1期，第74页。

这首诗作于甘肃境内。字里行间可以看到刘鹗所处的环境十分恶劣，生活异常艰苦，让我们看到了此时的刘鹗与以前驰骋于大江南北、铁路、矿场等处的身影已是天壤之别。即使此处有与中原地区截然不同的奇伟风光，但他只见“乱峰丛杂”“夕阳惨惨”，在投宿之处暂得歇息，仍然挥之不去的是内心的不安，唯恐“狼窥壁”“鬼抠门”，最终憋着一口气，连自己都怀疑能不能活着到迪化了。整首诗在较为工整的格律中，充斥着满满的哀伤，这种看不到希望的绝境世上又有几人能懂呢？在清代西戍的官员中，像刘鹗这样被清廷如此严厉地催促着西行的人并不多见，他的身心被严酷的刑罚和遥远的路途中的风沙摧残着。

唯独给他一些慰藉的是沿途会遇到一些电报局，他每到一个规模稍大的站点，便给家中发一电讯，也是在这过程中他得以知晓家中许多地产已经充公，于是给表弟卞德铭寄一书信，函告家中不用往新疆寄任何钱款了，还安慰家人自己到达新疆后，必可依靠自己熟知医理谋得求生之法。

九月十九日，刘鹗到达甘肃凉州，即古之武威郡。自兰州以来，押解刘鹗的是兰州押解委员典史刘玉亮。此人在押解刘鹗赴疆途中精心庇护，不以待盗贼之法相待，在刘鹗眼里“颇有干济才，且不贪小利……在佐杂中佼佼出众者”①，此到凉州“因委员家住在此，耽阁五日始行”②。至二十二日，刘鹗给儿子刘大绅手书一封，他只言未提沿途辛苦、环境恶劣，却极其乐观地说到沿途风光：

---

① 周轩著《刘鹗在新疆的最后一封书信》，《故宫博物院院刊》，1997 年第 1 期，第 75 页。

② 刘蕙孙编《刘鹗及老残游记资料》，成都：四川人民出版社，1985 年版，第 303 页。

“南望雪岭，直西不绝，以达昆仑，真壮观也。”[1]应是担心家人挂念之故。他叮嘱儿子：“京中古玩，凡可卖者悉卖之，不必存也。惟倪云林小山水一幅，可留则留，卖之不可过贱，难得品也。”[2]可见他对身处险恶之境，心中挂念亦是家人之生计，父子情深跃然纸上。而倪云林为元代山水画家，其画作飘逸淡远，小山水一幅应是倪云林难得之作，刘鹗对这幅画的不舍，恰显出他一生对自由淡远境界的向往。

光绪三十四年十二月，刘鹗被押解到达迪化，发交入狱永远监禁。他在写给毛庆蕃的信中说：

> 及至冬腊之交，行迪化道中，法伦表至负三十余度，水银在玻璃垂珠内已缩十分之二，再缩汞将结冰矣。备尝寒暑极境，虽未至赤道、冰洋之冷热，或几乎近之矣。弟体气素壮，公所知也。此行骤添十岁而有余，除须发未白外，其余衰象悉见。

这是目前我们所能见到的刘鹗在流放期间写给家人朋友的信中首次如此清晰地吐露遭遇的困厄之境，“骤添十岁而有余”仅七字足见流放一事对他身心的摧残之重。那么，到达迪化(今乌鲁木齐)之后，刘鹗又怎样度过这最后的半年时间呢？据中国第一历史档案馆丁进军 1992 年在《历史档案》杂志上发表的《有关刘鹗的几件史料》所记：光绪三十四年十二月十七日(1909 年 1 月 8 日)，当

---

① 刘蕙孙编《刘鹗及老残游记资料》，第 303 页。
② 同上。

时的新疆巡抚联魁曾就刘鹗已至迪化事咨文清廷外务部“该官犯(刘鹗)即于十二月初十日到配,当已发交迪化府牢固监禁”。也就是说,刘鹗在迪化期间,应是监禁于牢房,但这种说法也存在争议。刘鹗曾孙刘德隆 1983 年曾在《新疆青年》连续两期发文《刘鹗与新疆》比较全面地介绍了他对于刘鹗流放新疆的看法以及刘鹗在新疆期间的基本情况。从该文得知,刘鹗在新疆并未被严格执行监禁,而是得到一所小院子,院内有三间住房,厨房、厕所兼备,门上还以纸条标明“刘鹗公馆”,一直从江苏跟随而来的仆人刘贵也照常跟随左右,不过因是流放至此的官犯,未得自由四处活动而已。甚至每逢节假日,还能得到迪化县知县杨增新等人的看望。人民日报出版社出版的《新疆博闻》亦载有张昉的一篇文章《〈老残游记〉的作者在乌鲁木齐》,张昉在文中提到刘鹗当时住在迪化大西门内的一座城隍庙内,他的住处不过是戏台下左侧的一间小房间,他靠给周围的百姓行医治病谋生计,因医术高人一筹而声名远播,有不少重病乡人循声而来找他治病。不过这两种说法与刘鹗寄给毛庆蕃的信都不相符,刘鹗对毛庆蕃说“去腊到狱,以读书写字为消遣计”,也就是说,刘鹗一直在狱中,如此是否就可断定刘德隆与张昉之说确属讹误呢?新疆大学周轩教授结合其他档案史料也给出了他的想法:譬如,裴景福《壮陶阁书画录》卷一有跋语“铁云久鉴藏名海内,戊申谪戍西域,与余同难。一见如旧相识,时过从畅叙”,刘鹗友人高子恒也在其之后流放迪化,后如期释还,他曾说“与先生邻居”。于是,周轩教授认为刘鹗其实并未遭监禁,只是因为清廷严令将其永远监禁,为避免旁生枝节,刘鹗以及新疆官员向朝廷咨文时都说是在狱监禁。这一说法有一定的道理,不过我们还是认为缺乏确凿的证据。不管刘鹗是在狱中还是在外居住,这一时期的他身体状况每况愈下。他其实早已有所觉察，才会对毛庆蕃说“近因蜷曲日久，以致两腿麻痹日益”。长时间蜷曲，有可能是活动范围狭窄所致，亦有可能是每天伏案撰写《人寿安和集》，整理自己的书稿而无心活动所致。刘鹗把绝大部分精力都用于写作《人寿安和集》，只可惜时至今日，这部倾尽刘鹗心血和精力的医学经典仍然下落不明，不能面世。刘鹗在坚持著书立说中走完了生命的最后一程，宣统元年(1909)五月间他忽然中风，虽经尽力医治，但仍然于七月初八日不幸离世。

刘鹗一生创作颇丰，然而现存的大部分作品都是入疆之前所作。据目前所见的史料看，刘鹗流放新疆的创作主要是《人寿安和集》和《金石考录》。关于《人寿安和集》，刘鹗在1909年写给毛庆蕃的信中对其成书过程和主要内容体系有较详细的介绍：

> 去腊到狱，以读书写字为消遣计。腊尽，忽思狱中若得病，必无良医，殊为可虑。故今年正月为始，并力于医。适同狱高君携有石印二十五子，借其《内经》，潜心研究，三两月间，颇有所得。又觅得《伤寒》《金匮》诸书，又得《徐灵胎医书》八种，及《医宗金鉴》《医方集解》《本草从新》等书，足资取材。迩来颇有进步。默计人之死于病者恒十之一二，死于医者恒十之八九。又外感之病不过十之一二，内伤之病恒十之八九。病之坏于消导发散者十不得一，坏于补药失当者亦十之八九也。有感于斯，慨然著书，详考内伤外感诸病状并治法凡五卷，初名《灵台伤感集》，以其嫌于怨也，改名《人寿安和集》。其目第一卷论说，皆发明经义，前人所未发者；第二卷发内篇，内伤以安五藏为主也；第三卷和外篇，外感以和营卫为主也；

第四卷妇孺；第五卷运气。运气者，五运六气，即黄帝《阴阳大论》七篇，王冰取之以补《素问》之缺者也。其书精粹绝伦，古今来医家得其解者，汉张机、唐王冰数人而已。宋已后识者盖寡，或有之，吾特未之见耳，汉以前人，大约无不熟此。观《左传》，晋侯有疾，秦使医和视之，和云“天有六气，降生五味，发为五色，微为五声，淫生六疾”等云，皆本诸此也。鹗能粗通其义，然欲精其术，不知此生有望否耳？第二卷昨已编成，再修润数日，即付钞胥。其余四卷，七月内可一律告成矣。

刘鹗感于现实生活中所遇之各式病症，结合中国古代朴素的阴阳之理，在新疆最后的岁月潜心编著《人寿安和集》。只是至今仍无人知晓其下落，刘鹗之孙刘蕙孙曾四处寻找，有一段时间听闻可能藏在新疆某图书馆，并嘱托新疆大学的周轩教授代为问询，但毫无结果。根据周轩教授的推断，这部医学著作很可能早已作为刘鹗的重要遗物随刘鹗的灵柩一同东返，亦很可能归于毛庆蕃，但这一猜测至今也无法得到证实。祈愿《人寿安和集》终有一日能再现人间。

除此之外，刘鹗在流放新疆期间（含去往新疆路途中）留下的文字资料就寥寥无几了，主要是一些写给亲友的信件，如西行途中给表弟卞德铭的三封书信，1908 年 9 月 22 日写给其子刘大绅的信，1909 年 4 月 22 日由迪化府刘太尊转寄与毛庆蕃的信等。

三、朱锟及其《西行纪游草》

朱锟，生卒年不详，安徽泾县人，字念陶，又字砚涛、研涛。曾任试用县丞、河南南阳内乡县知县、刑部郎中等职。著有《西行纪游草》一卷，存诗 170 首。柯愈春在《清人诗文集总目提要》中介绍，《西行记游草》今存二种，分别是苏州市图书馆藏稿本和复旦大学图书馆藏宣统元年石印本。

据《东华续录(光绪朝)》记载，光绪十七年秋冬时，李鸿章向光绪帝奏称朱锟之子朱谱济在光绪十六年顺直遭受重灾时，“奉父命将家产变卖，并将亲友告贷，筹措银二万两”，以助官府赈济灾民。在朝廷问其想要何种奖励时，朱谱济坦言其父在刑部郎中任上因事被革职，并被从重发往新疆效力，因此恳求朝廷准其代父赎罪，以免父亲遣戍新疆。在这卷奏疏中，李鸿章为帮助朱谱济达成心愿，对朱锟遣戍新疆的过程交代得十分清楚：

> 刑部郎中朱锟请假，赴浙省亲，曰骑马进香，为养育兵济源，放爆竹惊马，被马踏伤，济源身死，经浙省巡抚崧骏奏，拟杖一百，流三千里，系职官从重发往新疆効力。

刑部据实核查朱锟获罪的案件，认为确实事出偶然，浙江原来的判罚过重，于是向上奏请准其赎罪，但上奏未果。李鸿章在奏疏中讲述了朱谱济代父赎罪的缘由，一是朱锟老母年事已高，思子之痛令其备受煎熬，以致疾病缠身；二是朱锟所犯之罪纯属过失，按照以往的惯例，对于五品官员所犯同类罪行可缴纳赎银免受刑罚，朱锟之子为其父缴纳的赎银加上之前的赈灾银已是应缴纳数额的十倍之上，故望朝廷能念其一片孝心，依惯例准允朱谱济代父赎罪。没想到这一次依然得旨“朱锟着不准捐赎原款发还”。

朱锟随后由杭州启程，光绪十九年冬到达戍地。在新疆效力期间，总管电报局，光绪二十一年奉旨释还。

《西行纪游草》收录了朱锟作于效力新疆期间的50余首诗。和大多数贬官一样，其中不少诗句可以让我们品读出他对自己遭受遣戍的郁闷、对故地亲人的思念、对新疆风光的惊奇以及在效力过程中心理思想的变化等。如《乌鲁木齐远眺》：

> 向晚苍茫立，关山一望收。烟平埋塞草，水急咽河流。遣戍吾焉往，劳生此暂休。层层葱岭雪，压尽古今愁。未尽登临兴，斜阳为我留。春迟边塞外，雪满乱峰头。野旷低村树，天高耸戍楼。暮烟看四起，归路意悠悠。

整首诗因乌鲁木齐周边坐立于青天下一望无际、高耸连绵的雪山而充满豪气，也因悠悠如流水般流淌的思乡之情而充满哀愁，更因对不幸遭受遣戍而充满悲壮。朱锟远离家乡远在边地乌鲁木齐，有再多的忧愁也鲜有人能成为他的倾听者，于是“斜阳为我留”，斜阳成为他最真挚的友人，天地之间的雪山、野树、河流、戍楼成为他最忠实的陪伴者，他艰难地度过在新疆的每一天，留给后世嗟叹不断。

结　语

清朝是中国历史上最后一个封建王朝，从顺治元年(1644)清军入关，定都北京开始，到宣统三年(1911)止，共267年，历经顺治、康熙、雍正、乾隆、嘉庆、道光、咸丰、同治、光绪、宣统十位皇帝的统治，是我国统一多民族国家进一步巩固和发展的关键时期，“是中国传统社会的成熟时期、总结时期和转折时期，也是近代社会的发端时期、探索时期和转折时期”①。清朝前期，经过康熙、雍正、乾隆三帝的励精图治，社会秩序稳定，国力强大，经济繁荣，文化、对外交往等方面取得举世瞩目的成就，形成了“康乾盛世”。乾隆二十年(1755)，清朝平定准噶尔势力，统一新疆地区。从乾隆二十三年起，从内地发遣到新疆的犯人越来越多，到嘉庆二十二年(1817)，新疆遣犯已形壅积。其中作为新疆总会之区的伊犁，自嘉庆十九年至二十一年，三年之内先后发到遣犯有2 600余名。这还不包括之前收押的3 000余名遣犯和从别处转来的5 600余名遣犯，再加上大量因罪革职的官员发往新疆效力、当差，对于维护新疆地区社会稳定，促进经济发展，加深各民族文化的交流交融

---

① 倪玉平著《清史：1616—1840》，北京：人民出版社，2020年版，第2页。

等，起到了重要作用。

一、巩固了清政府对新疆的统治，维护了新疆地区的社会稳定和国家领土的完整，铸就了牢不可破的中华民族共同体意识。

清朝统一新疆地区后，不同民族的大量遣犯、贬官从内地发往新疆地区，或为奴，或种地，或当差，给新疆地区的建设提供了可观的劳动力。如哈密、巴里坤，乌鲁木齐、库尔喀喇乌苏、晶河、伊犁、塔尔巴哈台、辟展、哈喇沙尔等地都安插有大量遣犯进行农业生产。加上连获丰收，为清军统一新疆、驻防伊犁各地提供了充足的物资和兵源。

历史上的新疆地区多次出现割据情况，疆内疆外各种势力错综复杂，但不论割据的时间有多长、局面有多严重，新疆始终是中国领土不可分割的一部分。清政府统一新疆地区后，面对阿睦尔撒纳叛乱、大小和卓叛乱、张格尔叛乱，以及鸦片战争以后浩罕汗国军官阿古柏入侵，沙俄和英国等列强势力的渗透，新疆的遣犯、贬官和清军一起守城、打仗，为维护新疆地区的安全稳定和国家主权统一进行的艰苦卓绝的斗争，为保卫新疆作出了重要贡献。

从乾隆朝开始，内地大量的移民、遣犯和贬官进入新疆，改变了新疆地广人稀的局面，改变了新疆历史上“南农北牧”的生产布局，推动了北疆的农业发展，为巩固边防发挥了积极作用。他们在新疆乌鲁木齐、伊犁等地定居、生活、生产，与各族人民杂居共处，手足相亲，守望相助，经过长期的诞育、分化、交融，形成了血浓于水、休戚相关、荣辱与共的关系，各族人民的交往交流交融达到了新的高度，中华民族共同体意识不断提升，新疆因此进入一个新的发展时期。

二、带来了内地先进的生产工具和农业耕作技术，促进了新疆地区经济的恢复和发展，促进了新疆人口的增长和商品经济的繁荣。

在清朝统一新疆地区之前，天山南北就有相当规模的农业，但总体上是粗放的，技术比较落后，粮食产量比较低。清朝在统一新疆过程中，由于各地叛乱、战争不断，导致人口锐减，土地荒芜，社会经济遭到严重破坏。清朝统一新疆地区之后，十分重视农业生产，推行奖励垦荒、减免捐税的政策，进行大规模的开发与建设。内地大量犯人、贬官发遣到新疆后，大多数人从事开荒造田、种地生产，也有在铜厂、铁厂、船厂、牧厂等处做工，他们服役期满后，即在当地安插为民或为兵，定居新疆，从而大大增加了新疆的人口。

为鼓励从内地迁移来的各族军民、服役期满落户的遣犯在新疆安心生产，清政府免费提供垦殖所需的屯地、牛具、籽种，并作价贷给耕种种所需的牛、马等牲畜。同时，还兴修了大量水利设施，多次修浚伊犁河道，不断完善水道体系，使新疆的农田水利建设、水利技术运用和水资源管理等取得较大成绩。清政府还鼓励废员（即贬官）捐资兴修水利设施，引哈什河入阿齐乌苏大渠的龙口工程就是因禁烟而遭贬的林则徐捐资修建的，“阿齐乌苏大渠浚通后，使近20万亩的荒地得到开垦灌溉，促进了当地农业的发展”①。

清朝统一新疆前，新疆地区“依然使用木辕铁铧、二牛抬杠、坎土曼、镰刀、木叉等简单的农业生产工具，还用手撒播种子，缺乏精耕细作”②，粮食产量很低。清朝统一新疆地区后，积极推广高产作物的种植，对传统作物进行育种改良，同时在伊犁、乌鲁木齐等

① 《简明新疆地方史》编写组编《简明新疆地方史》，乌鲁木齐：新疆人民出版社，2020年版，第237页。

② 《简明新疆地方史》编写组编《简明新疆地方史》，第197页。

地设立官办性质的铁厂、铜厂等，就地开矿冶铁、炼铜，铸造农具。内地先进的生产工具、农业耕作技术，以及冶铁、铸造、锻造等技术也由此传入新疆，极大提高了粮食产量和劳动生产率。

清朝统一新疆地区后，随着农业经济的发展和人口的不断增多，手工业得到快速发展，新疆地区与中原地区商业贸易日趋活跃，促进了城镇经济的兴起与发展，在驻军、屯田相对集中的地区很快建立了一批城镇，也可以说是贸易中心，如“伊犁九城”、迪化城、巩宁城、镇西府等。伊犁、乌鲁木齐、哈密在乾隆年间就已发展成为当时商业经济较发达的城市。这些新城镇的兴起，彻底改变了南北疆居民的分布格局，带动了新疆地区不同类型经济文化的交流渗透交融，促进了多元一体的中华文化发展。

三、传播了中原文化，创作了一批具有较高文学价值和史学价值的著作，推动了新疆各民族文学文化的发展，使各民族的国家认同和中华文化认同达到新的高度。

清朝统一新疆地区后，在新疆实行满语文、汉语文、维吾尔语文通用的政策，其中汉语、维吾尔语是各民族主要的交际语言。乾隆末年，清政府专门编纂了《御制五体清文鉴》，这是一部满、藏、蒙古、维吾尔、汉语互译标音的辞典，为各民族文化交流搭建了重要桥梁。同时，清政府在新疆各地兴办教育，开设学堂，尤其是左宗棠与刘锦棠针对因语言不同导致的“官民隔绝”问题，加强官办义学教育，以《小学》《孝经》《论语》《孟子》《大学》《诗》《书》《礼》等汉文典籍教育维吾尔族学生，培养了一批具有较高水平的维吾尔族、汉族翻译人员，加速了各民族文化的交流交融，所以在纪昀、萧雄等人的诗文创作中出现了汉维、汉哈等语言合璧的现象。

随着大量移民、遣犯从内地来到新疆，在中原地区流行的歌舞、戏曲、节日、庙会、社火等各种文化也传到新疆来了，剪纸、年画、风筝、春联、烹调、建筑、造纸、纺织等各种技艺也在新疆地区开始流行，并受到少数民族群众的喜爱。如维吾尔族、哈萨克族等民族多以剪纸图案来装饰建筑、服饰、毡毯、刺绣等，喀什香妃墓的廊柱纹饰中的生命之树、莲花图案等，均体现了中原文化对维吾尔族雕刻艺术的影响。

在清朝统一新疆之前，新疆没有一部完整的志书流传于世。清朝统一新疆后，修纂了一大批具有较高水平的地方志书，如《钦定皇舆西域图志》《钦定新疆识略》《西陲总统事略》《西陲要略》《西域闻见录》《新疆图志》《回疆志》《伊犁事宜》《三州辑略》《新疆四道志》等，这些志书全面记载了清代新疆各地的政治、经济、人口、疆域山川、官制兵额等情况，对促进新疆与中原文化一体化进程，具有积极意义。乾嘉时期的祁韵士因罪流放伊犁后，除修纂《西陲总统事略》外，还撰写了《西陲要略》《西域释地》《万里行程记》《濛池行稿》《西陲竹枝词》等著作。这些著作具有较高的学术价值，有着重要的现实意义和深远的历史意义，他因此被称为西域史地学的开拓者和奠基人。而嘉庆十七年(1812)被流放伊犁效力赎罪的徐松，在时任伊犁将军松筠的支持下，驱车乘马，对天山南北的大小河流、山脉地势、城镇村庄、道路里数、名胜古迹、风物特产等进行实地的野外考察和调查研究，经反复修改补充，撰成《西域水道记》《汉书西域传补注》等书，推动了西域史地学的进一步发展。

清朝统一新疆地区后，不少王公贵族、文武官员、文人学士因罪被发遣到新疆各地，赴戍途中的艰辛和新疆独特的地理物产、风土人情震撼了他们的心灵，加上他们大都具备良好的文学素养，所以在效力赎罪之余，纷纷著书立说，创作了一批具有较高文学价值的作品。如纪昀的《乌鲁木齐杂诗》，曹麟开的《塞上竹枝词》《新疆纪事十六首》，蒋业晋的《出塞集》，庄肇奎的《出嘉峪关纪行二十首》《伊犁纪事二十首》，陈庭学的《塞垣吟草》，赵钧彤的《西行日记》，王大枢的《西征录》，洪亮吉的《万里荷戈集》《百日赐环集》《遣戍伊犁日记》《天山客话》，祁韵士的《濛池行稿》《西陲竹枝词》，李銮宣的《荷戈集》，舒其绍的《听雪集》，史善长的《轮台杂记》，徐松的《新疆赋》，袁洁的《出戍诗话》，方士淦的《啖蔗轩诗存》《伊江杂诗十六首》，黄濬的《倚剑诗谭》《红山碎叶》，林则徐的《回疆竹枝词》，杨炳堃的《吹芦小草》《西征往返纪程》，张荫桓的《荷戈集》，刘鹗的《人寿安和集》《金石考录》，朱锟的《西行纪游草》等，助推清代新疆的文学艺术出现了一个发展高峰。

由以上论述可知，清朝统一新疆地区后，新疆整个社会思想风气和文学面貌都发生了历史转折性的变化。乾嘉时期，大量有才华的贬官发遣到新疆后，他们在新疆的文学创作非常活跃，取得了相当好的成就。道光以降，迄于同、光年间，文学创作进入低潮，陷入衰退状态。但总的来讲，清朝是新疆地区文化发展的重要时期，有清一代新疆的流贬文学繁盛一时，取得了不容忽视的成就。

参考书目

[1] 阿拉腾奥其尔，阎芳编著.清代新疆军府制职官传略[M].哈尔滨：黑龙江教育出版社，2000.

[2] 蔡镇楚.诗话学[M].长沙：湖南教育出版社，1990.

[3] 陈祖武，朱彤窗.乾嘉学术编年[M].石家庄：河北人民出版社，2005.

[4] 陈汝霖，王棻.中国地方志集成浙江府县志辑·光绪太平志续[M].上海：上海书店，1993.

[5] 成瑞.薜荔山房诗文稿[M].道光二十四年刻本.

[6] 程俊英.诗经译注[M].上海：上海古籍出版社，2012.

[7] 凤凰出版社.中国地方志集成·新疆府县志辑[M].南京：凤凰出版社，2013.

[8] 谷苞.新疆历史人物[M].乌鲁木齐：新疆人民出版社，2006.

[9] 故宫博物院明清档案部.清末筹备立宪档案史料[M].北京：中华书局，1979.

[10] 管守新.清代新疆军府制度研究[M].乌鲁木齐：新疆大学出版社，2002.

[11] 贺治起，吴庆荣.纪晓岚年谱[M].北京：书目文献出版

社,1993.
[12] 郝浚,华桂金,陈郊简.乌鲁木齐杂诗注[M].乌鲁木齐：新疆人民出版社,1991.
[13] 和宁.三州辑略[M].清嘉庆间刻本.
[14] 洪亮吉,陈迩冬.北江诗话[M].北京：人民文学出版社,1983.
[15] 侯德仁.清代西北边疆史地学[M].北京：群言出版社,2006.
[16] 恽敬.大云山房文集[M].国学整理社,1937.
[17] 黄濬,吴小谦,王敬,肖红飞整理.壶周文存[M].香港：国际炎黄文化出版社,2014.
[18] 黄濬.红山碎叶[M].兰州：兰州古籍出版社,1990.
[19] 纪昀.纪文达公遗集[M].嘉庆十七年刻本.
[20] 纪昀.纪文达公诗文集[M].道光三十年刻本.
[21] 纪昀.纪文达公文集[M].宣统二年上海保粹楼石印本.
[22] 蒋寅.清诗话考[M].北京：中华书局,2008.
[23] 蒋寅.清代文学论稿[M].南京：凤凰出版社,2009.
[24] 蒋逸雪.刘鹗年谱[M].济南：齐鲁书社,1980.
[25] 金天翮.裴大中景福传[M].苏州：苏州大学出版社,1999.
[26] 柯英.中国古代驿传文化探寻·驿使卷[M].兰州：甘肃人民出版社,2016.
[27] 孔繁文,任青.张荫桓集[M].北京：中华书局,2012.
[28] 梁启超.中国近三百年学术史[M].北京：东方出版社,1996.
[29] 李兴盛.中国流人史与流人文化论集[M].哈尔滨：黑龙江人民出版社,2000.
[30] 李兴盛.中国流人史[M].哈尔滨：黑龙江人民出版社,1996.
[31] 李銮宣,刘泽点校.坚白石斋诗集[M].太原：山西人民出版

社,1991.
[32] 李岳瑞.春冰室野乘[M].台湾：文海出版社,1967.
[33] 李广洁整理.万里行程记(外五种)[M].太原：山西人民出版社,1992.
[34] 李吉奎.晚清名臣张荫桓[M].广州：广东人民出版社,2005.
[35] 刘德隆.刘鹗集[M].长春：吉林文史版社,2007.
[36] 刘蕙孙.刘鹗及老残游记资料[M].成都：四川人民出版社,1985.
[37] 刘树胜.纪晓岚《南行杂咏》解析[M].北京：西苑出版社,2006.
[38] 刘纬毅.山西历史名人传[M].太原：山西古籍出版社,2006.
[39] 刘长海整理.祁韵士集[M].太原：三晋出版社,2014.
[40] 吕培等.洪北江先生年谱[M].清光绪间授经堂刻本.
[41] 马大正等.新疆史鉴[M].乌鲁木齐：新疆人民出版社,2006.
[42] 马大正等.吴丰培边事题跋集[M].乌鲁木齐：新疆人民出版社,1998.
[43] 苗普生,田卫疆.新疆史纲[M].乌鲁木齐：疆人民出版社,2004.
[44] 钱大昕.潜研堂文集[M].北京：商务印书馆万有文库本.
[45] 曲万里,刘兆佑.明清未刊稿汇编·方刃斋所著书[M].台北：联经出版事业公司,1976.
[46] 清实录[M].北京：中华书局,1986.
[47] 任青,马忠文整理.张荫桓日记[M].北京：中华书局,2015.
[48] 尚永亮.贬谪文化与贬谪文学[M].兰州：兰州大学出版社,2004.

［49］尚永亮.弃逐与回归：上古弃逐文学的文化学考察［M］.上海：上海古籍出版社,2017.
［50］舒怀.诗词中的新疆［M］.乌鲁木齐：新疆人民出版社,2003.
［51］孙致中,吴恩扬,王沛霖.纪晓岚文集［M］.石家庄：河北教育出版社,1991.
［52］王希隆.新疆文献四种辑注考述［M］.兰州：甘肃文化出版社,1995.
［53］王利器,王慎之,王子今.历代竹枝词［M］.西安：陕西人民出版社,2003.
［54］王小舒.中国诗歌通史(清代卷)［M］.北京：人民文学出版社,2012.
［55］王云红.流放的历史［M］.北京：中国文史出版社,2006.
［56］王云红.清代流放制度研究［M］.北京：人民出版社,2013.
［57］王树楠等纂修,朱玉麟等整理.新疆图志［M］.上海：上海古籍出版社,2015.
［58］吴蔼宸.历代西域诗钞［M］.乌鲁木齐：新疆人民出版社,1982.
［59］乌鲁木齐市党史地方志编纂委员会编.乌鲁木齐市志［M］.乌鲁木齐：新疆人民出版社,1999.
［60］新疆社会科学院历史研究所.新疆地方历史资料选辑［M］.北京：人民出版社,1987.
［61］新疆社会科学院历史研究所.《清实录》新疆资料辑录(同治朝卷)［M］.乌鲁木齐：新疆大学出版社,2007.
［62］新疆社会科学院历史研究所.《清实录》新疆资料辑录(光绪朝宣统朝卷)［M］.乌鲁木齐：新疆大学出版社,2003.

[63] 星汉.清代西域诗辑注[M].乌鲁木齐：新疆人民出版社,1996.
[64] 星汉.清代西域诗研究[M].上海：上海古籍出版社,2009.
[65] 修仲一,周轩.洪亮吉新疆诗文[M].乌鲁木齐：新疆大学出版社,2006.
[66] 修仲一,周轩.祁韵士新疆诗文[M].乌鲁木齐：新疆大学出版社,2006.
[67] 徐松,朱玉麒整理.西域水道记：外二种[M].北京：中华书局,2005.
[68] 杨米人等.清代北京竹枝词(十三种)[M].北京：北京古籍出版社,1982.
[69] 杨晓霭校注.河海昆仑录[M].兰州：甘肃人民出版社,2002.
[70] 杨炳堃.中议公自订年谱[M].归安杨氏刻本影印版.
[71] 严迪昌.清诗史[M].杭州：浙江古籍出版社,2002.
[72] 张应昌.国朝诗铎[M].同治八年永康应氏秀藏堂刻本.
[73] 张汝漪.民国景县志[M].民国二十一年铅印本.
[74] 张寅彭,吴忱、杨焄点校.清诗话三编[M].上海：上海古籍出版社,2015.
[75] 张寅彭.新订清人诗学书目[M].上海：上海古籍出版社,2003.
[76] 赵尔巽等.清史稿[M].北京：中华书局,1977.
[77] 赵永纪.清代学术辞典[M].北京：学苑出版社,2005.
[78] 周轩.清宫流放人物[M].北京：紫禁城出版社,1993.
[79] 周轩.清代新疆流放研究[M].乌鲁木齐：新疆大学出版社,2004.

[80] 周轩，修仲一.纪晓岚新疆诗文[M].乌鲁木齐：新疆大学出版社，2006.
[81] 周轩，修仲一.林则徐新疆诗文[M].乌鲁木齐：新疆大学出版社，2006.
[82] 周轩.林则徐诗词选注[M].乌鲁木齐：新疆大学出版社，1997.
[83] 周伟民.明清诗歌史论[M].长春：吉林教育出版社，2006.
[84] 朱圭.知足斋文集[M].清嘉庆间刻本.
[85] 朱寿朋.光绪朝东华录(五)[M].北京：中华书局，1958.
[86] 钟兴麒，王有德选注.历代西域散文选注[M].乌鲁木齐：新疆人民出版社，1995.

后　记

这本小书是在我们主持的国家社科基金项目青年项目“清代新疆流人与贬官文学研究”(批准号：12CZW044)结项成果基础上几经修改、补充而完成的。

在课题研究过程中,我们努力去寻找所有涉及的作品原著,无论是手抄本还是影印本,都一字一句仔细阅读,希望能从最原始的典籍史料中找到相关的记录,为此多次到新疆图书馆、国家图书馆、湖北省图书馆、武汉大学图书馆等图书馆查找有关古籍文献资料。课题组成员陈云副教授、周俊博士,以及武汉大学校友周雪、王桂琼等帮助收集资料、整理文献,提供了部分初稿,在此一并表示衷心感谢!

“清代新疆流人与贬官文学研究”从申请、立项到结题,自始至终都得到了尚永亮老师的悉心指导。可惜本人愚笨得很,自认离老师的期望还有很大差距。老师的恩情,无以言表,惟有铭记于心。

近年来,我们一直从事清代贬谪文学的研究,积累了一些相关史料。本书也尽可能地吸收学界已有的研究成果,但仍然会存在误漏,敬请读者批评指正。

易国才

2022 年 2 月

于新疆乌鲁木齐市

后　记

[illegible]